Otto F. Beer
Einladung nach Wien

Otto F. Beer

EINLADUNG NACH WIEN

LANGEN MÜLLER

Das Umschlagfoto (Zefa) zeigt den Park von Schönbrunn, das Bild auf dem Vorsatz (Barbara Pflaum) einen Fiaker im inneren Burghof.

Fotos:
Barbara Pflaum, Wien,
Zefa, Düsseldorf
Bildagentur Prenzel, Gröbenzell bei München

Gesamtherstellung: Jos. C. Huber KG, Dießen vor München
Printed in Germany 1977
ISBN: 3-7844-1668-3

Inhalt

Wien ist nicht umzubringen

Ein großer Teil des Vergnügens, Wiener zu sein, beruht offenbar auf dem Nachdenken darüber, worin denn dieses Vergnügen eigentlich besteht. Diesem Nachdenken verdanken die meisten Bücher ihr Dasein, auf deren Titelblatt das Wort »Wien« prangt. Auch dieses hier. Trotzdem besteht nicht die Gefahr, daß die Rätsel um das Wesen dieser Stadt und ihrer Bewohner etwa demnächst endgültig gelöst würden und dann keine neuen Wien-Bücher mehr erscheinen könnten. Dazu ist diese Stadt viel zu komplex, gefallen sich ihre Bürger viel zu sehr in ihren Paradoxien. Es wird also auch weiterhin einiges Kopfzerbrechen nötig sein, um herauszufinden, was denn Besonderes an dieser Stadt sei und wodurch sie sich nicht nur von anderen unterscheide, sondern auch von den acht Bundesländern, mit denen gemeinsam sie die österreichische Republik bildet.
Denn Wien ist zwar die Hauptstadt von Österreich, in seiner Wesensart aber doch stark unterschieden von Regionen wie Tirol oder Kärnten. Seit es die Alpenrepublik gibt (also seit 1918), hat man in ihr entschlossen das Gemeinsame beiseite geschoben und das Trennende hochgehalten. Damals, nach dem Untergang der Donaumonarchie, sprach man in den eher agrarischen Ländern gerne vom »Wasserkopf Wien«, den man von einem 50-Millionen-Staat geerbt hatte und den nun ein 7-Millionen-Staat ernähren sollte. Davon ist nicht mehr die Rede, seit die Ernährungssorgen verschwunden sind und den Überernährungssorgen Platz gemacht haben. Aber in ganz Österreich lebt man ja in fröhlichem Föderalismus und ist stolz auf die jeweilige Eigenart, die natürlich in Salzburg eine andere ist als in der Steiermark. Daß man in Vorarlberg sogar schon einmal den Arlbergtunnel sprengen wollte, um von »Hinterösterreich« (noch) gründlicher getrennt zu sein, liegt schon eine Weile zurück, und neuerdings baut man sogar einen zweiten. Das Burgenland hingegen, das östlichste Bundesland, hat sich, seit es von Ungarn zu

Österreich übergewechselt ist, leidenschaftlich »ans Vaterland, ans teure« angeschlossen, aber gerade hier springt die Andersartigkeit des Steppenlandes um den Neusiedlersee mit seinen Ziehbrunnen und Pusztahäusern deutlich ins Auge. Kurzum: Anstelle des alten Doppeladlers der Donaumonarchie ist so etwas wie ein Adler mit neun Köpfen getreten, ein zoologisches Monstrum mithin. Es ist so gut wie unmöglich, Wien und Graz, Eisenstadt und Bregenz unter einen Hut zu bringen – ein wahres Glück, daß Adler keine Hüte tragen! Österreich ist bei solcher Neuntracht nicht schlecht gefahren, und so müßte wohl der Wappenspruch dieses heraldischen Vogels lauten: »Uneinigkeit macht stark«.

Doch ist diese Uneinigkeit auch innerhalb Wiens eine hochgeschätzte Eigenschaft. Die wienerische Kunst offenbart es am deutlichsten. »Der Rosenkavalier« ist mit all seiner hofmannsthalisch-ästhetischen Verfeinerung demselben Boden entsprungen wie die brutalen Vorstadtkavaliere eines Ödön von Horvath, Qualtingers »Herr Karl« ebenso wie Mozarts verzeihend-ironische »Così fan tutte«. Zur Zeit, da auf diesem Boden Freud, Mahler und Loos wirkten, hat hier ein erfolgloser Amateurmaler namens Hitler den nordischen Rassenmythos eines Jörg von Liebenfels und den Antisemitismus eines Schönerer begierig in sich aufgenommen. In dieser Stadt wurden Brahms und Bruckner gegeneinander ausgespielt, hier wurde Grillparzers Habsburger-Apotheose »König Ottokars Glück und Ende« von eben diesen Habsburgern verboten, weil sie im Vielvölkerstaat hätte Zwietracht säen können. Hier gibt es seit zwei Jahrhunderten den Prater mit seinen derben Vergnügungen, an dessen Rändern billige Prostitution und Kriminalität blühen, und gibt es rund zwei Kilometer davon entfernt berühmte Musiktempel wie die Oper, den Musikverein und das Konzerthaus. Eine sehr komplexe Stadt, wie man sieht, und vor allem eine, die sich ihrer eigenen Kompliziertheit immer erfreut hat und stolz darauf war, daß in ihr nichts den geraden Weg der Logik geht, weil hier der einzige gerade Weg immer der Umweg war.

Gewiß ist Wien eine der schönsten Städte der Welt. Diesen Ruhm dankt die Stadt vor allem dem Barockzeitalter, in dem nicht nur die

Kaiser nach der Erlösung von Pest und Türkennot prunkvolle Bauten aufführen ließen. Der Adel suchte dem Hof nachzueifern und das begüterte Bürgertum dem Adel. Die Paläste, Kirchen und Plätze haben der Stadt das Zeichen einer weiträumigen Architektur aufgeprägt. Und als im 19.Jahrhundert die große Industrialisierungswelle Österreich-Ungarn zu einem reichen Staat machte, entstand als Denkmal dieser Epoche die Ringstraße mit ihrem üppigen Grün, das sogar jenen Bauten schmeichelt, die mit all ihren Anleihen bei sämtlichen Stilen der Kunstgeschichte nicht so recht harmonisch ausgefallen waren. Die Schönheit war nicht immer geplant, ganz im Gegenteil. Sie stellte sich mit Vorliebe dort ein, wo nach einigem architektonischen Mißgeschick am Ende etwas ganz anderes zustande kam, als im Plan vorgesehen war. Der Stephansdom hatte, als er fertig war, nicht die beabsichtigten zwei Türme, sondern nur einen, weil inzwischen sowohl das Zeitalter der Gotik als auch das Geld zu Ende war. Und der herrlichste Platz von Wien ist der Heldenplatz, der eigentlich ganz anders gedacht war. Der zweite Trakt der neuen Hofburg hätte spiegelgleich dem ersten auf der Volksgartenseite gegenüberliegen sollen. Dazu kam es nicht mehr, und nun ist es gerade diese offene Flanke, die dem Platz Luft und Weiträumigkeit gibt. Man blickt über sie hinüber auf Burgtheater und Rathaus, und von ferne her grüßt der Kahlenberg in das Karree von Fliederbüschen, ein Wienerwaldblick mitten im imperialen Bezirk der Hofburg. Niemand hat es so gewollt, der schönste Platz von Wien ist ganz gegen die Vorschrift entstanden.
Daß diese Stadt voller Schönheiten genau in dem Augenblick, da dieses Buch in Druck geht, einen geradezu häßlichen Anblick bietet, gehört wahrscheinlich ebenfalls zu den landesüblichen Paradoxien. Wien hat mit mindestens zwanzig Jahren Verspätung (man überlegt sich hier alles sehr lange!) begonnen, eine U-Bahn zu bauen. Solche Unternehmungen sind bekanntlich die – nach dem Kriegführen – zweitteuersten Katastrophen, die eine Stadt befallen können. Als man auf der Kärntnerstraße die ersten Versuchsbohrungen unternahm, kam gerade Robert Neumann zu Besuch nach Wien und fragte, was denn diese Löcher zu bedeuten hätten. »U-Bahn-Bau!«

antwortete man ihm, und der Romancier erwiderte: »Ich kann nicht glauben, daß die Wiener eine U-Bahn bauen; sie sehen bloß nach, ob dort unten nicht vielleicht schon eine ist!«

Inzwischen ist Neumann gestorben und das Bau-Unternehmen nicht mehr fortzuleugnen. Der Karlsplatz ist seit Jahren eine offene Baugrube, desgleichen der Stephansplatz, der Kai und das Schottentor. Im Sog dieses Vorhabens ist die einstmals so vornehme Kärntnerstraße in eine recht unglückliche Fußgängerzone verwandelt worden, die nun nicht mehr exquisite Geschäfte anzieht, sondern Warenhäuser und Ramschläden. Sie war – wie der Name sagt – entstanden als der Beginn eines großen Verkehrsweges, der nach Kärnten führt, und gerade der Verkehr wird nun von ihr ferngehalten und in die engen Altstadtstraßen abgedrängt. Die Wiener denken bereits voll Schrecken daran, daß ähnliche architektonische »Lösungen« auch noch dem Stephansplatz und dem Karlsplatz bevorstehen. Denn diesmal wird eisern geplant und nichts dem natürlichen Wachstum einer Stadt überlassen. In der Diskussion um dieses städtebauliche Unbehagen hat der Architekt und einstige Wiener Stadtplaner Roland Rainer an eine lehrreiche Anekdote aus dem Dritten Reich erinnert, als man der Stadt durch ähnlich couragierte Planung an den Leib rücken wollte. Damals hat Goebbels den Wiener Dichter Joseph Weinheber gefragt, was man denn unternehmen könnte, um die Kultur dieser Stadt zu fördern. Weinheber antwortete: »Sie in Ruhe lassen!« Aber bei der gegenwärtigen Verhäßlichung der City besteht wenig Hoffnung, daß diese Mahnung beim zweiten Mal mehr Gehör finden werde als beim ersten Mal.

Man mag sich angesichts dieses Prozesses mit dem Gedanken trösten, daß Wien eigentlich immer untergegangen ist. Sofern dies ein Trost ist! Wenige Städte Europas haben eine so reiche Tradition im Zerstörtwerden. Die Römer, die am Beginn zumindest der aktenkundigen Geschichte der Stadt stehen, brauchten anscheinend am wenigsten zu demontieren. Mit der keltischen Bevölkerung, die am Ufer des Wienflusses siedelte, gab es kaum Auseinandersetzungen. Das Kastell von Vindobona erhob sich auf einem Hügel über dem heutigen Donaukanal und reichte bis zum Graben. Aber nach dem

Ende ihrer Herrschaft kamen und gingen immer neue Völker kriegführend über den Boden der Stadt. Allem Anschein nach waren damals die Germaneneinfälle die einzigen Einfälle der Germanen. Wir wissen nichts von ihrer Herrschaft auf Wiener Boden, die Brandspuren an den alten Römermauern sind die einzigen Grüße, die sie hinterlassen haben. Runde 500 Jahre lang dürfte Wien kaum existiert haben. Dann gibt es eine vage Kunde von einem Slawenreich, das vermutlich von hier aus regiert wurde. Was davon übrig blieb, ging in den Stürmen der Awaren und Magyaren unter. Als die Babenberger vor einem Jahrtausend die Ostmark aufzubauen begannen, tasteten sie sich vorerst zögernd bis nach Wien vor.

Und auch die weitere Geschichte ist voll von solch lebensgefährlichen Bedrohungen. Einmal standen die Schweden, zweimal die Türken vor der Stadt. Daß dabei immer wieder die Vorstädte eingeäschert wurden, war nicht einmal den feindlichen Belagerern anzulasten. Die Verteidiger der Stadt mußten selbst die vorgelagerten Dörfer niederbrennen, um freies Schußfeld zu haben. Nach diesem Schock für die Bewohner folgte, wie gesagt, das goldene Zeitalter des Barock, der Wiederaufbau in bisher nie gekanntem Glanz. Der Preis für diese Pracht war allerdings, daß dabei das gotische Wien beseitigt wurde, weil man statt mittelalterlicher Häuser lieber Barockbauten haben wollte.

Die späteren Untergänge waren politischer Natur. Daß sich 1918 die Zweimillionenstadt nur mehr als Metropole einer kleinen Alpenrepublik sah, löste ein schlimmes Trauma aus, das sich noch an den Werken ihrer Dichter ablesen läßt. Schnitzler, Hofmannsthal und andere haben sich mit den neuen engen Dimensionen nicht abfinden können, sie wurden sozusagen zu Epigonen ihrer selbst. Denn diesem neuen Kleinstaat fehlten nicht nur die materiellen Voraussetzungen zum Überleben, es fehlte ihm vor allem das Selbstvertrauen. Das praktische Wort »Identitätskrise« war damals noch nicht in Mode. Der Anschluß an Deutschland, den viele Politiker 1918 herbeigewünscht hatten und den damals die Ententemächte verboten, wurde unter ganz anderen Vorzeichen 1938 einseitig vollzogen. Diesmal blieb nicht einmal der Name übrig – Österreich wurde zur Ostmark. Den großen Aderlaß im geistigen und künstlerischem Leben hat Wien weder 1938 noch 1945 verkraften können. Zwar waren die Zerstörungen des Bombemkrieges hier bei weitem nicht so schlimm wie in den meisten deutschen Städten. Aber es dauerte immerhin noch ein Jahrzehnt nach dem Kriegsende, bis Österreich – nun eben seine neue »Identität« gefunden hatte. Der letzte Untergang schien erst überwunden, als die Besatzungsmächte abzogen, als der Staatsvertrag den Status eines neutralen Landes garantierte. Die Art, in der Wien diesen Übergang in eine neue Ära vollzog, war kennzeichnend für eine Stadt, in der immer wieder Theater und große Spektakel wichtiger waren als nüchterne politische Fakten. Genau in jenem Jahr 1955 waren die bombardierten Gebäude der Staatsoper und des Burgtheaters wieder hergestellt. Die ganze Stadt feierte ihre Wiedereröffnung – wie man damals sagte als eine österreichische »coronation«. Und zu allem Überfluß kehrten im selben Jahre auch noch die Lipizzaner der Spanischen Hofreitschule aus ihrem oberösterreichischen Exil nach Wien zurück. Als sie im Triumph über die Mariahilferstraße stadtwärts trippelten und sozusagen mit ihrem Pferdefuß ihre Unterschrift unter den Staatsvertrag setzten, da glaubten die Wiener endlich, daß die schlimmen Jahre nun vorbei waren und die Stadt sich wieder aufrappeln würde.

Liebe zum Untergang

Wien ist die Stadt, von der aus der Walzer die Welt erobert hat. Und Wien ist die Stadt mit einer der höchsten Selbstmordziffern der Welt. Woraus man ersehen kann, daß die Vorliebe der Wiener für Paradoxien sie selbst dann nicht verläßt, wenn es um Leben oder Tod geht, ja dann erst recht nicht. Die Wiener Operette ist von hier in die Welt gegangen. Und wem ihre Konflikte und ihre Dialoge oft haarsträubend dumm erscheinen, der darf sich damit trösten, daß

sie bald ein Ende nehmen und er mit einer Musik schadlos gehalten wird, deren Lebendigkeit und auch Lebenswille ansteckend wirken. Zumindest hat die Wiener Operette mit ihrer heiteren Laune nicht nur Europa und Amerika angesteckt, sondern auch Asien und Afrika, und dies will einiges heißen bei einem so bescheidenen und fast ein wenig zerbrechlichen Produkt.
Die Wiener stehen zudem im Ruf, Phäaken zu sein. Grillparzer sprach vom »Capua der Geister«, und er meinte das keineswegs liebenswürdig. Er wollte damit den Leichtsinn einer Stadt geißeln, in der »die halbe Poesie gefährlich für die ganze« zu sein pflegt. Auch die Haltung der Wiener gegenüber der bitteren Tatsache, daß der Mensch meistens arbeiten muß, um sich ein angenehmes Leben leisten zu können, ist ein wenig kompliziert. Wahrscheinlich gibt es in ganz Europa nirgends Läden, die so viele Ruhetage halten wie diejenigen Wiens. Mancher Tourist ist schon am Wochenende hungernd von Restaurant zu Restaurant gezogen und hat nur geschlossene Türen vorgefunden. Einziger Trost: die Tatsache, daß gerade geschlossen ist, spricht dafür, daß es sich um ein original österreichisches Lokal gehandelt hat (gehandelt hätte!). Aber mancher empfindet das nicht als Trost.

Aber nun das nächste Paradoxon: Obwohl in dieser Stadt so viel gefeiert und neben dem Sonntag auch der Sabbath geheiligt und meist noch eine ausgiebige Mittagssiesta gehalten wird, arbeitet man hier nicht weniger als anderswo. Wie könnte man auch? Das Leben ist teuer, seit einigen Jahren auch in Wien. Und wenn es ein gutes Leben sein soll, muß das nötige Geld eben verdient werden. Aber: man zeigt so etwas nicht her, man tut es nicht öffentlich, und man ist vor allem nicht stolz darauf. Wenn man mit einem Deutschen über den Aufschwung seines Vaterlandes seit dem Bombenkrieg spricht, wird er vielleicht mehr oder weniger diskret durchschimmern lassen, daß da eben alle Hand mit angelangt hätten – er selbst nicht ausgeschlossen! – und so sei der Karren aus dem Dreck gezogen worden. Der Wiener wird bei einem solchen Gespräch eher die Achsel zucken und vermuten, das alles hätten die anderen getan.

Denn in Wien arbeitet man heimlich. Die beschämende Notwendigkeit des Geldverdienenmüssens spielt man eher herunter – kein Grund, darauf stolz zu sein! Man will nicht im Rufe stehen, sich gewaltig abzurackern, sondern eher im Rufe, ein Lebenskünstler zu sein, der sich auf gutes Essen und Trinken, bei gehobenen geistigen Ansprüchen auch auf sublimere Freuden wie Theater oder Musik versteht.

Diese Attitüde gilt sogar in der Genieklasse. Mozart und Schubert etwa sind in aller Welt als Meister einer selbstverständlichen Grazie berühmt, als Komponisten, die auch Großes und Bedeutendes mit spielerischer Leichtigkeit auszudrücken vermögen. Und was für ein Leben haben sie geführt? Mozart ist mit 35, Schubert mit 31 Jahren gestorben. In den wenigen Jahren, die ihnen für ihr Schaffen zur Verfügung standen, haben sie eine wahre Sisyphusarbeit vollbracht, haben skizziert und umgeschrieben, haben derart imponierende Stöße von Noten hinterlassen, daß schon die rein materielle Arbeit daran erstaunlich ist. Auch sie waren heimliche Arbeiter, die sich den mühevollen musikalischen Verarbeitungsprozeß nicht anmerken lassen wollten.

Also gehört Leichtigkeit zum Lebensstil dieser Stadt? Vielleicht sogar eine Portion Leichtsinn? Und die bekannte Wiener Selbstironie? Wie bei jeder allzu direkten Aussage über diese Stadt ist auch hier Vorsicht geboten. Denn die Behauptung, man könne die Wiener nicht ernst nehmen, haben die Wiener selbst in Umlauf gesetzt, um ernst genommen zu werden. Schließlich betreibt die Stadt ja ein gut gehendes Klischeegeschäft, und eines der gängigsten Klischees ist eben dasjenige vom Bruder Leichtfuß, dem nichts etwas anhaben kann. Sogar eine große Dame wie die Marschallin im »Rosenkavalier« belehrt uns darüber, daß man leicht sein müsse: Die nicht so seien, die strafe das Leben, und Gott erbarme sich ihrer nicht. Woraus hervorgeht, daß in Wien auch Gott für diese Lebensweise etwas übrig haben muß.

Nach allem, was bisher gesagt wurde, wird es niemand überraschen, zu hören, daß in dieser paradoxen Stadt auch das genaue Gegenteil davon wahr ist. Eines der berühmtesten Produkte dieser Stadt ist beispielsweise der Heurige. Kein gewissenhafter Tourist läßt ihn sich entgehen. Und noch berühmter sind die Lieder, die man dort singt. Aber die Melodien der Schrammeln werden nur von Ausländern für lustig gehalten.

Sie singen meist vom Tod, wenn es hochkommt von der Himmelfahrt. »Erst wenn's aus wird sein – mit einer Musi und ein' Wein« heißt eines dieser Lieder. Ein anderes: »Sag zum Abschied leise Servus!«. »Es wird ein Wein sein, und wir werd'n nimmer sein« kann man da hören oder »Verkauft's mei' G'wand, i fahr in Himmel«. Undenkbar, daß etwa in den berühmten Weinliedern von Burgund oder dem Beaujolais solch düstere Töne angeschlagen würden! Nur in Wien werden die letzten Dinge beim jeweils vorletzten Vierterl beschworen. In einem Heurigengarten beobachtete ich einmal eine deutsche Touristin, die einsam vor ihrem Glas (nicht dem ersten!) saß und sich von den Schrammeln aufspielen ließ. Mit Tränen in den Augenwinkeln fragte sie nach jedem Refrain die Musikanten: »Habt Ihr nicht noch was Traurigeres?« Und sie hatten! Die einsame Dame hat offenbar den Geist dieser Musik richtig studiert und begriffen.

Denn die Freude am Untergang ist offenbar höchster Ausdruck wienerischer Lebensfreude. »Der Tod, der muß ein Wiener sein« heißt eines der berühmtesten und auch klügsten Chansons von Georg Kreisler. Ob der Tod es immer war, läßt sich schwer feststellen. Jedenfalls ist er es seit dem Barockzeitalter. Das große Schaugepränge des Todes war in den Jesuitenstücken der Gegenreformation anzutreffen. Es war vielleicht auch spanisches Erbe, denn mit Spanien war man ja zu dieser Zeit durch das gemeinsame Herrscherhaus verbunden. Was damals vielleich noch eine religiöse Drohung für die sündige Menschheit war – die Allgegenwart des Todes – ist den Wienern ins Blut gegangen. Kein einigermaßen fleißiger Wienfahrer versäumt es, in die Kapuzinergruft hinabzusteigen. Dort liegen die Mächtigen dieses Reiches, die Kaiser und ihre Anverwandten, in üppig ausladenden Särgen, eine barocke Schaustellung der Gewalt des Todes. Jedermann kann sich überzeugen, daß er auch die Großen nicht verschont – nur können ihn diese eben mit besonders

eindrucksvollem Gepränge verschönern. Und verschönern heißt: ihn zu einer künstlerischen Leistung, ja geradezu zu einer Theaterdekoration hochzustilisieren.
Die Zeiten, da sich wohlhabende Bürger von ihrem Sterbehaus in schier endlosem Trauerkondukt auf den Friedhof fahren ließen, sind nun schon eine Weile vorbei. Aber wenn man in Alt-Wien die unerbittliche Gewalt des Schicksals mit einem einzigen Satz ausdrücken wollte, sagte man: »Es sind schon Hausherren g'storben!« Die Männer, die das Begräbnis besorgen, heißen in Wien »die Pompfüneberer«. In diesem Wort lebt die Erinnerung weiter an eine »Societé des Pompes-Funèbres«, die einstmals die Beisetzungen organisierte. Heute sind die »Pompfüneberer« städtische Beamte und tragen eine Tracht von kommunaler Schlichtheit. Aber vor wenigen Jahrzehnten noch schritten ihre Vorgänger mit schwarzem Zweispitz und kordelgeschmückter Brust auf den Friedhof. Und diese Kleidung nannte man »spanische Tracht« – ein weiterer Beweis dafür, daß das wienerische Totenritual zurückgeht auf die Zeiten, da habsburgische Barockkaiser im Escorial residierten. Seit jenen Jahren gilt in Wien eine »schöne Leich'« als die Krönung eines schönen Lebens.
Nun hat auch der Tod gemütliche Züge angenommen, seit er ein Wiener geworden ist. Wenn in Raimunds »Verschwender« der Tischler Valentin sein berühmtes Lied singt: »Da leg' ich meinen Hobel hin«, gibt es eine melancholische Schlußstrophe. Sie beginnt: »Zeigt sich der Tod einst mit Verlaub / Und zupft mich: Brüderl kumm!« Da ist aus dem drohenden barocken Gebieter der letzten Stunde ein biedermeierlicher Kumpan, ein »Brüderl« geworden. Ferdinand Raimund aber ist mit seinem ganzen Leben und Sterben ein Kronzeuge für die wienerische Todessehnsucht geworden. In seinem Werk gibt es freundliche Feen, die ihre unfreundlichen Widersacher besiegen, gibt es rechtschaffene Handwerker und saubere Mädel vom Land, die mit den Anfechtungen böser Schurken fertig werden. Aber gestorben ist Raimund aus Angst vor dem Tod. Ein Hund

Der Graben mit der Pestsäule 16

RESTAURANT
PHOENIX
CRAWATTEN
Rasper & Söhne
RESTAURANT
BUDVA

hatte ihn gebissen, er befürchtete Tollwut und jagte sich aus Furcht eine Kugel durch den Kopf.
Der Selbstmord, die Todesnähe sind Leitmotive in der Dichtung und Musik des Landes geworden. Wir werden diesem immerwährenden Thema noch später begegnen, wenn von Adalbert Stifter, von Georg Trakl, von Joseph Weinheber die Rede ist. Joseph Roth hat das Thema vom großen Untergang in seinen Romanen beschworen, bei Schnitzler und Hofmannsthal ist es präsent. Wenn vorher davon die Rede war, wie oft Wien zerstört wurde, erscheint dieses Echo begreiflich. Die leise Trauer, die durch Schuberts Musik klingt, Mahlers tiefe Melancholie, die Selbstzerfleischung seiner musikalischen Ekstasen – die Beispiele lassen sich fortsetzen. Es gibt ältere, die belegen, welche tiefen Wurzeln diese Lust am Untergang hat, und jüngere, die ahnen lassen, daß sie noch lange nicht zu Ende ist.

Der häßliche Wiener

Der häßliche Wiener wird in dieser Stadt neuerdings alle zwanzig Jahre neu entdeckt. Im Augenblick sind gerade große Heerscharen von jungen Dramatikern und Songdichtern dabei, zu enthüllen, wie ungemütlich doch dieser angeblich gemütliche Wiener ist, wie verfettet sein Herz, wie dubios seine Lebenslust. Diese kritische Welle, die sich mit der eine Weile lang so erfolgreichen Dialektwelle kreuzte, ist sogar ein Exportartikel geworden. Blendet man zwei Jahrzehnte zurück, so stößt man auf ihre Vorgänger in den fünfziger Jahren. Damals gab es in dieser Stadt noch aufsehenerregendes Kabarett. Helmut Qualtinger ist der berühmteste aus dieser Mannschaft geworden. Er hat die damalige Rock-Jugend in Gerhard Bronners »G'schupftem Ferdl« karikiert, die Motorrad-Rowdies im »Wilden mit seiner Maschin'«. Aber sprichwörtlich wurde er mit dem »Herrn Karl«. Der ewige Opportunist, der sich durch Nazijahre und Nachkriegszeit schlängelt, der abgrundtiefe Gemeinheit mit der Fröhlichkeit eines Feschaks vorbringt, ist ein Monument seiner Epoche geworden.

Viele seiner Texte hat Carl Merz geschrieben. Gerhard Bronner war als Komponist und als sein eigener Textdichter dabei, hat etwa in der »Engelmacherin vom Brillantengrund« das grausige Tun einer Abtreibungshebamme im Tonfall eines gemütvollen Heurigenliedes persifliert. Es war die große Stunde des schwarzen Wiener Humors, und Georg Kreisler war ihr Prophet. Das fröhliche Lied von den »Taubenvergiftern«, der absurde Spaß »Zwei alte Tanten tanzen Tango mitten in der Nacht« – da wurde gerne mit Entsetzen Scherz getrieben. Die Mannschaft von jungen Keller-Kabarettisten hielt zusammen, solange es ihr trotz allem Talentüberschuß materiell nicht übertrieben gut ging. Sie zerfiel in ihre Bestandteile, als sie Erfolg hatte und das schwarze Gemüt goldenen Boden zu haben begann.

Noch einmal zwanzig Jahre vorher waren andere am Werk, um dem gemütlichen Wiener »die Maske vom Gesicht zu reißen«. In den dreißiger Jahren litt die Stadt bittere Not, die Theater gingen schlecht, junge Schauspieler und Autoren konnten sich häufig nur in Kellerlokalen für 49 Personen Gehör verschaffen. (Laut Wiener Theatergesetz benötigt man für ein Unternehmen mit mindestens 50 Sitzen eine Lizenz; also spielte man für 49, auch wenn es in Wahrheit dann vielleicht bedeutend mehr waren). Hans Weigel und Rudolf Weys verdienten sich als Autoren der »Literatur am Naschmarkt« ihre Sporen, und eine ganze Generation nachmals berühmter Schauspieler und Regisseure wuchs in diesen Kellertiefen heran: Hilde Krahl, Josef Meinrad, Rudolf Steinboeck und so viele andere. In diesen Kleinbühnen wurde scharf geschossen: aufs Wiener Gemüt, auf die schleichende Militarisierung, auf die österreichisch-harmlose Abart des Faschismus, auf die Provinzialisierung Wiens. In einem anderen »Theater für 49« (und dieses hieß wirklich so) sah man die Stücke Ödön von Horvaths, von denen noch nie-

mand ahnte, wie berühmt sie dereinst werden würden – wie »signifikant« würde man heute sagen. In diesen Dramen begegnete man jenen fadenscheinigen Wiener Galanen, die man hier »Kavaliere mit Strupfen« nennt, weiter den naiven Mädeln, deren Ahnungslosigkeit schamlos ausgenützt wird, hartherzigen Bürokraten und Schurken aus der Vorstadt. Ein ganzes Panoptikum von häßlichen Wienern mithin, und Horvath war nicht der einzige, der die landesübliche Gemütlichkeit alles eher denn gemütlich fand.
Damals war auch noch Karl Kraus am Werk, der unerbittliche Satiriker, der aus einer Zeitungsnotiz eine polemische Abrechnung von vernichtender Schärfe machen konnte. In seiner »Fackel« vermochte er etwa den Kampf gegen einen die ganze Stadt terrorisierenden Erpresser-Journalisten so vehement zu führen, daß dieser Wien fluchtartig verlassen mußte. In den »Letzten Tagen der Menschheit«, einem Monster-Buchdrama, nach seinen eigenen Worten »für ein Marstheater« geschrieben, durchleuchtete er den ersten Weltkrieg, sah hinter der patriotischen Fassade Geschäftemacherei, Niedertracht, Zeitungssensation – und bestritt dieses ganze Riesenpanorama von Szenen mit Pressemeldungen. Wir werden noch von ihm und seiner aristophanischen Mission zu sprechen haben. Seine Wortbrillanz vermag noch heute Anhänger zu fanatisieren, obwohl uns die meisten seiner Opfer längst nicht mehr bekannt sind: ein mißliebiger Journalist, ein skrupelloser Geschäftsmann, ein Hurra-Patriot, deren Namen längst vergessen sind. Mancher von ihnen lebt in einer bissigen Karl Kraus-Glosse weiter, ungefähr so wie ein prähistorisches Insekt in Bernstein konserviert ist.
Natürlich läßt sich die Ahnenreihe dieser Devouvrierer in Wien noch viel weiter zurückverfolgen. Nestroy war einer der berühmtesten unter ihnen – nicht zufällig hat Karl Kraus seine Größe erkannt und ins rechte Licht gerückt. Vielleicht ist der älteste unter ihnen Abraham a Santa Clara, der wortreiche Augustinerprediger der Pestzeit. Er kam aus Schwaben in die Reichshauptstadt und hielt ihr sein »Mercks Wienn!« vor. Seine drastische Sprache machte ihn populär, und so schluckten denn die Stadtbewohner gerne seine wilden Attacken gegen die Sinnenlust, die Putzsucht, den Leicht-

sinn und weiß Gott welche anderen Laster: »Aber ihr elende Geld-Schaben, Geld-Raben, must sambt aller eurer Mühe und Arbeit noch darzu ewig brathen, und da andere Welt-Bürstel gleichwol nach verkosten Lust und Gust zur Hölle schlipffern, müst ihr allhier Hitz und Schwitz übertragen. Ihr vernunftlose Gold-Käffer, wem samlet ihr, wem sparet ihr? Sehet daßselbige Geld kombt jetzt in die Händ eines lachenden Erben, eines unverwandten Dienstboten, eines weinsüchtigen Siechknecht, und eure Seele steigt hinunter in das ewige Feuer! O Ewigkeit!«
Da fühlten sich die also Angesprochenen kräftig gebeutelt und liefen auch zur nächsten Brandrede des »Reformierten Augustiner Baarfüssers und Kayserlichen Predigers« hin. So klingt dieser Refrain vom häßlichen Wiener durch die Jahrhunderte. Die Bürger dieser Stadt vermögen Lob in jeder Menge zu schlucken, es darf auch Selbstlob sein – sie vertragen es. Aber wenn nicht gleichzeitig gegen sie und ihre Schwächen kräftig vom Leder gezogen wird, fragen sie sich besorgt, ob denn etwas mit ihrer Stadt nicht in Ordnung sei und wo denn die Satiriker oder Bußprediger oder Kritiker des Wiener Wesens bleiben. Doch keine Sorge: Selbst wenn diese mitunter eine kleine Verschnaufpause benötigen, sie sind bald wieder da und nähren den Austro-Masochismus, ohne den man hierzulande nun einmal nicht leben kann.

Schmelztiegel Wien

Seit das Donautal in die Geschichte eingetreten ist, wirkte es durch seine Lage wie eine offene Einladung an fremde Völker, hier durchzuziehen und ihre Spuren zu hinterlassen. Wahrscheinlich ist dies sogar schon der Fall gewesen, bevor noch im Wiener Becken Geschichte überliefert wurde. Kelten und Römer, Germanen und Awaren der Völkerwanderungszeit kamen und gingen. Sogar die Türken sind nicht bis auf den letzten Mann abgezogen, als sie geschlagen worden waren. In Wien, in Niederösterreich, im Burgenland findet sich gelegentlich noch heute ein exotischer Familienname, der auf türkische Herkunft hinweist. In jenen glücklicheren Jahrhunderten, da nur an den fernen Rändern des Reiches Krieg geführt wurde, kamen die Zuwanderer hierher, ohne gleich ihre Armeen mitzubringen. Italienische Künstler bauten Barockpaläste oder spielten Theater – und blieben in der Stadt. Tschechen und Ungarn zogen in die Residenz, in der man besser verdiente als daheim in ihren Dörfern. Juden wurden freundlich eingeladen, wenn der Hof Finanziers und Kaufleute brauchte, wurden wieder vertrieben, wenn sie anscheinend zu reich geworden waren. Wien wurde im Lauf der Jahrhunderte zu einem Schmelztiegel der Nationen und Rassen. Kein Wunder, daß sich der junge Hitler hier nicht wohlfühlte. Dieses Völkergemisch mußte ihm als Greuel erscheinen. In der Stadt, in der er nicht Boden zu fassen vermochte, haben seine krausen völkischen Ideale zuerst Form angenommen. Er ging verbittert davon und diente, als der Krieg ausbrach, als Österreicher lieber in der deutschen Armee.

Liest man die Namen von Wiener Bürgern (oer gar Bürgermeistern) von der Zeit der Gotik bis zum Beginn unseres Jahrhunderts, so dominieren die deutschsprachigen: Neumayer, Liebenberg, Arthaber, Bauernfeld, Weiskirchner. Für heutige Begriffe sind dies bereits seltene Namen. Als im 19. Jahrhundert die Metropole immer größer und reicher wurde, als sie zur Millionenstadt anwuchs und der Kaiser nicht mehr die Krone des Heiligen Römischen Reichs deutscher Nation trug, sondern die österreichische, begann der große Zuzug. Früher schon waren Tschechen als Musiker hierher gekommen und stritten mit den Italienern um die Ehre, in Wiener Orchestern die erste Violine zu spielen. Nun, im Industriezeitalter, kamen kleine Handwerker und Arbeiter. Sie siedelten in den Fabrikvorstädten, wo es lohnenden Verdienst gab, in Ottakring, in Favoriten, in der »böhmischen Türkei«, im »böhmischen Prater«. Wer heute das Wiener Telephonbuch unter dem Buchstaben »V« aufschlägt, kann sich davon überzeugen, wie viele von ihnen echte Wiener geworden sind: von Vacha über Vlcek und Vodicka, von Votypka bis Vrbal und Vrzal. Eine Spezialität der Hauptstadt sind die böhmischen Schneider geworden. Ihre segensreiche Spur findet man noch heute in der Herrenbekleiderbranche: Kniže und Hantak, Masarik und Humhal, Mejstrik, Sprtka und andere. Es gab die Jeritza und den Slezak aus Brünn in der Wiener Hofoper, es gab große Ärzte wie Skoda und Rokitansky an der Universität. Und nicht zu vergessen: die anonyme Schar von böhmischen Köchinnen, die in großbürgerlichen Häusern die Speisekarte mit Köstlichkeiten wie Topfenknödeln, Skuwanki und Mohnstrudeln bereicherten.

Viel verdankt das geistige und künstlerische Antlitz der Stadt den jüdischen Zuwanderern. Die mittelalterliche Judenstadt, das Ghetto im Sterngassenviertel, der Judenplatz sind heute nicht viel mehr als historische Erinnerungen. Der größere Teil der jüdischen Einwanderung erfolgte im 19. Jahrhundert. Mährische und ungarische Kaufleute, Industrielle, Ärzte zogen in die Hauptstadt. Daraus formte sich hier jenes gebildete jüdische Bürgertum, aus dem angesehene Anwälte, Mediziner, Journalisten heranwuchsen. Im ersten Weltkrieg, als die galizischen Ostprovinzen Kampfgebiet wurden, kam ein gewaltiger Zustrom jüdischer Flüchtlinge nach Wien. Viele von ihnen siedelten gleich dort, wo sie aus dem Zug gestiegen waren: in der Leopoldstadt vor dem Nordbahnhof. Sie waren arm, oft auch ungebildet, sie wurden von den erbeingesessenen altösterreichischen Juden nicht gerne gesehen. Sie würden den ohnehin nur vorübergehend eingeschläferten Antisemitismus schüren, hieß es. Die Ostjuden wurden zumeist kleine Geschäftsleute, auch Hausierer, in der zweiten Generation kam es hin und wieder dazu, daß der Sohn studierte. Vor Hitlers Einmarsch machte der jüdische Bevölkerungsanteil etwa 10% aus. Pikanterie am Rande: nach einem internen Geheimbericht der Wiener Gestapo wurden im Jahre 1939 auch die »echten Nationalsozialisten« auf 10% geschätzt. Aber die einen zehn verjagten die anderen zehn Prozent so gründlich, daß heute die Judenschaft nur mehr aus einigen alten Leuten besteht, die zurückgekehrt sind, um hier ihren Lebensabend zu verbringen.

Große jüdische Ärzte haben beträchtlich zum Ruhm der Wiener medizinischen Schule beigetragen, – der berühmteste unter ihnen war Sigmund Freud. In der Dichtung, im ganzen Geistesleben hat das jüdische Element bedeutende Spuren hinterlassen. Arthur Schnitzler, Franz Werfel, Stephan Zweig sind im literarischen Wien noch so präsent wie Gustav Mahler, der die Hofoper, und Max Reinhardt, der die Josefstadt zu ihrer bedeutendsten künstlerischen Entfaltung geführt hat. Arnold Schönberg hat von Wien aus, so sehr er hier angefeindet wurde, eine neue Tonsprache entwickelt und seinen Schülerkreis inspiriert.

Die Magyaren haben relativ wenig zum Bevölkerungszuwachs beigetragen. Seit in ihrer Heimat die beiden Kleinstädte Buda und Pest zu der neuen Großstadt Budapest zusammengewachsen waren, wetteiferte man dort an Prunk und Eleganz und Wohlhabenheit mit der Residenzstadt, hatte es also gar nicht nötig, in diese zu übersiedeln. Aber präsent waren die Ungarn hier trotzdem. Sie kamen zu Besuch oder heirateten ein. Ungarische Musik eroberte die Operettenbühnen, Paprika, Pörkölt und Gulyas die Wiener Kochtöpfe. Lustspielautoren wie Molnar, Fodor oder Bus-Fekete waren immer auch ein wenig in Wien zuhause. Diese nachbarliche Beziehung wurde 1938 jäh unterbrochen. Sie war es nach dem Kriege noch mehr, als an der Grenze der Eiserne Vorhang niederging. 1956 erfolgte drüben der große Aufstand. In hellen Scharen strömten Flüchtlinge nach Österreich, als die Russen ihre Heimat besetzten. Sie wurden hier mit so viel Herzlichkeit aufgenommen, wie man eben einen lange vermißten Verwandten aufnimmt. Und seither gibt es in Wien wieder eine ungarische Kolonie, die allerdings schon keine mehr ist, weil ihre Mitglieder längst zu Österreichern geworden sind.

Mehr an Zuzug hat Wien neuerdings nicht mehr zu erwarten. Jugoslawen kommen als Gastarbeiter und kehren meist wieder heim. Für kurze Zeit kamen Tschechen über die Grenze, – aber die ist nun wieder hermetisch verschlossen. Die nationale Liberalität, die einst ein Lebenselement dieser Stadt war, fehlt ihr heute fühlbar. Daß Wien dadurch ein wenig in die Ecke gedrückt ist, merkt man etwa daran, daß es seinen einstigen Rang als Zeitungsstadt eingebüßt hat.
 Die Zeiten, da man Wiener Blätter auch in Prag oder Budapest las,

sind vorbei. Auch erscheinen dort keine deutschsprachigen Zeitungen vom Rang eines »Pester Lloyd« oder »Prager Tagblatts« mehr. Und Wiens Theater leiden darunter, daß junge Schauspieler nicht mehr wie einst ihre ersten Schritte auf den Stadttheatern von Brünn oder Olmütz tun können.

Zu solch einem Schmelztiegel, der immer national heterogen war, gehörte es seit je, daß viele der berühmtesten Wiener deutscher Sprache gar nicht aus dieser Stadt stammten. Ludwig van Beethoven kam aus dem Rheinland, Mozart aus Salzburg (und der Abstammung nach aus Augsburg), Brahms aus Hamburg, Bruckner aus Oberösterreich. Sie alle sind »echte Wiener« geworden, – so auch viele berühmte und nicht berühmte Zuwanderer aus späteren Zeiten. Einen Vielvölkerstaat an der Donau gibt es nun schon seit sechs Jahrzehnten nicht mehr. Aber eine Vielvölkerstadt ist Wien immer gewesen und bis heute geblieben.

Schon die alten Römer . . .

Die älteste Österreicherin ist runde 25000 Jahre alt. Sie wurde 1907 bei einem Bahnbau in der Wachau aus dem Lehm gebuddelt und heißt seitdem »die Venus von Willendorf«. Sie ist elf Zentimeter hoch, und wenn sie auch nach modernem Standard kaum als »Venus« gelten könnte, imponiert sie doch durch ihre unübersehbaren Fruchtbarkeitssymbole. Heute befindet sich die eiszeitliche Kalksteinfigur im Naturhistorischen Museum, ihrer Kostbarkeit wegen im Depot, was man einer jüngeren Dame wohl schwerlich zumuten könnte. Nur eine Kopie von ihr wird den Besuchern gezeigt. Immerhin bekundet sie, daß im Donautal schon so früh Menschen gesiedelt haben, die sogar Bildwerke zu schaffen vermochten.

Wer die ältesten Siedler auf Wiener Boden waren, – diese Frage verliert sich in dem in solchen Fällen gerne zitierten Dunkel der Geschichte. Wenn man die Jahrhunderte der Römerherrschaft als erste Gründerzeit anspricht, so stimmt das nicht. Vorher war hier eine keltische Bevölkerung ansässig, sie hatte ihr Wien auf dem Boden des heutigen dritten Bezirks errichtet, kurzum: Als die Römer kamen, war alles schon gegründet. Aber sie errichteten ihre Verteidigungslinie an der Donau, erstens weil es ihnen ratsamer erschien, ihr Imperium gegen die Germanen nördlich der Alpen zu verteidigen und nicht auf der Höhe von Verona; zweitens weil dazwischen Berge voller Erz lagen, – Eisen, Blei, sogar Gold, – und weil sie diese Kostbarkeiten der Steiermark und Kärntens lieber innerhalb ihrer Reichsgrenzen sehen wollten. Nur erschien den Römern das Lager Carnuntum weit interessanter als das kleine Vindobona. Carnuntum, dessen Reste heute zwischen Petronell und Deutsch-Altenburg als eine Art großes Freilichtmuseum besichtigt werden können, war ein mächtiges Militärlager mit geräumigen Palästen, zwei Freilichttheatern und einem heute noch monumentalen »Heidentor«, über dessen Funktion die Gelehrten streiten. »Vindo-bona« bedeutet im

Keltischen »weißer Fluß«. Es ist also nur ein Märchen, daß die Römer auf den Wiener Wein anspielen wollten und sich den Namen »Vina do bona« ausdachten. Immerhin haben hier bereits die Kelten Wein gebaut, oder zumindest dasjenige, was sie dafür hielten. Daß der römische Kaiser Probus (276–282) hier den Weinbau eingeführt haben soll, ist also gleichfalls eine Legende. Zwar gibt es in allen Winzerdörfern rund um Wien Probusgassen, und so ist dieser Caesar, von dessen politischen Taten man sonst nicht viel vernommen hat, durch ein Hintertürl in die Geschichte eingegangen. Aber dieselbe Verehrung wie in Wien genießt er in der Champagne und überall dort, wo die Römer an ihrem Limes Wein gezogen haben. Probus hat nicht mehr getan, als den Veteranen seiner Armee gestattet, künftig ihren Wein nach italienischer Art selbst anzubauen. Er hatte gar nicht den Ehrgeiz, als Protektor der Landwirtschaft aufzutreten, – er wollte bloß der Heeresleitung den schwierigen Transport heimischen Weins in so entlegene Provinzen ersparen. Mit diesem Befehl aber ist der Kurzkaiser zu unerwartetem Ruhm gelangt.

Doch heftet sich der Ruhm Vindobonas an den Namen eines weit bedeutenderen Monarchen: Marc Aurel ist hier im März des Jahres 180 der Pest erlegen. Der Philosoph auf dem Kaiserthron scheint das kleine Vindobona dem großen Carnuntum vorgezogen zu haben. Ein Teil seiner berühmten »Selbstbetrachtungen« ist hier entstanden, und natürlich sagt den Wienern der Gedanke zu, daß ihr ältester Schriftsteller ein Kaiser gewesen ist. Marc Aurels Leben und Sterben steht etwa in der Mitte der Römerherrschaft an der Donau. Und wer das älteste Bild von Wien sehen will, muß deshalb nach Rom gehen und dort die Marc Aurel-Säule betrachten. Unter den vielen Taten des Kaisers ist auch ein Brückenschlag an der Donau dargestellt, an jener Stelle des heutigen Donaukanals, die von dem Ruprechtskirchlein überkrönt wird. Denn hier stand die Römerstadt.

Am Hohen Markt wurden nach den Bombardierungen des Zweiten Weltkriegs Fundamente jener Siedlung ausgegraben, in der zuerst die XIII., später die X. Legion Stellung bezogen. Die Regierungs-

gebäude, die gepflasterten Straßen und vor allem die Zentralheizungen können heute in einem kleinen Museum besichtigt werden. Die Landskrongasse war damals die Via principalis, und der Graben war eben der Graben, – das südliche Ende von Vindobona. Jupiter, Juno und Minerva sind auf einem Götterbild dargestellt. Aber die Legionäre aus Kleinasien brachten bereits den Mithraskult an die Donau, – man kann die steinernen Zeugen davon im Museum von Deutsch-Altenburg besichtigen. Am Ende der Römerherrschaft waren hier auch erste Spuren der Christianisierung zu finden, doch es mußten noch stürmische Jahrhunderte ins Land ziehen, ehe hier die ersten Kirchen begründet wurden.
Mit dem Ende der Römerherrschaft begegnen wir im Donauraum einer imposanten kirchlichen und staatsmännischen Figur: dem heiligen Severin. Er wechselte von klösterlicher Einsamkeit zu entschlossenem politischen Handeln, wirkte in Asturis (Klosterneuburg?), Commagenae (Tulln) und Favianis (Mautern), war zeitweise Ratgeber der Ruger-Könige im Bereich von Krems, – nur daß der Wiener Vorort Sievering seinen Namen auf ihn zurückführt, ist Legende. Schließlich wurde der gelehrte Kirchenmann eine Art Liquidator des Imperium Romanum an der Donau. Als hier an allen Enden germanische Eroberer die Römer ablösten, führte Severin die letzten italischen Siedler in einem tristen Zug über die Alpen zurück. Dabei ist er 482 gestorben. Mönche trugen seinen Sarg in die Heimat zurück und setzten ihn in Neapel bei.
Das Kastell von Vindobona verfiel in den Stürmen der Völkerwanderung. Die Stadt, vorerst noch ein Zentrum des pannonischen Reichs, versank in Geschichtslosigkeit. Wir können die Brandspuren an Römerbauten verfolgen, wir wissen, wie viele Völker durchs Land zogen. Langobarden, Awaren, Teutonen behaupteten sich für eine Weile. Am gründlichsten haben Attilas Hunnen die Provinz verwüstet. Wir hören, daß eine schöne Germanenbraut namens Ildiko an seinen Hof geholt wurde, aber in der Brautnacht starb. Das ist der Kern des Nibelungenliedes, das runde acht Jahrhunderte später im Donauram entstand.

So undurchdringlich, wie das Dunkel der Völkerwanderungsjahre noch vor kurzem erschien, ist es heute nicht mehr. Wir wissen immerhin, daß im 7. Jahrhundert ein gewisser Samo von Wien aus ein Slawenreich beherrschte und vermutlich den Berghof (in der Nähe des heutigen Hohen Markts) zu dessen Zentrum gemacht hat. Er war ein Christ, vielleicht fränkischer Herkunft, ein geschickter Großkaufmann, der in großem Maßstab Handel zwischen Byzanz und Frankreich betrieb, nur leider mit Untertanen behaftet war, die nicht schreiben konnten, so daß sein Ruhm nicht der Nachwelt überliefert wurde. Die Slawen aber nannten Vindobona »Viden«, woraus sich nicht nur der Name des heutien vierten Gemeindebezirks, sondern auch des angrenzenden Flusses und der ganzen Stadt herleitet. Als schließlich Samos Reich unter dem Ansturm der Awaren zusammenbrach, waren die Slawen im Norden und die im Süden für alle Zeiten voneinander getrennt.

Die Erfindung Österreichs

Karl der Große ist tief ins Ungarland vorgestoßen, aber die karolingische Ostmark hielt der Drohung aus dem Osten nur kurze Zeit stand. Erst als Otto I. die Ungarn auf dem Lechfeld (unweit Augsburgs) besiegte, war der Weg frei zuerst für die ottonische Ostmark, dann für das Gebilde, das man vor rund einem Jahrtausend erstmals »Ostarrîchi« nannte. Das fränkische Geschlecht der Babenberger führte ein erstes goldenes Zeitalter für dieses Land herauf. Die Babenberger residierten in Melk, dann in Tulln, dann am Kahlengebirge, schließlich in Wien. Aus dem alten, von den Stürmen der Völkerwanderung gepeitschten Berghof zogen sie aus und errichteten ihre neue Residenz »Am Hof«, wo heute allerdings kein Hof mehr zu sehen ist, sondern ein Bankgebäude.

Heinrich Jasomirgott ist der Name des ersten Herzogs, der in Wien Quartier nahm (angeblich hieß er so, weil er häufig zu sagen pflegte: »Ja so mir Gott helfe«). Seine Gattin war eine byzantinische Prinzessin Theodora. Auch sein Nachfolger hatte eine byzantinische Theodora zur Frau (nicht dieselbe!), die Ausstrahlung byzantinischer Kultur dürfte für die Babenbergerresidenz im Donauland ungemein befruchtend gewesen sein. Ein Minnesängerhof entstand in Wien, weithin berühmt, ein Zentrum verfeinerter romanischer Baukunst. Und auch ein religiöser Vorposten. Als in Burgund die strenge Ordensregel der Zisterzienser das mönchische Leben erneuerte, wurde diese Askese auch unter der Babenberger Jugend Mode. Man berief burgundische Brüder nach Österreich. Sie rodeten die Wälder, betrieben in ihren Klöstern Handwerk. Und so steht man noch heute in dem niederösterreichischen Stift Heiligenkreuz staunend vor einer romanischen Hallenkirche, die ebenso gut nach Burgund passen würde.

Der Letzte dieses glanzvollen Herzogsgeschlechts hieß Friedrich der Streitbare, und das aus gutem Grunde. Er suchte (und fand) überall Händel: mit dem Adel, mit den nach Reichsunmittelbarkeit strebenden Bürgern von Wien, mit dem Kaiser, mit den Ungarn und den Böhmen. 1246 trat der erst 35jährige Fürst von Wiener Neustadt aus gegen die Magyaren König Belas IV. an, besiegte sie, blieb aber tot auf dem Schlachtfeld. Seine Leiche wurde halbnackt, von Feinden ausgeplündert, aufgefunden. So trug man ihn bis nach Heiligenkreuz und setzte ihn dort bei. Auf seinem Grabmonument sieht er noch heute ungemein streitbar aus. Er war kinderlos gestorben, und so begann nun das große Interregnum, während »die kaiserlose, die schreckliche Zeit« das Reich erschütterte.

Der erste, der aus diesen Wirren Vorteil zog, war der Böhmenkönig Przemysl Ottokar. Die Wiener liebten ihn wegen seiner Großzügigkeit. Von seinem Gegenspieler, dem Grafen von Habsburg, wollten sie vorerst nichts wissen. Ein ebenso munteres wie frivoles Heiratsspiel sollte die Nachfolgefrage regeln. Der 22jährige Ottokar führte die 46jährige Schwester des letzten Babenbergers, Margarethe, zum Altar. Zwar hatte sie sich seinerzeit vorgenommen, Nonne zu werden, aber da der Przemyslide der Kandidat des Papstes gegen den mißliebigen Habsburger war, wurde ihr ein kirchlicher Dispens erteilt. Später aber erschien es Ottokar vorteilhafter, eine ungarische

Prinzessin zu heiraten. So entsann man sich des seinerzeitigen Gelübdes, annullierte die erste Ehe und ermöglichte Ottokar die nun politisch weit wichtigere zweite. Rudolf von Habsburg seinerseits war nicht weniger heiratsfreudig. Er plante eine Kinderhochzeit zwischen seinen Sprößlingen und denen seins Widersachers Ottokar. Doch erschien es ihm bald zweckdienlicher, seinen Rivalen auf dem Schlachtfeld zu besiegen. Ottokar fand auf dem Marchfeld den Tod, und damit begann 1278 die Herrschaft der Habsburger, die sechseinhalb Jahrhunderte währen sollte. Nun meine man aber nicht, Rudolf habe deshalb seinen Plan mit der Kinderhochzeit aufgegeben! Sie fand nach dem Tode des Przemysliden dennoch statt, und mit ihr kam Böhmen zu Österreich. Erst zwei Jahrhunderte später hat der Ungarnkönig Matthias Corvinus auf die habsburgische Politik den Spottvers geschrieben: »Bella garant allii – tu felix Austria nube!«

Ottokar hatte begonnen, in Wien eine neue Burg zu errichten – wohlverstanden *vor* den Toren der Stadt, so daß man von den Bürgern unabhängig war. Die Habsburger machten sie zu ihrer Residenz und in dem noch sehr bescheidenen Stephansdom wurde der Sieg über den Böhmenkönig mit einem feierlichen Hochamt gefeiert. Die beiden Zentren der nachmaligen Kaiserstadt waren damit in die Stadtgeschichte eingetreten. Der kleine Graf von der schweizerischen Habsburg, den man gerade wegen seiner Unbedeutendheit geholt hatte, wurde der Ahnherr eines Geschlechts, das von Wien aus halb Europa beherrschte. Und wenn auch dem Papst anfangs der Habsburger wenig ins Konzept paßte, so wurde das Haus später umso katholischer.

Noch einmal gelang es dem traditionellen ungarischen Widersacher, bis Wien vorzudringen. Der vorhin erwähnte Matthias Corvinus, der den Spottvers über die habsburgische Heiratspolitik verfaßt hatte, vertrieb den Kaiser Friedrich III. von hier – und auch dieser ist durch einen lateinischen Spruch in die Geschichte eingegangen, durch das A.E.I.O.U. (Austria erit in orbe ultima). Mit seinem Sohn Maximilian I., dem letzten Ritter, wächst allerdings die habsburgische Hausmacht ins Imperiale. Der bewährten Familienpraxis treu, heiratete er die Prinzessin Maria von Burgund. Damit waren Burgund und Flandern bei der österreichischen Krone. Sein nächster Coup auf dem europäischen Heiratsmarkt war wieder einmal eine Kinderhochzeit: Er verehelichte seine beiden Enkel mit den Kindern des polnischen Königs Wladislaw, – und damit waren Böhmen und Ungarn österreichische Erblande geworden. Er selbst war allerdings mehr in Innsbruck und Augsburg daheim, wo er mit der Bankiersfamilie Fugger und dem Reichtum tirolischer Silbergruben den mitteleuropäischen Kapitalismus aufbaute. Sein Nachfolger Karl V. rückte noch weiter von der Wiener Residenz ab, regierte von Spanien aus ein Habsburger Reich, in dem die Sonne nicht unterging.

Halbmond und Barock

Daß nun Ungarn und Böhmen durch mehrfache Heiraten fest mit dem Wiener Hof verbunden waren, schloß allerdings nicht aus, daß aus dem Osten schon wieder eine neue Gefahr für die Kaiserstadt heraufstieg: die Türken. 1529 standen sie zum ersten Mal vor den Mauern der Kaiserstadt. Sultan Soliman II. zog mit einem Heer von 280 000 Mann auf – in der Stadt gab es ganze 18 000 Verteidiger. Die Befestigungen waren morsch. Im benachbarten Ungarn hatten sich die Türken so weit festsetzen können, daß sie an die drei Jahrhunderte blieben und die Matthiaskirche, die traditionelle Krönungskirche der ungarischen Könige, eine Moschee wurde. So weit kam es in Wien nicht. Der türkische Ansturm brach zusammen. Der Verteidiger der Hauptstadt, Altgraf Salm, fiel bei der letzten Attacke, aber der Sultan mußte abziehen.
Es dauerte anderthalb Jahrhunderte, bis die Türken wiederkamen. Und bei der zweiten Belagerung von Wien wurde die Lage weit gefährlicher. Im Jahre 1683 rückte eine Armee von 230 000 Mann unter Kara Mustafa gegen die Hauptstadt des Reiches vor. Der os-

manische Hof spekulierte darauf, daß Deutschlands Fürsten hoffnungslos zerstritten waren und Kaiser Leopold kaum mit ihrer Hilfe rechnen konnte. Diesmal würde also das Bollwerk des Abendlandes fallen und der Halbmond auf dem Stephansdom aufgepflanzt werden. Der Kaiser floh, rund 60 000 Bewohner der Stadt folgten ihm. Graf Rüdiger von Starhemberg ließ die Vorstädte niederbrennen, um freies Schußfeld gegen die Belagerer zu haben. Zweieinhalb Monate mußten Garnison und Bürgermilizen diesmal ausharren. Der Feind war bis auf 300 Meter an die Stadtmauern herangerückt, er hatte sogar die Wasserzufuhr abgeschnitten, in der Stadt wüteten Epidemien. Dann geschah doch noch das große Wunder. Im September 1683 erschien das Entsatzheer auf dem Kahlenberg: kaiserliche Truppen vereint mit denen des Polenkönigs Johann Sobieski, des Herzogs von Lothringen und Truppen aus Bayern und Württemberg. Die Stadt wurde freigekämpft, die Türken flüchteten bis nach Ungarn. Für Mitteleuropa war damit der Türkenstrom zurückgeschlagen, der Kampf verlagerte sich nach Ungarn und Serbien.
Neben diesem Krieg gegen die Armeen aus dem Osten hatte Österreich in jenem Jahrhundert noch die heftigen Auseinandersetzungen um die Reformation auszutragen, die im 30jährigen Krieg kulminierten. Zeitweise war Wien sogar eine protestantische Stadt, und dies unter einem so katholischen Hause wie den Habsburgern! Etliche Kaiser residierten dann auch anderswo. Rudolf II. machte Prag zur Metropole seines Reiches. Für ein halbes Jahrhundert wurde Graz die Residenz von Innerösterreich, und Ferdinand II. brachte, als er zum Kaiser gekrönt wurde, von hier seinen kompletten Hof nach Wien. Denn Graz war inzwischen zum Zentrum der Gegenreformation geworden. In Wien wurden die Jesuiten als Geheimwaffe gegen die lutherische Lehre eingesetzt. Sie kämpften zum Teil mit Mitteln, die in Wien allezeit verstanden und geschätzt wurden: sie entfalteten das herrliche barocke Schaugepränge des »Jesuitenstils« in ihren Kirchen, und sie wurden Theaterunternehmer. Mit

Über den Dächern von Wien: Votivkirche und Maria am Gestade

VON
ERBS & CO

Rasper's Schani
Rasper's Schanigarten

ihren Bühnen konnten sie rascher und intensiver an die Herzen der (teilweise noch verstockt protestantischen) Wiener rühren als mit theologischen Diskursen.
Aber ganz so sanft wie uns heute die Prunkfassaden der Barockkirchen glauben machen, ging die Rekatholisierung nicht vonstatten. Dem jungen Kaiser Ferdinand II. hatte noch der protestantische Adel eine Verbriefung seiner Rechte abzutrotzen versucht, indem er ihm kurzerhand »Nandel, unterschreib!« zurief. Er hat später diese Demütigung nicht vergessen und die Lutheraner aus den Erblanden verjagt. In den Wiener Vorstädten Hernals und Enzersdorf wurden die Bethäuser der Protestanten geschlossen. Mit der religiösen Fronde waren ja auch immer wieder politische Unabhängigkeitsbewegungen verquickt. Den Bürgern von Wien wurde die ersehnte Reichsunmittelbarkeit verweigert. Die böhmischen Adelsgeschlechter wurden in der Schlacht auf dem Weißen Berge geschlagen. Seit die spanische Erbschaft verloren gegangen war, etablierte sich das katholische Erzhaus immer kräftiger in seiner Wiener Residenz.
Und als ob Glaubenskämpfe und Türkenkriege noch nicht genug Not übers Land gebracht hätten, wütete auch mehrmals die Pest, die ganze Landstriche entvölkerte. In Wien wurden insgesamt vierzehn Epidemien gezählt, und bei einer von ihnen wurde 1679 die halbe Bevölkerung ausgerottet. Wer es sich leisten konnte, flüchtete aus der Stadt: der Kaiser, der Hof, die reichen Bürger. Überliefert ist aus jener Zeit die Legende vom »lieben Augustin«, der mit bürgerlichem Namen Augustin Marx hieß und ein beliebter Bänkelsänger war. Er bekämpfte die Krankheit nach den Regeln der damaligen Populärmedizin mit Alkohol. Diese Therapie wäre beinahe schiefgegangen. Eines Nachts fand man den Volltrunkenen auf der Straße, hielt ihn für tot und warf ihn in eine Pestgrube. Sobald er aber seinen Rausch ausgeschlafen hatte, rappelte er sich hoch und kletterte zwischen den Leichen hervor. Seither gilt er als Symbol für den ortsüblichen Widerstandswillen, für die vom Heurigenlied ver-

33 Neuer »Schanigarten« am Rande der Fußgängerzone Graben

kündete Überzeugung: »Der Wiener geht net unter!« So ist denn auch ein Lied, das von der Auferstehung dieses Unverwüstlichen kündet, bis heute populär geblieben: »Oh, du lieber Augustin, alles ist hin!« Leider sind die Gelehrten mit dieser Legende streng ins Gericht gegangen. Sie haben nachgewiesen, daß die Geschichte von dem Trunkenbold in der Pestgrube auch anderwärts erzählt wird und das Lied ursprünglich in Sachsen auf den Thronverzicht Augusts des Starken gesungen wurde. Ein anderes Denkmal der Pestzeit aber steht unübersehbar bis heute auf dem Wiener Graben: die Pestsäule, die Leopold I. zum Dank für das Erlöschen der Seuche errichten ließ.

Denn nun, da Pest, Türkennot und blutige Glaubenskriege vorbei waren, brachen für Österreich endlich friedliche Zeiten an. Die wiedergewonnene Zuversicht äußerte sich in den glanzvollen Bauten der Barockzeit. Die Kaiser bauten ihre Hofburg aufs üppigste aus, errichteten die Winterreitschule für ihre Lipizzaner und die Hofbibliothek für ihre Bücher. Prinz Eugen bewies, daß er auch als Bauherr so etwas wie der »heimliche Kaiser« war. In der Himmelpfortgasse ließ er sein Stadtpalais aufführen, vor den Toren der Stadt, – damals noch im grünen Freigelände, – sein wahrhaft imperiales Belvedere, und daneben residierte er noch in seinen Marchfeldschlössern. Der Adel tat es diesen beiden Mächtigsten im Staate nach. In der Innenstadt und knapp vor den Stadtmauern (wo man der Türken wegen hatte die Dörfer einäschern müssen) entstanden üppige Barockpaläste. Die Kirche stand diesem großen architektonischen Gloria nicht nach. Karl VI. errichtete seinem Namenspatron die Karlskirche vor dem Kärntnertor. Und der Endpunkt der glanzvollen Bauepoche war wieder ein Kaiserschloß: Schönbrunn, der Lieblingsaufenthalt Maria Theresias. Nebenbei bedeutete diese gewaltige Bauexplosion zugleich die größte Abbruchperiode in der Geschichte Wiens (die zweitgrößte folgte, als Ende des 19. Jahrhunderts die Ringstraße errichtet wurde). Denkmalschutz war damals noch ein unbekanntes Wort und blieb es auf lange Zeit. Das mittelalterliche Wien verschwand fast zur Gänze, – man hätte sich der alten gotischen Bauten geradezu geschämt.

Als mit dem Tode Karls VI. die männliche Linie der Habsburger ausstarb, hatte es seine Tochter Maria Theresia nicht leicht, die Zügel in die Hand zu nehmen. Zwar hatte ihr Vater vorsorglich die »pragmatische Sanktion« erwirkt, die ihr die unbestrittene Herrschaft zusichern sollte. Als es aber dann soweit war, erwachte doch ringsum der Appetit auf die österreichischen Erblande. Also wieder Krieg, diesmal vor allem gegen Preußen. Die neue Landesmutter, so populär sie in ihrer Mischung aus Religiosität und Hausbackenheit war, hätte diese Schwierigkeiten nicht meistern können ohne ihren Gatten, den lothringischen Franz. So gab es nunmehr ein Haus Habsburg-Lothringen. Dessen erster Sproß bestieg als Joseph II. den Thron.
Und dies bedeutete einen gewaltigen Klimawechsel. Auf die Rokokoentfaltung des theresianischen Wien mit seiner religiös untermauerten Heiterkeit folgte die kühle Vernunft des Aufklärungszeitalters. Was der Mutter nie in den Sinn gekommen wäre, wagte der Sohn: Er hob beschauliche Orden auf, schloß Kirchen, die ihm ihren Sinn nicht zu erfüllen schienen. Selbst Papst Pius VI. eilte besorgt nach Wien, um hier nach dem Rechten zu sehen. Was Joseph II. an Humanisierung des verknöcherten barocken Staats- und Gesellschaftsgebäudes geleistet hat, wirkte auf Jahrhunderte nach: Aufhebung der Leibeigenschaft, Abschaffung der Folter, Ersetzung der alten ständischen Ordnung durch einen Beamtenstaat, ein religiöses Toleranzpatent und vieles andere mehr.
Richtig populär ist er in dem Jahrzehnt seiner Alleinregierung von 1780–1790 dennoch nicht geworden. Verstandesmenschen seines Zuschnitts haben es in Wien immer schwer gehabt. Aber diese Stadt verdankt ihm das Allgemeine Krankenhaus auf dem Alsergrund und das Pfandleihhaus Dorotheum, das die Not der Ärmsten lindern sollte. Er war der Protektor Mozarts und hat aus dem reichlich verrotteten Theater nächst der Burg die deutsche Nationalbühne gemacht, das Burgtheater. Er war das österreichische Gegenstück zu dem Preußenkönig Friedrich, und wie dieser wollte auch er, daß das Volk sich nicht selbst befreien, sondern seine Befreiung als eine Gabe von oben in Empfang nehmen solle. Als er starb,

war in Paris bereits der Auftakt zur französischen Revolution angestimmt worden.
Deren Widerhall wurde nach und nach auch in Österreich hörbar. Die Wiener bekamen ihn in aller Deutlichkeit erst 1805 zu hören, als sich die Truppen Napoleons zum ersten Mal ihrer Stadt näherten. Der Kaiser der Franzosen residierte nun in Schönbrunn, – *nur* in Schönbrunn, denn in die Hofburg zu ziehen erschien ihm doch zu gewagt, trotz des liebedienerischen Empfanges, den man ihm bereitet hatte. Daß der gute Kaiser Franz dem Eroberer sogar seine Tochter Marie Louise zur Frau gab, sahen die Wiener als ganz natürlich an, als einen Akt staatsmännischer Klugheit, als ein Zeichen dafür, daß nun das Kriegsbeil für alle Zeiten begraben war. Aber »für alle Zeiten« währte nicht lang. Vier Jahre später traten österreichische und französiche Truppen vor den Toren der Stadt zur Schlacht von Aspern an, – der ersten Niederlage, die Napoleon einstecken mußte. Am Pfingstsonntag 1809 zogen die Spaziergänger zu dem großen Spektakel vor die Stadtmauer und sahen zu, wie zuerst schön ordentlich die kaiserlichen Truppen aufs Schlachtfeld zogen und hernach nicht minder ordentlich die Franzosen. Wer nicht im »Zeugel« an den Ort des Geschehens fahren konnte, verfolgte von den Dächern der Stadt aus die Kanoneneinschläge und das Aufsteigen des Pulverdampfes. Am Abend stand der Sieg des Erzherzogs Carl fest, die Franzosen mußten sich geschlagen geben. Nun allerdings ruhten sich die Österreicher auf ihren Lorbeeren aus. Napoleon aber sammelte seine Truppen. Sechs Wochen später trat er in Wagram noch einmal zum Kampf an, – und diesmal hatte er Erfolg. So gilt heute Aspern zwar in Österreich als großer Sieg, in Frankreich aber nur als der erste Teil einer Doppelschlacht von Aspern und Wagram, aus der Napoleon schließlich als Sieger hervorgegangen war. Im Oktober 1809 konnte er den Frieden von Schönbrunn diktieren.
Für Wien wurde das große Weltspektakel erst wieder interessant, als der Korse endgültig geschlagen war und in ihrer Stadt der Kongreß zusammentrat, der 1815 die Teilung der Beute beschloß. Längst hatte ihr Monarch als Franz II. die deutsche Kaiserkrone niedergelegt und sich als Franz I. zum Kaiser von Österreich gemacht.

Auch seine Tochter hatte den französichen Gemahl verlassen und war mit ihrem Sohn, dem Herzog von Reichstadt, nach Schönbrunn zurückgekehrt. Daß der Zar und so viele europäische Potentaten nun in Wien saßen und Fürst Metternich als Arrangeur nicht nur eines weltpolitischen Handels, sondern auch eines Festivals voller Bälle, Maskeraden, Pferdekarussells und Opernvorstellungen auftrat, von dieser Erinnerung zehrten sie noch lange.
Sie hatten auch sonst nicht viel, wovon sie zehren konnten. Die europäische Ordnung Metternichs sicherte zwar den Frieden für mehr als drei Jahrzehnte, brachte ihnen aber ein streng obrigkeitliches Regime, in dem die vormals hoffnungsvollen Keime einer neuen Freiheit gründlich erstickt wurden. Die Epoche trug den hübschen Namen »Biedermeier«, aber ihre Biederkeit war eine erzwungene. Deutschland erging sich in der Kleinstaaterei seiner Duodezfürsten, in Österreich gab es strenge Zensur, Unterdrückung aller nationalen Freiheitsbestrebungen in dem Vielvölkerstaat, ein Zwang zur Harmlosigkeit in Kunst und Politik.
Das Biedermeier brachte die erste Blütezeit des Wiener Cafés, – hier wenigstens durfte man hinter vorgehaltener Hand weidlich auf die Zustände schimpfen. Das Burgtheater war zur großen Klassikerbühne geworden. Beethoven, der einstmals Napoleon als Freiheitshelden bewundert und dann seine Widmung der Eroica an ihn wütend ausradiert hatte, als dieser sich zum Kaiser krönen ließ, starb 1827. Ein Jahr später folgte ihm Schubert, dessen idyllische Kunst weit besser in die Biedermeierzeit zu passen schien und ihm doch so wenig Ruhm einbrachte. Nestroy riskierte in seinem Theater in der Leopoldstadt respektlose Späße gegen die Obrigkeit und geriet damit immer wieder in Konflikt mit der Polizei. Die Familie Strauß begann, die Stadt im Walzertakt zu regieren, denn an Ballsälen mit »feenhafter Illumination« herrschte kein Mangel.
Dieses halb erzwungene, halb auch schon behaglich genossene Idyll brach 1848 jäh zusammen. Als man dem nicht gerade sehr aufgeweckten Kaiser Ferdinand berichtete, die Revolution sei ausgebrochen, erwiderte er verständnislos: »Ja, derfens denn das?« Die Epoche, die man hinterher den »Vormärz« nannte, war zu Ende,

der Kaiser floh nach Olmütz, Metternich trat zurück. In der Herrengasse traten die Revolutionäre in schwarzem Frack und Zylinder zu einer Kundgebung vor dem Landhaus an, das Militär schoß in die Menge. Was zuerst so bürgerlich wohlanständig eingesetzt hatte, entwickelte sich bald weit stürmischer, als auch die Arbeiter aus der Vorstadt eingriffen. Von Wien sprang der Funke auf Böhmen, auf Ungarn über. Soldaten, die dorthin in Marsch gesetzt wurden, gingen zu den Aufständischen über. Die Menge stürmte das Kriegsministerium, der Minister, ein Graf Latour, wurde Am Hof auf einem Laternenpfahl gehängt. Nationalgarden beherrschten das Straßenbild, man verlangte eine demokratische Verfassung und Pressefreiheit. Grillparzer notierte später: »Es war die lustigste Revolution, die man sich vorstellen konnte, – die ganze Bevölkerung war von morgens bis abends auf der Straße.«

Sie dauerte sieben Monate. Ende Oktober zog Fürst Windischgrätz mit seinen Truppen in Wien ein. Auf den Aufstand folgte das Strafgericht. Aber Metternich kehrte nicht wieder, und Kaiser Ferdinand dankte ab. Sein Neffe Franz Joseph bestieg als 18jähriger den Thron, – er sollte 68 Jahre lang das Reich regieren. Sein Regime, das später so sehr im Zeichen eines schon ein wenig müde gewordenen staatsmännischen Ausgleichs stand, begann mit harten Maßnahmen: eine Truppenparade auf dem Glacis, die den Wienern vor Augen führte, wer nun hier der Herr im Haus war, sodann sechs Jahre Belagerungszustand. Unter den vielen Bauprojekten seiner Ära, die Wien so sehr bereichert haben, stand an erster Stelle das Arsenal. Heute ein weitläufiger Bau mit Museumscharakter, war es doch von Anfang an dafür gedacht, von einer Anhöhe hinter dem Belvedere ein allenfalls nochmals störrisch werdendes Wien mit Artillerie in Schach zu halten.

Das Wien Franz Josephs

In die Rolle des gütigen Monarchen ist Franz Joseph erst langsam hineingewachsen. Sein Reich hatte weit stärkere Spannungen auszuhalten als dasjenige seiner Vorgänger. In dem Vielvölkerstaat drängten Nationen nach oben, die bisher noch recht wenig eigenen Willen bekundet hatten. Als der Kaiser endlich seinen Völkern eine Verfassung gab, die ohnehin noch recht weit vom allgemeinen und gleichen Wahlrecht entfernt war, wurde das Parlament zum Schauplatz dieser nationalen Auseinandersetzungen. Aus den italienischen Besitzungen war das Haus Habsburg hinausgedrängt worden, nach der Niederlage von Königgrätz auch aus dem deutschen Reich. Nun pochten die Ungarn auf größere Selbständigkeit. Das Ergebnis war jene österreichisch-ungarische Monarchie, in der der Kaiser von Österreich zugleich König von Ungarn war, in Budapest aber ein eigenes Parlament und eine eigene Regierung saßen.
Uns Heutigen fällt es bereits schwer, zwischen dem alten k.k. und k.u.k. zu unterscheiden. Ämter, die nur in der österreichischen Reichshälfte wirkten, waren kaiserlich-königlich oder »k.k.«. Diejenigen, die nur für Ungarn zuständig waren, hießen königlich-ungarisch oder »k.u.«, und die für beide Hälften amtierenden (wie das Heer oder das Außenministerium) hießen »k.u.k.«. Zu den nationalen Spannungen traten überdies die sozialen des heraufsteigenden Industriezeitalters. Sie machten sich schon im Stadtbild bemerkbar. An den Rändern von Wien schossen rings um die Fabriken die proletarischen Vorstädte auf mit den trostlosen Häuserzeilen, ihren Mietskasernen. In Ottakring oder Favoriten wuchs die Arbeiterbewegung heran, die immer mehr danach drängte, im Zeichen eines allgemeinen Wahlrechtes auch im Parlament ihr Wort mitzureden. Ihr großer Wortführer Viktor Adler hat allerdings seinen Triumph nicht mehr erlebt. Er starb 1918, kaum daß in Österreich die Republik ausgerufen wurde.
Einen Staat zusammenhalten zu wollen, der nach allen Seiten hin auseinanderdrängte, wäre bereits genug der Tragik gewesen. Der

reservierte und bürokratisch pedantische Franz Joseph hat aber auch in seinem Familienleben übermenschliche Spannungen zu ertragen gehabt. Die Liebe des jungen Kaisers zu der Wittelsbacher Prinzessin Elisabeth hat seither als Sissy-Legende Operetten- und Filmruhm erlangt. Seine ehrgeizige Mutter (die ihn auch gegen die gesetzliche Erbfolge zum Kaiser gemacht hatte) wollte ihm zuerst eine andere Wittelsbacherin als Gattin zuführen. Als aber Franz Joseph in Ischl Elisabeth sah, war dies Liebe auf den ersten Blick, und diesmal wagte es nicht einmal seine gestrenge Mutter, zu widersprechen. Sissy war eine romantische junge Frau, bildschön, leidenschaftliche Reiterin und Bergsteigerin, ein Vollbluttemperament, das mit der strengen Etikette des Hofes früher oder später in Konflikt geraten mußte. Franz Joseph brachte ihr so viel Verständnis entgegen, als er seiner pedantischen Mutter abzuringen vermochte. Aber Elisabeth fühlte sich in der Hofburg unter dem Regime der Kaiserin-Mutter beengt. Sie liebte weite Reisen, folgte ihrem romantischen Fernweh und entfremdete sich ihrem Gemahl immer mehr. Als die extravagante Kaiserin 1898 in Genf von dem Anarchisten Luccheni ermordet wurde, bedeutete dies für Franz Joseph den schwersten Schicksalsschlag seines Lebens.
Die andere große Familienkatastrophe war der Selbstmord seines Sohnes Rudolf. Zwischen dem Kronprinzen und dem Kaiser bestanden starke Spannungen. Sie erklärten sich zum Teil aus dem Ungestüm des jungen Lebemannes, der mit einer eher kühlen belgischen Prinzessin vermählt worden war, daneben aber immer eine stattliche Anzahl von Amouren unterhielt. Zum größeren Teil trug wohl die politische Enttäuschung schuld an dieser Entfremdung. Franz Joseph war bereits alt geworden, gedachte jedoch nicht, einen Zipfel der Macht dem Sohn zu überlassen oder gar abzudanken. Die Rettung der Donaumonarchie erhoffte Rudolf von einer stärkeren Dezentralisierung des Reiches, vor allem von größerer Selbständigkeit der Ungarn. Dies wieder war für den Kaiser ein Grund, das Reich nach seinem eigenen Konzept zusammenzuhalten, so gut es eben ging. 1889 aber kam es zur Tragödie. In dem Jagdschloß Mayerling im Wienerwald erschoß sich der Kronprinz mit seiner

Geliebten, einer harmlosen kleinen Comtesse Vetsera, die vermutlich als einzige unter seinen Freundinnen romantisch genug veranlagt war, diesen Doppelselbstmord mitzumachen. Der Kaiser, – von diesem Tage an ein gebrochener Mann, – tat alles, um die Hintergründe der Tat im Dunkeln zu lassen. Sie sind bis heute nicht vollends aufgeklärt. Immer wahrscheinlicher wird jene Version, die von einem ungarischen Adelskomplott wissen will, das die Absetzung des Kaisers und die Inthronisation Rudolfs zum Ziel hatte. Die Verschwörung platzte, und Rudolf sah keinen anderen Ausweg als den Selbstmord. Franz Josephs viel zitiertes Wort: »Mir bleibt doch nichts erspart« blieb von da an gültig bis zu seinem Ende.

Doch brachte das von Tragik umschattete Leben dieses Kaisers der Stadt Wien eine Epoche glanzvoller Entfaltung. Sie wuchs zu einem Industrie- und Handelszentrum auf, sie platzte aus allen Nähten. Immer aber war sie noch von Wall und Graben umgeben wie im Mittelalter. Im Dezember 1857 sprach der Kaiser in einem Handschreiben an seinen Ministerpräsidenten den Wunsch aus, die Befestigungen zu schleifen und die Innenstadt mit ihren Vorstädten zu vereinen. Etwa ein Jahrzehnt später war es so weit: Anstelle der Stadtmauern entstand die Ringstraße, das große städtebauliche Monument einer Epoche. Hofoper und Burgtheater, Universität und Rathaus wuchsen aus dem Boden, dazwischen eine imposante Zahl großstädtischer Paläste. Sogar die Hofburg sollte durch einen Anbau erweitert werden. Wien wurde eine bedeutende Musik- und Theaterstadt. Auf der Kärntnerstraße und am Graben fanden sich die elegantesten Geschäfte der Donaumonarchie. Die k.u.k.-Armee mit ihren glänzenden Uniformen und ihren entlegenen Garnisonen bis tief nach Ungarn, Galizien oder Böhmen hinein war der sichtbare Ausdruck eines Zusammenhalts, der doch im Grunde schon lange fragwürdig geworden war.

Das Auseinanderbrechen dieses multinationalen Gebildes hat Franz Joseph zumindest in seiner ersten Phase noch erlebt. Mit dem Thronfolger Franz Ferdinand stand der greise Monarch auf kaum besserem Fuße als seinerseits mit seinem Sohn. Auch Franz Ferdinand drängte darauf, zur Regierung zu gelangen. Und auch er suchte die Karte des Föderalismus auszuspielen, allerdings nicht mit dem ungarischen, sondern mit dem tschechischen Partner. Mit dem Hof stand er schon deshalb auf Kriegsfuß, weil dieser seine Heirat mit einer Gräfin Chotek als nicht standesgemäß erachtet und seiner Gattin die Ehren einer Erzherzogin verweigert hatte. So lebte er auf Schloß Belvedere, dem einstigen Sitz des Prinzen Eugen, in beständigem Widerspruch zum Kaiser, – man nannte es eine Anti-Hofburg. Daß er im Juli 1914 jene verhängnisvolle Reise nach Sarajewo antrat, hatte neben der politischen Demonstration auch noch private Gründe. Hier wenigstens, am Rande der Donaumonarchie, sollte seine Gattin mit allen Ehren einer Thronfolgerin empfangen werden. Das Ergebnis war das Attentat, bei dem beide den Tod fanden. Damit war das Startzeichen zum ersten Weltkrieg gegeben, in der Folge auch zum Untergang der Donaumonarchie. Nun blieb dem »alten Herrn in Schönbrunn« wirklich »nichts mehr erspart«.

Der Rest ist Österreich

Wien ging aus dem großen Desaster als Hauptstadt eines Kleinstaates hervor. Es ist nur schwer in seine neue republikanische Aufgabe hineingewachsen. Zugeschnitten auf ein 50-Millionen-Reich, war es mit seinen imperialen Bauten für die kleinkarierte Gegenwart der zwanziger Jahre überdimensioniert. Es hat beträchtliche materielle Not durchzustehen gehabt, sich hernach in bürgerkriegsähnlichen Kämpfen aufgerieben, seine eigene Demokratie außer Kraft gesetzt, – und so wurde Österreich reif für jene Annexion, die Hitler als »Vollzugsmeldung vor der Geschichte« vom Balkon der Hofburg her verkündet hat. Es hat den Anschluß zu überdauern gehabt und dann den Krieg. Und so groß auch die Not war, ist doch die Stadt unter den alliierten Bombardierungen im Vergleich zu deutschen Städten noch relativ glimpflich davon gekommen. Nach zehn Besatzungsjahren konnte sich Österreich dann im Jahre 1955 seine

Unabhängigkeit und Neutralität im Staatsvertrag verbriefen lassen.
Im Jahr 1919 wurde bei den Friedensverhandlungen von St. Germain das Erbe Alt-Österreichs aufgeteilt, und es fiel der böse Satz: »Der Rest ist Österreich«. Ob ein »Rest« leben kann, kümmerte vorerst niemanden, und es hat auch eine gute Weile gedauert, ehe sich Wien und das ganze Land in die neue Rolle hineinfanden. Dieses Trauma liegt heute weit zurück. Das Papstwort von der »Insel der Seligen« wird neuerdings in Österreich viel strapaziert. Im Windschatten der oft so stürmischen Weltpolitik spielt man in Wien gerne Biedermeier, wenngleich ohne Polizeistaat und ohne Gängelung durch die hohe Obrigkeit. Man baut jenseits der Donau eine UNO-Stadt und sucht aus der frischgebackenen Neutralität das Beste herauszuholen. Vielleicht ist dies die demokratische Version des alten dynastischen Wappenspruches A.E.I.O.U.

Im Umkreis des Steffl

»Wien I – Innere Stadt«, so lautet die offizielle Bezeichnung der City, des ersten Wiener Gemeindebezirkes. Die Wiener aber nennen ihn kurz »die Stadt«, eingedenk des Umstandes, daß dieses Areal einstmals die ganze Stadt Wien darstellte. Wo heute die Ringstraße verläuft, standen einst noch die Stadtmauern. Außerhalb des Wassergrabens erstreckte sich das Glacis, eine unbebaute Fläche, etwas tiefer gelegen als die Stadt und in friedlichen Zeiten mit Rasenflächen und Alleen versehen, das Promenadegebiet der Bürger. In kriegerischen Zeiten wurde der Baumschmuck abrasiert, das Glacis war dann militärisches Aufmarschgebiet. Außerhalb dieses Grünstreifens begann die Vorstadt. Sie präsentierte sich gelegentlich sehr pompös, kehrte ihre erste Häuserzeile mit etlichen Adelspalästen der Stadt zu. Was jenseits der Vorstädte lag, waren die Vororte: Hernals, Ottakring, Nußdorf. Aber »Stadt« war eben nur das Gebiet zwischen Wall und Graben. Wahrscheinlich sind hundert Jahre eine zu kurze Zeit, als daß sich die Wiener an deren Fehlen gewöhnt haben könnten, und so heißt eben die City immer noch »die Stadt«.

Woraus sich bereits schließen läßt, daß sich nirgends in Wien so viele steinerne Zeugen der Vergangenheit drängen wie hier im ersten Bezirk. Das Quantum Weltgeschichte pro Quadratmeter liegt hier hoch über dem statistischen Durchschnitt. Daraus ergibt sich für den Städtebummler ein fühlbarer historischer Druck, der sich auf das Nervensystem und den Blutdruck auswirkt. Ein »Muß« im Reiseführer liegt hier neben dem anderen. Wenn man zur schönen Jahreszeit die Innenstadt durchquert, kann man die bedauernswerten Opfer des Besichtigungszwanges allerorten antreffen. Ihre Kräfte sind erschöpft, sie rasten auf allem Sitzbaren, auf Denkmalsockeln, Steinstufen, Parkumzäunungen. Aber die Summe dessen, was sie bereits bewältigt haben, ist meist gering gegenüber demjenigen, was ihnen noch bevorsteht. Hinauf auf den Stephansturm, hinunter in die Kapuzinergruft, ein Kilometermarsch durch das Kunsthistorische Museum und eine Führung durch die Kaisergemächer der Hofburg, – da gibt's kein Erbarmen! Der Stephansturm, genau im Zentrum der Altstadt gelegen, erscheint ihnen wie ein gigantisch hoch erhobener Zeigefinger, der sie zu noch größerem Touristenfleiß anspornt. Also verlassen sie seufzend ihre Sitzbank in der Kärntnerstraße (auf die ohnehin schon andere müde Wanderer warten) und begeben sich zur nächsten Sehenswürdigkeit.

Der Dom

Der Stephansdom wird von den Wienern nur selten bei diesem klangvollen Titel genannt. Eher sagen sie »die Stephanskirche«, obwohl dies bei den ansehnlichen Dimensionen dieser Kathedrale eine eher unpassende Verniedlichung bedeutet. Und der Turm heißt kurzerhand »der Steffl«. *Der* Turm, bitte schön, denn den zweiten hat man fertigzustellen vergessen. Er ist 136 Meter hoch, aber sein Pendant, das ihm hätte gleichen sollen, der Adlerturm, ist nur bis zur halben Höhe gediehen. Natürlich sollte der Dom zwei gleich hohe Zwillingstürme bekommen, so wie die Kathedralen von Reims oder Straßburg oder Westminster. Man hat sich nur ungewöhnlich viel Zeit gelassen seit den Tagen, da ein Graf von Habsburg in dem noch romanischen Dom seinen Sieg über Przemysl Ottokar feierte. Wie der Steffl heute mit seinem filigranen, spielerischen Steinschmuck vor uns steht, ist er offensichtlich ein Kind der Spätgotik. Eines Tages wurde wieder einmal das Geld knapp und im Hui war die Gotik vorbei, und der Dom stand da mit nur einem Turm. Der rudimentäre Adlerturm wurde durch eine Plattform abgeschlossen, auf die sich heute eifrige Touristen per Fahrstuhl hinaufkatapultieren lassen können, um von hier den Blick auf den Dom, auf die Stadt, auf die alten Dächer zu bewundern.

 Die Wiener sind inzwischen wohl auch zu der Erkenntnis gelangt, daß der Dom mit dieser einen gewaltigen Steinnadel viel schöner ist als mit einem Paar von Türmen. Er bekommt dadurch eine reizvolle Asymetrie, er weist mit stürmischem Elan in den Himmel. Und zudem hat man in dieser Stadt immer viel Sinn für das Unvollendete gehabt. Auch Kaiser Franz Joseph hat seine Hofburg nicht zu Ende bauen können. Mit dem einen, unter seiner Regierungszeit erbauten Flügel der »Neuen Burg« sieht der Heldenplatz weit beschwingter aus, als wenn er auf der Volksgartenseite ein Gegenstück hinzubekommen hätte. Auch war da noch ein großes Kaiserforum quer über die Ringstraße zu den beiden Hofmuseen und dem Maria Theresien-Denkmal geplant mit Triumphpforten über den Ring. Aber inzwischen war von Triumph nicht mehr viel die Rede, und der eine Hofburgflügel kam halbfertig auf die Republik.

Und ist nicht auch Schuberts berühmteste Symphonie eine »Unvollendete« geblieben? Wir kennen Skizzen für ihre beiden letzten Sätze, gewiß wäre eine vollendete h-moll-Symphonie kompositorisch korrekter. Aber ob sie auch die schwingende Anmut dieser beiden Sätze hätte? Auch Mozart hat sein Requiem nicht zu Ende führen können, – in seinem unvollendeten Zustand ist es ein Totengesang für ihn selbst geworden. Und Bruckner hat seine Neunte Symphonie zwar dem lieben Gott gewidmet, wurde aber vom Widmungsträger vorzeitig abberufen. Sein Hausarzt berichtet, er habe in seinen Gebeten regelrecht mit Gott gefeilscht: Er möge ihn doch noch solange am Leben lassen, bis er das Finale seiner Neunten zu Ende gebracht habe. Das Werk besteht dennoch nur aus drei Sätzen und den Skizzen für einen vierten. Der Reiz des Torsos scheint die Wiener immer fasziniert zu haben. Was haben sie nicht alles mit großem Elan begonnen und dann doch halbfertig stehen gelassen! Aus gutem Grund ist also der alleinstehende Steffl ihr Wahrzeichen geworden. Sie hängen so zärtlich an ihm, weil er einen Grundzug ihres Charakters widerspiegelt.

Als man die »Pfarrkirche St. Stephan« zu bauen begann, stand diese noch nicht einmal im Bereich der Stadt, sondern außerhalb ihrer damaligen Mauern. Mitte des 12. Jahrhunderts schenkte der Bischof von Passau den Wienern einen Weinberg, damit sie ihm als Gegen-

leistung diese Kirche errichteten. Sie war ein bescheidener Bau und brannte 1258 ab. Das neu etablierte Geschlecht der Habsburger wollte sich durch eine würdige Kathedralkirche im romanischen Stil einführen. Man merkt es noch heute am Westportal, dem Riesentor, das von den beiden Heidentürmen flankiert wird: Man tritt durch einen romanischen Rundbogen ins Kircheninnere ein. »Riesentor« hieß es deshalb, weil man bei den Erdarbeiten auf einen gewaltigen Zahn gestoßen war, den man dann auch an der Fassade zur Schau stellte. Man hielt ihn für den Zahn eines Riesen. Später kam man darauf, daß dies der Zahn eines Mammuts war, und so entfernte man ihn wieder, denn Mammuts wollte man nicht im Gotteshaus der Hauptstadt haben.
Im 14. Jahrhundert wurde dann das Werk, das man romanisch begonnen hatte, gotisch fortgeführt: das Langhaus, der »albertinische Chor«, schließlich das steile Dach, eine Meisterleistung mittelalterlicher Zimmermannsarbeit. Es gab keinen Stilbruch, selbst die späteren barocken Zutaten fügen sich harmonisch ins Ganze des Domes. Es gab Rückschläge, Brände, 1511 stellte man schließlich die Arbeit ein und beließ den Bau in seiner eigentümlichen Gestalt. Zu Füßen der Kanzel hat sich deren Erbauer, Meister Pilgram, selbst dargestellt, wie er mit nachdenklichem Gesicht aus einem Fenster blickt. Man hat ihm diese Selbstreklame damals übel genommen, denn ein gotischer Baukünstler hatte anonym zu bleiben. Aber mit seiner Disziplinwidrigkeit ist schließlich Meister Pilgram vor einigen Jahren ins Fernsehen gekommen. Die populäre Figur des »Fensterguckers« wurde zum Signet einer gleichnamigen TV-Reihe.
Wie viel Geschichte der Stephansdom gesehen hat, läßt sich zum Teil noch an seiner Innenausstattung ablesen. Herzog Rudolf IV. ist hier begraben, und der glücklose Kaiser Friedrich III. wurde in einem monumentalen Marmormonument beigesetzt, auf dessen Grabplatte er abgebildet ist. Auch Prinz Eugen ruht hier hinter einem prunkvollen Marmorobelisken.
Mozart wurde an einem stürmischen Dezembertag des Jahres 1791 zu St. Stephan eingesegnet. Begraben wurde er anschließend weit draußen vor der Stadt in einem Armengrab des St. Marxer Fried-

hofes, unweit des heutigen Zentralfriedhofes. Weil ihm des schlechten Wetters halber niemand das letzte Geleit gab, wußte hinterher keiner mehr, wo er lag. Aber er hat auch seinen glücklichsten Moment im Dom erlebt: seine Hochzeit mit Konstanze Weber. Er arbeitete damals gerade an einem Singspiel, das sich ebenfalls mit einer Konstanze beschäftigt, der »Entführung aus dem Serail«. Bei der Trauung scheint es ungemein herzzerreißend zugegangen zu sein, denn er schrieb in einem Brief an seinen Vater: »Als wir zusamm verbunden wurden fieng sowohl meine frau als ich an zu weinen; – davon wurden alle, sogar der Priester gerührt. – und alle weinten, da sie zeugen unserer gerührten herzen waren.«
Auch Österreichs große Untergänge haben sich in St. Stephan gespiegelt. Als 1916 Kaiser Franz Joseph hier eingesegnet wurde und der Kondukt vom Dom zur Kapuzinergruft geführt wurde, ahnte man schon den bevorstehenden Zusammenbruch des Habsburgerreiches, an dessen großen Sternstunden die Kathedrale teilgehabt hatte. Und 1945 wurde St. Stephan bei den Kämpfen um Wien in Brand geschossen. Das gotische Dach stürzte ein, das große Fenster der Westfassade und etliche Kreuzgewölbe gingen in Trümmer. Die große Glocke, die »Pummerin«, die seinerzeit aus 180 erbeuteten türkischen Kanonen gegossen worden war, fiel krachend zu Boden. Als nach dem Krieg die Schäden behoben wurden, mußte im oberösterreichischen St. Florian eine neue Pummerin gegossen werden. Die Autostraßen von Linz nach Wien wurden damals gesperrt, – anders wäre der Transport der Riesenglocke unmöglich gewesen. Seit 1952 hängt sie nun wieder in ihrem Turm. Wenn die Wiener zu Silvester einander auf dem Stephansdom zuprosten, läuten die tiefen, schweren Schläge der Pummerin das Neue Jahr ein.

Vor dem Parlament steht die Göttin Pallas Athene 48

Bund
2,80
Kaiserin
1/4
2,50
1/4
1,50
150
Oberleitner & Co
WIEN

Rund um den Hohen Markt

Wer aber meint, der Dom stehe auf dem ältesten Boden Wiens, der irrt. Die Römer haben Vindobona an der Donau gebaut, – nach heutiger Benennung am Donaukanal. Auf dem sanften Hügel, der dort den Flußlauf überblickt, entwickelte sich auch nach dem Ende ihres Imperiums die erste christliche Besiedlung. Das kleine Kirchlein St. Ruprecht ist das älteste von Wien. Der heilige Rupert, gebürtiger Schotte, hat hier den Awaren das Christentum gepredigt und ein kleines Bethaus begründet. Als die Wirren der Völkerwanderungszeit vorbei waren, entwickelt sich hier eine neue Siedlung rund um den Berghof, der so lange das Herrschaftszentrum von Wien war, bis die Babenberger ihre neue Burg »Am Hof« bauten.

Das Gebiet zwischen dem Ruprechtskirchlein und dem Hohen Markt aber wurde im Mittelalter zum Getto und hat sich bis an den Rand unserer Tage etwas vom Charakter eines jüdischen »Städtels« bewahrt. Die paar Kleiderhändler, die heute ihre Ware vor dem Laden am Straßenrand aufhängen, sind allerdings ein kümmerlicher Rest. Bis 1938 konnte man sich hier in eine galizische Kleinstadt versetzt fühlen. In der Sterngasse und ringsum standen jüdische Geschäftsleute, meist in langen schwarzen Mänteln und mit runden Hüten auf dem Kopf bei ihrer spärlichen Gas- oder Petroleumbeleuchtung und feilschten mit den meist armen Kunden. Der Tempel in der Seitenstettengasse ist noch heute das Zentrum einer recht klein gewordenen Judengemeinde.

Ein paar Schritte weiter, am Judenplatz, steht ein gotisches Wohngebäude, das Jordanhaus. An seiner Fassade stellt ein mittelalterliches Relief die Jordantaufe dar. Aber ganz so idyllisch wie dieses kleine Kunstwerk ist die Geschichte des Hauses nicht. Benannt wurde es nicht nach dem Fluß, in dem Jesus die Taufe empfing,

49 Hinter der Oper: Äpfel und Birnen am Fuße der Albrechtsrampe

sondern nach seinem damaligen Besitzer Jörg Jordan. Als nämlich 1421 die Juden aus Wien teils vertrieben, teils auf der Gänseweide verbrannt wurden, hat er das Haus – wie wir sagen würden – »arisiert«. Eine Inschrift weist auf das grausige Massaker hin: »Ao. 1421 warden die Juden hier verbrendt«. Von einer makabren Verfolgung ist letztlich ein graziöses gotisches Kunstwerk übriggeblieben.

Ansonsten ist es um das gotische Wien schlecht bestellt. Die Kirche Maria am Gestade muß man hier erwähnen, erstens weil sie ein bauliches Schmuckkästchen ist und zweitens wegen ihrer dekorativen Lage am oberen Ende einer Stiege (sie wird ja auch »Maria Stiegen« genannt). Sie liegt nicht weit vom Hohen Markt und wurde in ihrer ersten Form von den Schiffern erbaut und benützt, die hier an der Donau anlegten. Mit der zierlichen gotischen Helmkrone und dem schmalen, in seinem Verlauf etwas geknickten Langhaus ist sie im 14. Jahrhundert entstanden, hat darum auch den etwas verspielten und fragilen Reiz der Spätgotik. Weil aber die Wiener immer große Abbruchspezialisten waren, sollte zu Josephs II. Zeiten die Kirche gesperrt und demoliert werden. Der Magistrat von Wien fand allerdings, die Kosten für das Abtragen wären zu hoch, und so blieb denn eine der graziösesten Kirchen der Stadt erhalten.

Aber von den mittelalterlichen Häusern, die einst die engen Gassen und Plätze der Stadt säumten, ist sehr wenig übrig. Als nach den Türkenkriegen mit dem Frieden der Wohlstand, mit dem Wohlstand das Geld und mit dem Geld der Barockstil kamen, riß man die alten Bauten nieder und errichtete neue im üppigen Geschmack der neuen Zeit.

Auch auf dem Platz »Am Hof« ist nichts mehr von dem Babenberger Hof zu sehen, nach dem er benannt wurde. Dennoch ein sehr dekorativer Platz: Die Jesuitenkirche schmückt mit ihrer Barockfassade die Längsfront, eine Mariensäule steht in der Mitte, in einer Ecke das alte bürgerliche Zeughaus, das die Revolutionäre von 1848 gestürmt haben, um sich zu bewaffnen, und in dem heute die Feuerwehr Quartier bezogen hat. Im Collalto-Palais hat der kleine Mozart sein erstes Wiener Konzert gegeben. Nur vom »Hof« ist nichts mehr zu sehen, weil an seiner Stelle das Gebäude der Länderbank errichtet wurde. Die alte romanische Herzogsburg, kostbar ausgestattet, war nicht nur ein politisches, sondern auch ein künstlerisches Zentrum. »Das ist der wunnigliche Hof zu Wienne« schrieb Walther von der Vogelweide. Hier hat man wohl nicht nur zum ersten Male auf Wiener Boden das Nibelungenlied rezitiert, hier waren Minnesänger häufige Gäste. An diesen musischen Hof zog es auch den Tannhäuser, der offenbar des Wanderlebens müde war und hier ein Dienstmann Friedrich des Streitbaren wurde, den sein Fürst mit einem Lehen belohnt hatte. Er schrieb heim, wie teuer das Leben in Wien sei: Die guten Leckerbissen am Morgen, die vielen schönen Frauen und zweimal wöchentlich baden, kosteten leider sehr viel Geld. Da möchte unsereins vielleicht gerne wissen, wie denn nun eigentlich im Venusberg die Preise waren...

Die Zeiten, da sich die Dichter nicht im Literatencafé trafen, sondern am Herzogshof sind vorbei, seit die Habsburger die alte Burg verschmähten und sich ein Stück weiter weg ihre eigene, die Hofburg errichteten. Der Platz am Hof beherbergte später lange den Christkindlmarkt. Seit ein paar Jahren gibt es hier jeden Samstag vormittag den Flohmarkt, bei dem alter Plunder, antiquarische Bücher, Bilder oder betagte Radios ihren Besitzer wechseln.

Der benachbarte Platz heißt Freyung und ist in seiner Weitläufigkeit kaum weniger als der Hof wie ein großes Freilichttheater angelegt, dessen Kulisse dekorative Adelspaläste bilden wie diejenigen der Harrachs und der Kinskys. Die Assoziation stellt sich allerdings aus gutem Grunde ein. Hier waren lange Zeit allerlei Gaukler und Marktschreiber zuhause, und 1721 schlug der berühmte Wiener Hanswurst seine Bühne auf. Er hieß mit bürgerlichem Namen Josef Stranitzky und war »examinierter Zahn- und Mundarzt«. Sein Erfolg bei den Wienern war so groß, daß er schließlich von Kaiser Joseph I. ein »steinernes Theater« zugewiesen erhielt, nämlich das Theater am Kärntnertor – den Vorläufer der Oper. Es war aber nicht nur der Ahnherr der Staatsoper, sondern vor allem der Ahnherr einer langen Reihe wienerischer Volkskomiker, als deren glänzendste Vertreter schließlich Raimund und Nestroy gelten durften. Dies alles begann in einer schäbigen Bretterbude auf der Freyung.

Woher sich der Titel des Platzes ableitet? Von der Geschichte des Schottenstiftes am spitz zulaufenden Ende der Freyung. Die Brüder, die hier im frühen Mittelalter ihre Kirche errichteten, waren eigentlich irischer Provenienz, aber so genau nahm man das in Wien nicht, – man nannte sie einfach die Schotten. Herzog Heinrich Jasomirgott hat ihnen die Immunität gewährt, was so viel wie Befreiung von der landesfürstlichen Gerichtsbarkeit bedeutete. So wurde die Kirche zur »Freistatt«, an der ein gesuchter Verbrecher nicht weiter verfolgt werden durfte, – daher der Name »Freyung«. Heute sind die Schotten vor allem durch ihre Schule berühmt. Das Schottengymnasium darf mit einer Reihe prominenter Schüler aufwarten und ist in dieser Hinsicht der ältere Konkurrent zum Akademischen Gymnasium nahe dem Konzerthaus, so daß der Kalauer berechtigt erscheint: »Durch Schotten wird man klug«.

In der Mitte der Freyung steht der Austriabrunnen von Ludwig Schwanthaler. Für die Austria ist angeblich Alma von Goethe Modell gestanden. Als der Bildhauer mit seinen Figuren von München nach Wien reiste, soll er zu den österreichischen Zigarren wenig Zutrauen gehabt und deshalb seinen persönlichen Vorrat im Inneren von Frau Austria durch den Zoll geschmuggelt haben. In Wien wurde er von der Grippe befallen, und als er wieder genesen war, hatten seine Gehilfen längst den Brunnen aufgestellt. So schlummern Schwanthalers gute Zigarren angeblich noch heute – gut abgelagert – im metallenen Leib von Frau Austria.

Promenade der »Schönen Welt«

Auf der anderen, der östlichen Seite schließt der Hof an den Graben an. Er ist eine dekorative, weitläufige Kulisse, vor der sich einst der berühmte Graben-Corso entfaltete, bei dem die »schöne Welt« ihre jüngsten Toiletten, die Biedermeier-Kavaliere den Frack in der Modefarbe »Floh im Milchfieber« zur Schau stellten, wo man in der

»Limonadihütten« Mandelmilch, Gefrorenes und andere Erfrischungen zu sich nahm. Auch erotische Erfrischungen wurden hier angeboten: die »Grabennymphen« machten hier den Flaneuren ihre Offerte. Wenn man sich schon heute der Nymphen nicht mehr erinnern will, so erinnert man sich doch der Flaneure, und so ist der Graben neuerdings ein Fußgängerreservat geworden.

Ob er mehr eine Straße ist oder mehr ein Platz, mag jeder selbst entscheiden, jedenfalls ist er zehnmal so lang wie breit. Der Name und die ungewöhnlichen Ausmaße haben dieselbe Ursache: Hier war tatsächlich einmal der Graben der Stadt. Die Römer bauten Vindobona vom Donaukanal bis hierher, und so blieb es bis zur Babenbergerzeit. Den Umbau aus einem Wassergraben zum Promenadenplatz mit Markt hat ein englischer König bezahlt. Es war Richard Löwenherz, der während eines Kreuzzuges im Heiligen Land Streit mit einem Babenbergerherzog angefangen hatte und bei seiner Rückkehr in dessen Hände fiel. Er wurde vorerst einmal auf Schloß Dürnstein in der Wachau eingekerkert. Bei dem anschließenden Kuhhandel um seine Freilassung arbeiteten Kaiser und Herzog einträchtig Hand in Hand. Der Babenberger Leopold V. schlug endlich so viel dabei heraus, daß er mit seinem Lösegeldanteil seine Residenzstadt umbauen und erweitern konnte – unter anderem indem er den Graben zuschüttete und die Umwallung weiter südlich verlegte.

Ein imperialer Platz ist der Graben geworden oder geblieben: Kaiser Leopold I. errichtete hier 1679 zur Erinnerung an das Erlöschen der Pest die Dreifaltigkeitssäule. Mit ihrem barocken Prunk harmonierten auch die Palais, die beide Seiten des Platzes einrahmten, von denen aber seit der Gründerzeit nicht mehr viel übrig geblieben ist. In einem von ihnen war der Bankier Sothen daheim, eine skurille Gestalt, ein Geizkragen von balzac'schen Dimensionen. Er hat das kleine Lotto begründet, hat in Verbindung damit das »Ägyptische Traumbuch« unter sein Publikum von einfachen Leuten gebracht, damit auch jeder wisse, welche Nummer er zu setzen habe, und Sothen selbst ist dabei jedenfalls ein reicher Mann geworden. Seinen Wohlstand verdankte er einem recht simplen Trick. Wenn etwa in Linz Lottoziehung war, ließ er sich durch Brieftauben die gezogenen Nummern melden und setzte sie dann für seine eigene Rechnung. In einer Welt, die den Telegraphen noch nicht kannte, vermochte man auf diese Weise ein Vermögen zu verdienen. Sothen hat dann oberhalb Grinzings das berühmte Schloß Kobenzl gebaut (das nun nicht mehr existiert). Dort erwies er sich als unersättlicher Leuteschinder. Mit dem Fernglas verfolgte er seine Arbeiter in den Weinbergen und zog ihnen ein paar Kreuzer vom Lohn ab, wenn sie eine Verschnaufpause eingelegt hatten. Sein Förster hat ihn schließlich im Streit erschossen. Der Mann führte den damals noch nicht so berühmten Namen »Hittler«. Er wurde zum Tode verurteilt, aber Franz Joseph fand, er habe so unrecht nicht gehandelt, und begnadigte ihn zu zwölf Jahren Kerker.

Am Ende des Grabens befindet sich an der Einmündung der Kärntnerstraße ein seltsames Wahrzeichen. Es nennt sich der »Stock im Eisen«. Ein über und über mit Nägeln beschlagener Baum sollte angeblich daran erinnern, daß einst bis hierher vor den Toren der Stadt der Wald gereicht habe. Der Stamm wurde mit einem Reifen und einem Schloß an das Haus geheftet (das heute natürlich schon wieder längst ein anderes ist). Durchziehende Handwerksburschen haben dann als Erinnerung an ihren Wiener Aufenthalt jeweils einen Nagel in den Stamm geschlagen, bis dieser ein Ungetüm voll rostiger Nägel geworden ist.

Womit wir bei der Kärntnerstraße wären, deren Ruf groß und deren Zukunft ungewiß ist. Sie beginnt beim Stephansdom und endet bei der Staatsoper, verbindet also zwei österreichische Nationalheiligtümer. An historischen Monumenten oder dekorativen Bauten ist sie keineswegs reich, – in dieser Hinsicht laufen ihr die engen Altstadtgassen zu beiden Seiten den Rang ab. Aber sie ist eine der großen Geschäftsstraßen Europas, und viele Läden, die hier beheimatet sind, genießen weltweiten Ruf. Hier ist (oder war?) die Qualität daheim und zwar die eher kostspielige. Zu Zeiten der Monarchie pflegten »Leute von Welt« zwischen Prag und Laibach, zwischen Budapest und Lemberg regelmäßig nach Wien zu kommen, um sich in der Kärntnerstraße standesgemäß auszustaffieren. Kein Wunder, daß diese Nobelstraße nach 1918 einigermaßen verwaist dastand. Zeitweise machten ihre Geschäftsleute Propaganda mit dem Slogan »Keine Angst vor der Kärntnerstraße!« – und hatten Erfolg. Heute müßte man wohl eher Angst *um* die Kärntnerstraße haben.

Zuerst brach das Warenhauszeitalter massiv in das exklusive Angebot dieser Kaufstraße ein, und Vorstadtfirmen, die es sich leisten konnten, errichteten hier ihre Renommierfiliale. Vollends banalisiert aber wurde sie, als sie im Zug des U-Bahn-Baues zur Fußgängerzone gemacht wurde. Nach Anlage und Zuschnitt aber war sie von jeher eine lebhafte Verkehrsstraße. So ersticken nun also die engen Altstadtgassen ringsum, die sich für eine Fußgängerzone weit eher angeboten hätten, im Autogewühl, die Kärntnerstraße aber ist steril geworden und zudem in recht fragwürdigem architektonischen Geschmack ausgestattet. Solcherart bekommt sie seitdem auch viel falsches Publikum, keines, das sich für die Qualitätsläden interessieren würde. Kurzum: Sie wurde von der Vorstadt eingeholt, und etliche der Firmen, die ihren Ruhm begründet haben, denken ans Abwandern.

Die Kärntnerstraße war, seit sie existiert, was ihr Name besagt: die Straße nach Kärnten. Als sie vor sieben Jahrhunderten erstmals dokumentarisch genannt wurde, lag sie noch vor der Stadt und war der Beginn des großen Straßenzuges nach Triest und Venedig. Daß sich hier Kaufleute ansiedelten und neben diesen auch Wirte, bei denen die Reisenden von und nach Süden Logis und Kost fanden, lag nahe. Als man dann, im Bereich der heutigen Oper, das Kärntnertor errichtete, fuhren die Wagen bei einem Portal hinaus und bei einem zweiten herein, – und dies soll der älteste Einbahnverkehr der Welt gewesen sein. Im Ringstraßenzeitalter machte man aus dem engen Straßenzug eine breite Avenue. So entstand die rechte Kulisse für den vormittäglichen Einkaufsbummel der Damen, zugleich aber verschwanden die meisten alten Bauten. Der einzige Barockbau ist das Esterhazy-Palais von 1692, in dem heute der Modeschöpfer Adlmüller residiert. Hier waren einst die »Wiener Werkstätten« daheim, die zu Joseph Hoffmanns Zeiten eine neue Welle österreichischer Wohnkultur lancierten.

An berühmten Läden ist auch heute noch kein Mangel. Kostbare Gläser finden sich im Haus Lobmeyr, das vor allem für seine Kristallüster bekannt ist. Sie hängen nicht nur in der Wiener Oper, sondern auch an der Met und in manchem europäischen Repräsentationsbau. Das salzburger Trachtenhaus Lanz hat hier seine Filiale errichtet, Modeläden wie »Elegance« oder »Zur englischen Flotte« halten die Fahne der Qualität hoch. Eine kleine Bar, die einst Adolf Loos im Kärntnerdurchgang mit edlem Marmor und in streng kubischen Formen eingerichtet hat, nennt sich heute Loos-Bar. Noch finden sich die exquisit mit Mahagoni getäfelten Läden, deren kunstvolle Portale schon auf den gehobenen Geschmacksanspruch hinweisen, aber einer der schönsten existiert nicht mehr, seit der berühmte Hutmacher Habig die Kärntnerstraße verlassen und einem Schuhkonzern Platz gemacht hat. Gerstner, einst die führende Konditorei der Straße, in der sich die Damen nach anstrengendem Shopping an Schlagobersbergen gütlich taten, hat in einem Warenhaus Zuflucht gesucht. Zudem ist die Kärntnerstraße auch Zentrum des Wiener Vergnügungs- und Restaurant-Viertels geblieben, zumindest wenn man ihre Nebengassen hinzurechnet. Dort finden sich gastronomische Betriebe wie der »Franziskaner«, die »Drei Husaren«, der »Coq d'Or«, vor allem aber das Hotel Sacher mit seinem berühmten Restaurant.

Diese zuweilen recht engen Gassen bergen aber noch manche Überraschung für den Stadtbummler, besonders wenn er Architektur von der Hand der großen Barockbaumeister sucht. Da steht er etwa in der Himmelpfortgasse vor einem Meisterwerk Fischer von Erlachs: dem Winterpalais des Prinzen Eugen. Das monumentale Treppenhaus mit den herkulischen Gestalten und der Goldene Saal sind Prunkstücke aus einer Zeit, da hier noch die große Weltpolitik daheim war. Heute ist es die Geldpolitik, denn das Stadtpalais beherbergt das Österreichische Finanzministerium. Ob der Savoyerprinz diesen Lauf der Geschichte vorausgesehen hat, als er im Halbstock ein Relief errichten ließ, auf dem ein uniformierter Beamter nach dem Geldsack des Gottes Merkur greift? Österreichs »heimlicher Kaiser« soll übrigens in keinem der Prunkgemächer gewohnt, son-

dern sich für die stillen Gelehrtenjahre seines Alters lieber schmucklose kleine Räume nach der Hofseite hin ausgesucht haben.
Die Gassen dieses Altstadtviertels sind zuweilen so eng, daß viele der reich geschmückten Fassaden kaum zur rechten Geltung kommen. Der Franziskanerplatz mit dem stillen Klostergebäude, der barocken Kirche und dem Mosesbrunnen aber ist noch heute eines der harmonischsten Ensembles der Altstadt. Und ein paar Schritte weiter zum Stephansplatz hin liegt das Deutschordenshaus mit seiner kleinen, zierlichen Kapelle. Das »Deutsche Haus« mit seinen beiden weitläufigen Innenhöfen war zeitweilig die Wohnstätte Mozarts. Berühmter ist allerdings das »Figarohaus« in der Domgasse, in dem man seine Wohnung noch heute besichtigen kann.
Von hier bis hinüber zur Wollzeile und der Bäckerstraße erstreckt sich ein wahres Gewimmel von schmucken alten Bürgerhäusern, Renaissancehöfen und barocken Fassaden. An zwei Stellen ist es gelungen, diese alten Gassen zu neuem Leben zu erwecken: in dem weitläufigen Blutgassenviertel mit seinen Kunstgalerien und stillen Innenhöfen und in der Schönlaterngasse hinter dem Heiligenkreuzerhof (Wiens ältestem Mietshaus), wo in der »Alten Schmiede« des berühmten Wiener Kunstschmieds Schmirler ein Kulturzentrum eingerichtet wurde. Prunkstück dieses Altstadtviertels ist der Universitätsplatz. Sein Name ist allerdings nur mehr eine historische Reminiszenz, seit zur Gründerzeit die Universität am Schottentor errichtet wurde. Das einstige theresianische Universitätsgebäude ist seither Sitz der Akademie der Wissenschaften. Immerhin reicht die Tradition von Wiens Hoher Schule bis auf Rudolf den Stifter zurück, der im 14. Jahrhundert hier eine der ältesten deutschen Universitäten gegründet hat.
Ein schmales Areal, dessen Dächer und Straßenschluchten vom Steffl herab bequem zu überschauen sind! Aber es ist reich an Geschichte, an kostbarer Architektur, an künstlerischer Vergangenheit. Als im Jahre 1716 Lady Mary Montagu ihren Gatten auf einer diplomatischen Mission nach Wien begleitete, schrieb sie ihre seitdem berühmt gewordenen Briefe über die Kaiserstadt, an der sie manches auszusetzen fand. In einem dieser Briefe heißt es: »Die Stadt, welche

die Ehre hat, Sitz des Kaisers zu sein, entsprach keineswegs den Vorstellungen, die ich mir zuvor von ihr gemacht hatte. Die Strassen liegen dicht bei einander und sind so eng, daß man die schönsten Fassaden der Palässte nicht recht betrachten kann. Die Wohnungen der höchsten Damen, selbst der Minister des Staates, sind bloß durch eine Wand von den Unterkünften eines Schneiders oder Schusters nebenan getrennt. Und ich kenne niemanden, der mehr als zwei Etagen besäße, ein unteres, das er selbst bewohnt, und ein oberes für die Dienerschaft. Diejenigen, die ein eigenes Haus besitzen, vermieten den Rest an andere Leute, und dadurch sehen die großen steinernen Treppen so gewöhnlich und schmutzig aus wie die Straße.« Imperial gebärdete sich eben Wien damals nur im Hofburgbezirk oder in Schönbrunn. Dennoch ist das architektonische Erbe, das sich in dem schmalen Bezirk um den Stephansdom erhalten hat, bis heute von imponierendem Reichtum und bezaubert nicht zuletzt durch die Vielfalt an Überraschungen, die sich hier von Gasse zu Gasse auftun.

Ring-Rund

Die Stadt Wien ist überaus logisch angelegt. Ein Blick auf den Stadtplan überzeugt uns von ihrer strengen Geometrie. In der Mitte liegt der Stephansplatz; rund um die Innere Stadt der Zirkel der Ringstraße; ein paar Schritte weiter der nächste Kreis, den die Wiener die »Lastenstraße« nennen, obwohl es nirgends eine Straße dieses Namens gibt. Ihre einzelnen Bestandteile heißen etwa Landesgerichtsstraße oder Getreidemarkt, das ganze kreisförmige Gebilde aber wurde angelegt, um den Lastenverkehr von der damals dafür noch zu vornehmen City fernzuhalten, – das waren noch Zeiten! Und dann außerhalb der mittleren Gemeindebezirke II bis IX schon wieder ein fast kreisrunder Straßenzug, der Gürtel. Wenn man will, kann man sogar in dem Grüngürtel, der vom Wienerwald an die Stadt umschließt, einen Hauch von Geometrie erblicken.

Wie kommt eine Stadt, deren Lebenselement doch eher die Unlogik ist, zu so viel Logik? In Wien haben immer wieder logisch richtige Entschlüsse zu Katastrophen und logisch falsche zu Triumphen geführt. Also ist auch vielleicht die strenge Logik, mit der das Stadtbild angelegt ist, nur ein Ausfluß wienerischer Unlogik? Aber sie ist da. Ein Blick über die Stadt aus der Vogelperspektive mutet an wie der Querschnitt durch einen alten Baum mit seinen Jahresringen. Und tatsächlich ist ja auch die Stadt erst nach und nach zusammengewachsen, hat von innen nach außen ihre Ringe angesetzt, – Jahrhundertringe gewissermaßen. Der berühmteste von ihnen heißt tatsächlich »Der Ring« oder korrekter: »Die Ringstraße«.

Doch zeigt sich die wienerische Unlogik des Stadtbildes schon wieder darin, daß der Mittelpunkt gar nicht der Mittelpunkt ist. Der Punkt nämlich, in dem ein Geometer seinen Zirkel einsetzen müßte, um all diese Kreise zu ziehen, wäre natürlich der Stephansplatz. Aber niemand mißt in Wien Distanzen vom Stephansdom aus. Entfernungen mißt man von der Oper. Man sagt: »Zwei Kilometer von der Oper«, »Fünf Minuten von der Oper«. Offenbar ist sie der Mittelpunkt der Stadt, auch wenn dies mit der geometrischen Logik des Stadtplans unvereinbar ist. Und noch eins: Das römische Vindobona lag noch an der Donau. Später hat man der häufigen Überschwemmungen wegen den Strom reguliert. An der City fließt nun nur mehr der sanftmütige Donaukanal vorbei, die breite, große und angeblich so schöne wie blaue Donau aber nimmt weit draußen ihren Weg, wo es nur einen Handelskai und einige Schwimmbäder gibt. Man kann demnach nicht mehr sagen, Wien liege an der Donau. Auch nicht, es liege an der Wien, denn diese ist denn doch ein zu unbedeutender und auch mit freiem Auge nicht immer wahrzunehmender Fluß. Nein: Wien liegt an der Oper, denn diese ist hier das Maß aller Dinge und schon gar der Wege und Distanzen. Zwischen der prächtigen Ringstraße, der architektonischen Selbstdarstellung der Epoche Franz Josephs I., und der nüchternen, zu Versorgungszwecken angelegten Lastenstraße besteht etwa eine Beziehung wie zwischen guter Stube und Hinterstübchen. Beide Straßen erhielten ihre Physiognomie zu gleicher Zeit, nämlich als die alte Befestigungsanlage der Hauptstadt geschliffen und eine Verbindung zu den Vorstädten hergestellt wurde. »Ring Rund« steht auf den Tafeln der Straßenbahnlinien A oder B, die auf der Ringstraße ihre Kreise ziehen. Auf der Lastenstraße aber verkehrt (neuerdings zum Teil unterirdisch) die »Zweierlinie«, nämlich die Linien H 2, G 2 oder E 2. Dieses Straßenbahnsystem hatte sogar politische Bedeutung. Zumindest in den Zwischenkriegsjahren, wo man Parteikämpfe gerne mit Straßendemonstrationen austrug. Damals gab es zwischen Rechts und Links häufig Prügeleien und Straßenkämpfe, die man – wo denn sonst? – auf der Ringstraße austrug, an der doch immerhin das Parlament und das Rathaus liegen. Das bedeutete natürlich, daß im Ernstfall jeweils der Ringverkehr auf die Lastenstraße umgelenkt wurde. In Wien prägte sich solcherart die Volksweisheit aus: »Revolution ist, wenn der A-Wagen über die Zweierlinie fährt«. Dieser ganze imperiale Straßenbau begann im Jahre 1857 mit jenem Handschreiben Kaiser Franz Josephs an den Ministerpräsidenten, Freiherrn von Bach, von dem hier schon die Rede war. »Es ist mein

Wille«, heißt es dort, »daß die Erweiterung der inneren Stadt mit Rücksicht auf eine entsprechende Verbindung derselben mit den Vorstädten ehemöglichst in Angriff genommen und hiebei auch auf die Regulierung und Verschönerung Meiner Residenz- und Reichshauptstadt Bedacht genommen werde.« Wall und Graben sollten also aufgelassen werden. Die »Glacis«-Gründe vor den Stadttoren, teils militärisches Aufmarschgebiet, teils Spaziergelände für die Flaneure der Stadt, sollte als Baugrund verkauft und der Erlös davon in einen Baufonds zur Errichtung der geplanten öffentlichen Gebäude vereinnahmt werden.

Eine imposante architektonische Entwicklung hob damit an, imposant schon als technische Leistung: in drei Jahrzehnten entstanden hier 800 Gebäude! Man hat jenem Zeitalter des Historismus oft vorgeworfen, es habe seine Anregungen von überall her genommen, von der Antike so gut wie von der Gotik, von der Renaissance wie vom Barock. Heute wissen wir: Es gibt einen Ringstraßenstil. Auch wenn das Parlament griechisch, das Rathaus gotisch und die Universität im Renaissancestil errichtet worden sind. Friedrich Schmidt, der Erbauer des Rathauses, äußerte sich damals: »Wenn an mich die Frage gerichtet wird, in welchem Style das Rathaus gebaut sei, ob gothisch? – ich muß offen bekennen, daß ich es nicht weiß! Wenn aber irgend etwas charakteristisch für den Styl des Baues ist, so mag es der Geist der Neuzeit im eigentlichen Sinne des Wortes sein, der sich voll in ihm ausspricht. Ich kann nur sagen, was ich angestrebt habe.« Denn dies übersehen wir, die wir die Neue Sachlichkeit und die funktionellen Glas-Beton-Bauten hinter uns gebracht haben, ganz offensichtlich: Der Ringstraßenstil war der Versuch, die neuen technischen Möglichkeiten des Dampfmaschinenzeitalters in Einklang zu bringen mit dem künstlerischen Erbe zweier Jahrtausende. Und »künstlerisch« vor allem sollte das Leben dieser Epoche werden, und demgemäß auch ihre Architektur. Die Ringstraße war als ein großes Kulturdepot gedacht: zwei Hofmuseen, drei große Theater (von denen das dritte, das »Ringtheater« in einer grausigen Brandkatastrophe zugrunde ging), die Vollendung der Hofburg, Musikverein und Künstlerhaus.

Im Mittelpunkt: Die Oper

So war es dann auch typisch für Wien und typisch für diese Epoche, daß der erste Bau, der an der Prunk-Avenue vollendet wurde, die Hofoper war. Ihre Architekten Eduard von der Nüll und Siccard von Siccardsburg wollten sie etwas überhöht oberhalb des Straßenniveaus thronen lassen, aber ohne sie viel zu fragen, legte man die Verkehrsfläche etwas höher, und nun steht sie eben gleich auf gleich mit der Fahrbahn davor, was ihre Wirkung gewiß beeinträchtigt. Nicht nur Musiktempel sollte sie sein, sondern zugleich Kunstsammlung. Moritz von Schwind schuf die Fresken in ihrer offenen Loggia. Die herrliche Treppe, die im Inneren zu den Logen und Foyers emporführt, wurde von Statuen flankiert, die die sieben Künste darstellen. Die beiden Architekten aber wurden von der Neidgenossenschaft ihrer Berufskollegen nicht wenig angefeindet. In einer Wiener Faschingszeitung erschien anläßlich eines Gschnasfestes im Künstlerhaus der berühmte Spottvers:

Der Siccardsburg und van der Nüll,
die haben ihren eignen Styl.
Ob griechisch, römisch, Renaissance,
das ist den beiden alles ans.

Ein wahres Kesseltreiben setzte gegen die zwei ein. Man nannte die neue Hofoper ein »Königgrätz der Architektur«, behauptete, die Akustik sei völlig mißglückt, – heute gilt sie als eine der besten der Welt. Solchen Attacken waren beide Künstler nicht gewachsen. Van der Nüll beging Selbstmord. Siccardsburg, bereits schwer leidend, nahm sich die Kritik so sehr zu Herzen, daß er noch vor der Eröffnung starb. Als man 1869 das Haus mit Mozarts »Don Juan« eröffnete, geschah das ohne großen Prunk, gleichsam als habe man ein schlechtes Gewissen. Es gab eine einfache Repertoirevorstellung, an der zwar der Kaiser, nicht aber die Kaiserin teilnahm.
Was die Wiener an ihrer Oper hatten, erkannten sie erst, als diese im

zweiten Weltkrieg von amerikanischen Bomben schwer getroffen wurde. Man arbeitete zehn Jahre an ihrer Wiederherstellung. Als man sie 1955 wieder eröffnete, gab es zwar schon lange keinen Kaiser mehr, aber nun holte man an Glanz und Pomp nach, was man bei der ersten Eröffnung versäumt hatte. Diesmal marschierte die musikalische – und nicht nur die musikalische! – Weltprominenz an der Ringstraße auf, um (bei legendären Kartenpreisen) dem von Karl Böhm geleiteten »Fidelio« beizuwohnen. Und wer die Vorstellung nicht im Inneren des Hauses erleben konnte, hörte sie über die Lautsprecher, die man für die Zaungäste an der Ringstraße montiert hatte.

Aber wenn auch die Hofoper das erste Gebäude *an* der Ringstraße war, gab es doch schon ein früheres Denkmal des Historismus, das allerdings nicht direkt an dem neuen Boulevard lag: die Votivkirche. Als 1853 ein Attentat auf den jungen Kaiser Franz Joseph verübt wurde, das von einem Flügeladjutanten und einem rasch herbeigesprungenen Straßenpassanten gerade noch abgewehrt werden konnte, entstand der Plan, auf dem Platz vor dem damals noch nicht geschleiften Schottentor eine Gedächtniskirche zu errichten. Der Einfall stammte vom Bruder des Monarchen, jenem Erzherzog Maximilian, der später, von Napoleon III. in ein mexikanisches Abenteuer verstrickt, drüben zum Kaiser gemacht und dann von den Aufständischen unter Juarez erschossen wurde.

Der Architekt Ferstel dachte an eine Kathedrale im Sinne der französischen Gotik. Eine wienerische Notre Dame ist die Kirche dann doch nicht geworden. Sie wirkt in ihrer Nachahmung reichlich steril, mutet wie feinste Zuckerbäckereiarbeit an. Sie ist aber auch in einem anderen Sinne nicht das geworden, was sie hätte werden sollen. Die Votivkirche wurde nämlich als ein österreichisches Nationaldenkmal geplant etwa im Sinne von Londons Westminster Abbey. Die großen Männer der österreichischen Geschichte sollten hier in marmornen Grabmonumenten beigesetzt werden. Graf Salm, der einstige Verteidiger Wiens während der ersten Türkenbelagerung, wurde als einziger in die Votivkirche überführt, – und auch er nur, weil er in der profanierten Dorotheekirche heimatlos geworden war. Später hat man den schwungvoll ins Werk gesetzten Plan einfach vergessen, und so ist Wien ohne seine Westminster Abbey geblieben.

Das Leben als Maskerade

Das zweite große Theatergebäude der Ringstraße liegt nur einige Schritte von der Votivkirche entfernt: das Hofburgtheater. Sein Vorgänger, das »Theater nächst der Burg«, lag tatsächlich noch im Hofburgbereich, dort wo sich heute der Michaelertrakt befindet. Aber nicht nur weil man diesen halbfertigen Trakt endlich fertigstellen wollte, wurde das alte Haus demoliert, sondern weil man an der neuen Prunkstraße ein repräsentatives Schauspielhaus errichten wollte, das, – ähnlich wie die Oper, – ein Gesamtwerk im Sinne der Zeit werden sollte: mit festlichen Treppen, geräumigen Foyers, mit Statuen und Deckenfresken. So kann man an der Fassade Statuen wie die personifizierte Liebe, den Haß und den Egoismus bewundern nebst Büsten von Shakespeare, Schiller oder Grillparzer. Unter den Deckenfresken der beiden seitlichen Treppenhäuser finden sich solche von Klimt. Die beiden Foyers enthalten zudem eine regelrechte Gemäldegalerie mit Bildern großer Burgschauspieler. Das Kurioseste an diesem Wiener Theaterheiligtum ist aber wohl, daß es ursprünglich hätte in München stehen sollen. Der Architekt Semper hatte seinen Entwurf vorerst für ein Festspielhaus in der bayerischen Metropole entworfen. Das Projekt wurde nie realisiert, und so wurde daraus schließlich das Wiener Burgtheater.

Ein bißchen Theatercharakter zeigt ja wohl die ganze Ringstraße. Das Leben als ein großes künstlerisches Fest, als eine allegorische Maskerade, – dies etwa war die Idee, die ihren Vätern vorschwebte.

So war denn auch ein Höhepunkt jener Epoche der große Festzug, mit dem 1879 die silberne Hochzeit des Kaiserpaars gefeiert werden sollte. Hans Makart, der große Maler und Dekorateur des Plüschzeitalters, entwarf eine Monsterschau in der Art der Trionfi des 16. Jahrhunderts. Zünfte und Stände marschierten in vorgeblich alten Trachten auf, Festwagen und Masken zogen vor dem Kaiserzelt an der Ringstraße vorbei. Hoch zu Roß schließlich der Mann, der diese Maskerade ausgedacht hatte: Hans Makart in samtenem Wams, das Barrett auf dem Haupt.

So wirken denn auch etliche der Ringstraßenbauten ein wenig wie Theaterdekorationen: die Universität mit ihrer Renaissancefassade, das neogotische Rathaus und erst recht das Parlament, in dem Theophil Hansen seinen Jugendtraum von antiker Reinheit zu verwirklichen suchte. Der dorische Tempel mit der Göttin Athene davor war einmal für das Abgeordneten- und das Herrenhaus eines Vielvölkerstaates dimensioniert. Für die nüchterne Arbeitsatmosphäre einer modernen Volksvertretung scheint es viel zu groß und auch zu dekorativ. Die weitgeschwungene Auffahrtsrampe wird überhaupt nicht mehr benützt, die Abgeordneten kommen sozusagen durch die Seitentüre zu ihren Sitzungssälen. Aber immer noch thront im Giebelfeld der tempelartig empfundenen Fassade ein in die griechische Toga gehüllter Franz Joseph, der die 17 Vertreter der Kronländer, antik kostümiert auch sie, empfängt. Hoch oben kann man Quadrigen vermutlich zu einer Fahrt in die Lüfte starten sehen, und zu beiden Seiten der Rampe sitzen Herodot, Tacitus, Sallust und andere sozusagen in einer antiken Presseloge. Selbst der Sitzungssaal mit seinen amphitheatralischen Reihen und der mit Flachsäulen und Karyatiden geschmückten Hinterwand ist der antiken Skene nachgebildet. Nach dem damaligen Ministerpräsidenten Schmerling (nach dem heute der Platz links des Gebäudes benannt ist) haben denn auch die Wiener das Haus damals prompt »Schmerlingtheater« genannt.

65 Die Jesuitenkirche Am Hof, dahinter der Stephansturm

Theophil Hansen hat auch Wiens großen Konzerttempel gebaut, der 1870, also ein Jahr nach der Hofoper, eröffnet wurde: das Musikvereinsgebäude. Korrekterweise müßte es »Haus der Gesellschaft der Musikfreunde« heißen. Es liegt von der Ringstraße abgekehrt, blickt hinüber zur Karlskirche, neben der Johannes Brahms sein Domizil aufgeschlagen hatte. Der »goldene Saal« ist nicht nur wegen seiner legendären und vielbeneideten Akustik berühmt. Er ist auch ein bemerkenswertes Baudenkmal mit seiner luftigen Weite und dem Deckenschmuck. Die goldenen Karyatiden, die zwischen den seitlichen Logen an die Wand geschoben wurden, standen ursprünglich weiter vorne an der Logenbrüstung. Kein sehr guter Einfall, denn dort behinderten sie natürlich die Sicht auf das Podium, und so mußten sie sich die Rückversetzung gefallen lassen.
Übrigens hatte das Musikvereinsgebäude einen Start, der kaum besser ausfiel als derjenige der Hofoper. Vierzehn Tage nach der Eröffnung brach ein Brand aus, der das ganze üppige Innendekor vernichtete. Ursprünglich gab es im Inneren eine Festtreppe, die, ähnlich wie in der Oper, vom Haupteingang geradeswegs in die obere Etage führte. Nach dem Umbau legte man dort die Publikumsgarderoben an, und die beiden Treppen zu den Konzertsälen wurden ein wenig bescheiden in die Ecke gedrückt. Brahms und Bruckner waren in diesem Hause die großen Rivalen, Mahler hat hier etliche seiner Symphonien aus der Taufe gehoben, Richard Strauss seine Werke dirigiert. An Sonntagvormittagen sind hier die Wiener Philharmoniker daheim und halten ihre berühmten Konzerte ab.
Zur Ringstraße gehören aber nicht nur die öffentlichen, sondern auch die vielen Profanbauten. Sie sollten nicht minder deutlich dokumentieren, daß das Leben ein künstlerisches Fest, ein Stadtpalais ein Gesamtkunstwerk zu sein habe. Man kann in vielen von ihnen überraschende architektonische Entdeckungen machen: weitgeschwungene Festtreppen, Deckenfresken, Statuenschmuck kunstvolle Kandelaber. Das Deutschmeisterpalais am Parkring, ursprünglich erzherzoglicher Wohnsitz, in den letzten Jahren vorübergehend Polizeidirektion, ist solch ein Prunkstück. Und der unmittelbare Nachbar des Musikvereins heißt zwar heute »Hotel Imperial«, wurde

aber als Palais Württemberg erbaut. Eine monumentale Treppe führt in den ersten Stock hinauf, mit Gold wurde nicht gespart, die Anlage ist weiträumig und prächtig. Herzog Philipp von Württemberg hat sein Wiener Palais nur sieben Jahre lang besessen und erlebte wenig Freude damit. Es ärgerte ihn, daß das Volk ihm nicht zujubelte, wenn er auf den Balkon trat, schon gar seit man vor seiner Fassade die Reitalleen angelegt hatte, die die ganze Ringstraße entlanglaufen. Seit es ein Deutsches Reich gab, war er zudem in Wien Ausländer, und so verkaufte er das Palais. 1872 wurde es in ein Hotel umgewandelt, gerade rechtzeitig vor der großen Wiener Weltausstellung, die so viele prominente Gäste in die Kaiserstadt zog. Eine Gedenktafel erinnert an einen der frühesten Bewohner des Hauses: an Richard Wagner, der hier vergeblich darauf wartete, die Uraufführung seines »Tristan« an der Wiener Oper durchzusetzen.

Die Hofburg

Wenn Franz Joseph das Unternehmen Ringstraße zur »Verschönerung Meiner Residenz- und Reichshauptstadt« ins Werk gesetzt hatte, so dachte er dabei gewiß auch an sein bescheidenes Eigenheim, das ja notwendig in den neuen Bausog geraten mußte. Die Hofburg ist zwar in ihrem Baukern so alt wie die Herrschaft der Habsburger über Österreich, aber zur Zeit der großen architektonischen Euphorie vor rund einem Jahrhundert wurde auch an ihr weitergebaut und zwar im Geschmack des Historismus. Stadtwärts wurde der halbfertige Michaelertrakt endlich fertiggestellt und dabei, wie erwähnt, das alte Burgtheater abgerissen. Die mächtige Kuppel, die sich dem Michaelerplatz zuwendet, wurde nach dem ursprünglichen Entwurf Fischers von Erlach aufgeführt. Sie erweckt den Eindruck, als sei sie innen größer als außen. Und an beiden Flanken wurden Brunnen mit mächtigen allegorischen Figuren errichtet, die »Macht zu Lande« und die »Macht zur See« darstellend,

– damals gab es für Österreich noch so etwas wie eine Macht zur See! Es war der Trakt, in dem dann Franz Joseph selbst logierte. Man kann noch heute die »Kaiserzimmer« besichtigen und sich über den spartanischen Lebensstil dieses Monarchen wundern, über sein militärisch einfaches Bett und über das karge Schreibpult, an dem er zu unwahrscheinlich früher Stunde seine Akten zu bearbeiten pflegte, denn er war eben der erste Bürokrat seines Reiches.
Weit grandioser aber entfaltete sich die Hofburg nach der anderen Seite hin, zum Ring. Franz Joseph hat allerdings die »Neue Hofburg«, die hier entstand, nicht mehr benützt. Als die Monarchie zusammenbrach, war sie im Inneren erst notdürftig fertiggestellt. Man merkt es ihr kaum an. Sie wirkt mit ihrer oval geschwungenen Fassade so alt, als wäre sie nicht erst im Zeitalter des Historismus erbaut worden. Das mag daran liegen, das sich vor ihr einer der schönsten Plätze der Welt ausbreitet, der Heldenplatz. Die beiden Helden, nach denen er benannt ist, kann man hier hoch zu Denkmal auf ihren Lipizzanern bewundern: den Prinzen Eugen und den Erzherzog Carl. Sie stehen allerdings verkehrt, denn der Türkenbezwinger blickt nun nach Westen, der Besieger der napoleonischen Truppen aber nach Osten, sie sind wohl in der falschen Richtung aufs Pferd gestiegen.
Im Frühling blüht auf dem Heldenplatz der Flieder in üppigen Büschen und gibt dem Platz, der so viel Historie vereinigt, einen ungemein heiteren und beschwingten Charakter. Vom Volksgarten her, wo ursprünglich der zweite Flügel der neuen Hofburg hätte errichtet werden sollen, blickt nun der Wienerwald bis ins Stadtzentrum. Hier schließt auch das Bundeskanzleramt an. Ehe das graziöse Barockpalais Staatskanzlei wurde, diente es mondäneren Zwecken: Es war ein Ballhaus, und so heißt denn das Zentrum der österreichischen Bundespolitik noch heute »Ballhausplatz«. Daß auch aus dem geplanten Kaiserforum mit den beiden Triumphpforten über die Ringstraße hinweg nichts mehr wurde – davon war hier schon die Rede. Dort wird das Denkmal der Kaiserin Maria Theresia flankiert von den beiden Hofmuseen, dem Kunst- und dem Naturhistorischen. Die Gemäldegalerie des Kunsthistorischen Mu-

seums, eine der bedeutendsten der Welt mit ihren Brueghels und Rembrandts, mit den habsburgischen Kunstschätzen aus der Zeit der italienischen und niederländischen Herrschaft, sollte solcherart mit dem kaiserlichen Palast verbunden werden. Die Idee war wohl dem Pariser Louvre nachempfunden: Fürstenburg und Kunstmuseum in engem Zusammenhang. Dieses Konzept ist nach dem Untergang der Donaumonarchie in anderem Sinne dennoch verwirklicht worden. Denn die Räume der neuen Hofburg, die ja nun keinen dynastischen Zwecken mehr zu dienen hatten, wurden Sitz kunsthistorischer Sammlungen, beherbergen auch seit einigen Jahren den großen Lesesaal der Nationalbibliothek.

Der alte Teil der Hofburg hat allerdings um 600 Jahre mehr Geschichte gesehen als der neue. Als sich Przemysl Ottokar für kurze Zeit in Wien niederließ, war ihm bereits die alte Babenbergerburg am Hof zu eng, und er schlug am »Widmertor« seine neue Residenz auf. Sein glücklicherer Rivale, Rudolf von Habsburg, übernahm diesen Kern einer neuen Burg, und im Mittelalter wurde der gotische Teil des gewaltigen Baukomplexes rund um den Schweizerhof errichtet. Diesen Namen erhielt er allerdings erst unter Maria Theresia, weil hier, am Schweizertor, die Schweizergarde ihr Wachlokal bezogen hatte. Geblieben ist nach der großen Barockwelle nicht viel mehr als die Hofburgkapelle. In ihr kann man an Sonntagvormittagen die Sängerknaben hören, die hier Messen von Schubert oder Mozart zum Hochamt aufführen.

Und gleich gegenüber liegen die geistliche und die weltliche Schatzkammer. Die Reichskleinodien der deutschen Kaiser werden hier in Vitrinen zur Schau gestellt, Objekte, an die sich nicht nur Geschichte, sondern auch Mythos und Sage knüpfen. Die alte Kaiserkrone dürfte bis auf Otto I. zurückgehen, ist also nun über ein Jahrtausend alt. Das Reichsschwert wurde bei den Kaiserkrönungen verwendet – zum letzten Mal, als Franz Josephs Nachfolger, der letzte Habsburgerkaiser Karl I., zum König von Ungarn gekrönt wurde. Hier findet sich auch die Heilige Lanze, von der es hieß, sie sei diejenige, mit der Christus am Kreuze durchbohrt worden sei. Und von einer antiken Achatschale will die Legende wissen, sie sei der Heilige

Gral gewesen. Kleinodien von wahrhaft sagenhaftem Ruf sind also in dieser Schau vereinigt.
Heute leben und arbeiten in der Hofburg mit ihren 18 Trakten und 19 Höfen rund 5000 Menschen. Die meisten von ihnen sind Beamte, die bei Dienstschluß ihre Kanzlei abschließen und heimgehen. Danach gehört der gewaltige Bau den wenigen Glückspilzen, die hier eine Wohnung besitzen, zwischen mittelalterlichen Mauerbögen zumeist und mit barocken Möbeln ausgestattet. Der eine oder andere retirierte Opernsänger ist unter ihnen, bis zu seinem Tode wohnte auch der Dichter Lernet-Holenia in der Hofburg.
So wie die ganze innere Stadt hat auch die Hofburg ihr charakteristisches Gepräge während der Barockzeit erhalten. Der leopoldinische Trakt, die Amalienburg am inneren Burghof – sie waren die Residenz der Monarchen bis zu Maria Theresia und Joseph II. Die ersten Nutznießer der großen Bauepoche nach den Türkenkriegen waren aber die Lipizzaner. Der Kaiser selbst wohnte noch in seinem alten Gemäuer, aber für seine Pferde ließ er von seinem bedeutendsten Architekten Joseph Emmanuel Fischer von Erlach die Winterreitschule errichten, die somit der erste weltliche Barockbau der Stadt wurde. Die weißen Hengste, deren Hohe Schule Wienbesucher in diesem weiträumigen weißen Marmorsaal bewundern können, sind Österreichs letzte Erinnerung an die Zeit, da Habsburg noch über Spanien gebot. All die schwierigen Schritte und Figuren, die die Pferde unter dem Kommando ihrer Bereiter bei den sonntäglichen Vorführungen zeigen, sind nicht die pure Artistik, für die man sie zu halten geneigt ist. Sie alle haben einmal militärischen Zwecken gedient. Levade und Kapriole und Courbette sollten in den Reihen der Feinde Angst und Schrecken verbreiten. Heute sind es der Adel der Bewegung und die Anmut der Figuren, die die Bewunderer der weißen Hengste zu immer neuer Begeisterung hinreißen.
Man kann die Lipizzaner auch in ihrem Stall besuchen. Dort stehen sie in samtbeschlagenen Marmorkojen – vornehm wie hochgestellte Hofbeamte der Republik. Sie haben ja auch immer wieder entscheidend in österreichische Geschicke eingegriffen. Vor Napoleon

mußten sie dreimal aus ihrem Gestüt in Lipizza nahe Triest in Sicherheit gebracht werden. Aber gleich nach dessen Sturz empfingen sie wie große Herrschaften in ihrer Winterreitschule den Wiener Kongreß, um in einer Galavorführung ihren Sieg über den Korsen zu dokumentieren. Damals haben sie auch Beethoven protegiert, denn er dirigierte in ihrer Residenz seine kurioseste Tondichtung »Wellingtons Sieg oder die Schlacht bei Victoria«. Weiterhin waren die Lipizzaner die Gastgeber jener ersten österreichischen Nationalversammlung, die hier 1848 zusammentrat. Im zweiten Weltkrieg wurden sie vor den heranrückenden Russen in Oberösterreich in Sicherheit gebracht. Mit der amerikanischen Besatzung kam auch General Patton, der kein geringerer Pferdenarr war als der Leiter der Hofreitschule, Oberst Podhajski. Und weil ein Teil der Pferde auf tschechischen Boden verlagert worden war, riskierte es Patton sogar, ein Kommando dorthin zu entsenden und in einem regelrechten Handstreich die Lipizzaner durch den Eisernen Vorhang hindurch nach Oberösterreich zurückzubringen.
Nach Wien kehrten sie erst im Jahr des Staatsvertrages zurück. Man sieht: In Österreich kann nichts wirklich Wichtiges passieren, bei dem nicht die Lipizzaner die Hand bzw. den Huf im Spiel gehabt hätten. Deshalb kolportiert man in Wien auch den Kalauer, die ideale Karriere für einen Österreicher bestehe darin, daß man als Sängerknabe beginne und nach dem Stimmbruch Lipizzaner werde. Sie sind eben so etwas wie ein Pferdeorden: große Künstler in ihrem Fach, die in Burg und Opfer auf der Bühne stehen, unterscheiden sie sich von den anderen dadurch, daß sie ohne jede Staatssubvention auskommen. Die Spanische Reitschule ist ein Unternehmen, das sich dank seiner Popularität nicht nur finanziell selbst erhält, sondern sogar einen Gewinn abwirft.
Neben den gelehrten Pferden stehen die gelehrten Bücher. Am Josefsplatz, von dem aus man auch die Reitschule betritt, hat Karl VI. seine Hofbibliothek errichten lassen. Lange Zeit war dieser Platz auch Theaterspielstätte: Hier fanden die großen Opernspektakel der Barockzeit statt. Und wenn man heute den herrlichen Festsaal der Nationalbibliothek betritt, denkt man vielleicht: ein Theater für

Bücher. Die Folianten stehen hier in einer grandiosen Dekoration aus Marmor und edlen Hölzern, in die von der Kuppel her das Licht fällt, und dort oben hat denn auch Daniel Gran ein dekoratives Deckenfresko angebracht. Die Hofbibliothek hat zwar eine uralte Geschichte, aber so wie wir sie heute vor uns sehen, hat Karl VI. sie nach den Türkenkriegen erbauen lassen und zwar von Fischer von Erlach Vater und Sohn. Der Kaiser, der offenbar froh war, nun Ordnung in seine Buchschätze gebracht zu haben, ließ sich als römischer Cäsar in einer Statue verewigen. Außerdem stellt das erwähnte Fresko von Gran seine Apotheose dar.
Zu den vielen Sanktuarien des Geistes, die die Ringstraße flankieren, gesellt sich hier eine Bücherei von abendländischem Rang. Kaiser Maximilians »Theuerdank« findet sich hier, die Admonter Riesenbibel oder die 42-zeilige Gutenberg-Bibel, das Ambraser Heldenbuch mit dem Gudrunlied und noch viele andere Schätze. Denn seit es eine Hofbibliothek gibt, war diese auch emsig im Vereinnahmen großer Bücherkollektionen. So ging nicht nur die reiche Sammlung des Tiroler Schlosses Ambras nach Wien. Auch der große Sammler und Bibliophile Prinz Eugen vermachte seine kostbaren Bücher der Hofbibliothek. Als Joseph II. eine große Zahl von Klöstern aufhob, wanderten deren Bücherbestände an den später nach ihm benannten Platz. An ihrem äußersten Flügel beherbergt somit die Hofburg eine respektable Schatzkammer des Geistes, die sich der weltlichen Schatzkammer mit ihren Reichskleinodien würdig zur Seite stellt.

Die Jugend der Ringstraße

Auch eine Straße, die so sehr aus einem Guß ist und das Gesicht einer abgeschlossenen Epoche trägt, konnte nicht innerhalb eines Jahrzehnts zu Ende gebaut werden. Zwar standen die großen staatlichen Repräsentationsbauten und die nobelsten Paläste innerhalb erstaunlich kurzer Zeit fix und fertig da. (Moderne Bauunternehmer können nur neidisch werden, wenn sie hören, daß das Musikvereinsgebäude mit all seinem üppigen Detailschmuck von Stukkaturen, Vergoldung und Statuen zu seiner Fertigstellung nicht viel mehr als ein Jahr benötigte!) Aber an ihren Rändern und in den sie einschließenden Straßen blieb noch genug Platz. Und dort durfte sich eine Architektenjugend austoben, die etwa zwei oder drei Jahrzehnte später die Baukunst reformierte. Sie wurde damals als revolutionär empfunden, und doch fügen sich ihre Werke heute harmonisch in das architektonische Welttheater am und um den Wiener Ring.

Damals entstand die »grüne Lunge« der Ringstraße, der Stadtpark. Zwar spielt Grün eine sehr wesentliche Rolle auf diesem Wiener Großboulevard, denn von Anfang an sollten zwei Reitalleen ihn flankieren. Heute reitet dort kein Mensch mehr, aber die Wiener Spaziergänger sind froh, unter diesen Baumkronen flanieren zu dürfen, die noch kein Mensch zu Autoparkplätzen zu erniedrigen gewagt hat. Der weitläufige Park, der »im englischen Geschmack« auf dem einstigen Wasserglacis angelegt wurde, war ebenfalls von Anfang an im Plan der Stadterweiterung vorgesehen. In den sechziger Jahren errichtete man dort den Kursalon, obwohl nie bekannt wurde, welche Kur man dort machen könne, – allenfalls eine im Walzertanzen. Doch derlei Etablissements baute man eben damals auch in Karlsbad und in Ischl und in Meran. So wollte denn Wien ebenfalls seinen Kursalon haben, vor dem die Musikkapelle Johann Strauß spielte, indes der Walzerkönig (allerdings erst seit 1920) von seinem Denkmal herüberblickt und mehr oder weniger kritisch zuhört. Der Wienfluß, auf seinem Weg durch die Stadt, der er den Namen gegeben hat, eher unauffällig, erhält hier eine dekorative Einfassung. Sie wurde erst 1906 fertiggestellt, und da waren eben schon die Baukünstler des Jugendstils am Werk. Die Architekten Ohmann und Hackhofer haben luftige Pavillons geschaffen, Otto Wagner stellte an den Eingang eine seiner berühmten (und seither zum Teil sträflich verwahrlosten) Stadtbahnstationen. Ursprünglich wollte man hier Saurier und Elefanten aufstellen, die in mächtigem Strahl Wasser in den zumeist eher schmächtigen Fluß speien sollten. Glücklicherweise wurde dieser Plan nie ausgeführt, und so muß eben der Stadtpark ohne Saurier und deren Wasser auskommen.

Im Bereich des Stadtparkbezirks trifft man auch auf ein denkwürdiges Bankgebäude: die Postsparkasse, die Otto Wagner auf dem Georg Coch-Platz erbaut hat. Hier war nicht mehr der Historismus mit seinen vielfältigen Stilanleihen am Werk, sondern ein neuer Funktionalismus. 17 000 Aluminium-Nagelköpfe sind fast der einzige Schmuck dieser Granit- und Marmorfassade, die bei all ihrer damals als kühn empfundenen Allüre im Grunde die Schlichtheit wienerischer Vormärz-Architektur fortsetzt. Man muß in den Kassensaal eintreten. So sehr er inzwischen durch »praktische« Einbauten verändert wurde, zeigt er doch die Noblesse, die klaren Proportionen, die dem Werk Otto Wagners zueigen sind.

In den fruchtbaren Jahren zwischen Fin de siècle und Kriegsbeginn hat Wien auch ein zweites Musikgebäude erhalten, das Konzerthaus. Es war als eine Art musikalischer Secession gedacht gewesen, ein moderner Musentempel als Konkurrent zu dem traditionellen Musikverein. Die beiden versierten Theaterbauer Fellner und Hellmer, die auch das Volkstheater und die in ihrer Anlage sehr ähnlichen Bauten wie das Budapester Vigszinház oder das Badener Stadttheater errichtet haben, führten hier in reinstem Jugendstil ein Konzertgebäude von sehr eigenständiger Atmosphäre auf. Später wurde an diesen Sälen viel gesündigt. Vor einigen Jahren aber wurden sie in ihrer ursprünglichen Gestalt renoviert, und die Besucher staunten, wie richtig und stilvoll Material, Farbe und Stoffbespannung beim ersten Konzept empfunden waren. Heute ist das Konzerthaus bereits ein ganzer Komplex von Kulturbetrieben geworden. Neben seinen drei Konzertsälen beherbergt es das Akademietheater (das »Kleine Haus« der Burg), die Musikhochschule und im Keller die »Kleine Josefstadt«. Effektiver geht es nicht mehr: An allen Enden wird gegeigt und geblasen, gesungen und Theater gespielt.

Schreitet man quer über den Schwarzenbergplatz, so kann man eine Art Leihgabe des französischen Jugendstils an die Wiener Ringstraßenarchitektur bewundern: das kuriose Gebäude der französischen Botschaft. Es wurde 1909 von dem Pariser Architekten Georges-Paul Chédanne in einer Art schwungvollem Fin-de-siècle-Rokoko aufgeführt. An seiner Fassade scheint alles elastisch und gewölbt. Das Seltsamste sind die Balkone. Eine hartnäckig kolportierte Anekdote behauptet, Frankreich habe diesen Bau eigentlich für seine Botschaft in der Türkei vorgesehen gehabt, und die Balkone hätten den Blick auf den Bosporus freigeben sollen. In Paris aber habe man die Pläne verwechselt, und nun blicken diese Balkone eben in die Brucknersraße, wo es nicht viel zu sehen gibt. Vermutlich ist diese Geschichte falsch, aber sie ist zu hübsch, um hier verschwiegen zu werden.

Aber auch der Tempel jenes Wiener Jugendstils, der so fühlbar auf die Vollendung der Ringstraße ausgestrahlt hat, steht in deren Einzugsbereich: die Secession am Rande des Karlsplatzes. Sie war tatsächlich der sichtbare Ausdruck eines »Auszugs« von jungen Künstlern. Sie fühlten sich im traditionellen Künstlerhaus – ein paar Meter weiter neben dem Musikvereinsgebäude – nicht wohl und traten aus. Noch im selben Jahr – 1897 – konnte der Architekt Joseph Olbrich mit der Errichtung des neuen Gebäudes beginnen, denn die junge Kunst vermochte damals genügend wohlhabende Gönner zu mobilisieren, die ihr Haus finanzierten. Er führte einen streng kubischen Bau auf und krönte ihn mit einer leuchtenden Kuppel aus vergoldeten Zweigen, die dann die Wiener prompt das »goldene Krauthappel« nannten. Gustav Klimt entwarf die Metalltüren. Er war einer der Wortführer der »Secessionisten«. Otto Wagner, Joseph Hoffmann, Ferdinand Hodler und Max Klinger waren andere Säulen der neuen Institution. Sie wollten einen »heiligen Frühling« für Österreichs Kunst heraufführen, und so nannte sich auch ihre berühmte Zeitschrift »Ver Sacrum«. Sehr lange währte die Freundschaft nicht, bald gab es einen neuen Exodus aus der Secession. Aber als Denkmal einer bemerkenswerten und fruchtbaren Epoche steht das Ausstellungsgebäude noch heute. Werke von Cézanne, Monet, Rodin und Gauguin haben die Wiener hier zum ersten Mal zu sehen bekommen. Das »Krauthappel« ist nur mehr spärlich vergoldet. Es bedürfte dringend einer Auffrischung, aber dafür finden sich anscheinend heute Mäzene schwerer als 1897 für den ganzen Bau. Immerhin war sein Leuchten durch viele Jahre deutlich zu erkennen bis hinüber in die Gründerzeitarchitektur der Ringstraße.

In Wien auf dem Dorfe

»Ich lebe gerne in Wien«, sagte Johannes Brahms einmal zu einem seiner Besucher, »denn wissen Sie: ich *kann* nur auf einem Dorf leben!« Selbst inmitten der Betonwüsten des heutigen Wiener Wohnbaustils, inmitten der »Emmentalerarchitektur« der Vorstädte, ist von diesem Gefühl noch ein wenig zu spüren. Solange die »Reichshaupt- und Residenzstadt« nur aus der Inneren Stadt bestand, konnte man von der Stadtmauer noch hinüber blicken auf die Dörfer jenseits des Glacis. Seit der endgültigen Abwehr des Türkensturms begannen sich auch die Vorstädte herauszuputzen. Barockpaläste glänzten herüber zur Stadt und dokumentierten, daß man auch jenseits des Glacis zu leben verstand: das Auerspergpalais etwa oder die adeligen Wohnsitze auf der Wieden. Nach der Stadterweiterung wurden die »Vorstädte« zu den Gemeindebezirken II bis IX, die auswärts liegenden »Vororte« erhielten nach und nach Nummern von X bis XXIII. Dörfer waren sie alle, und manche sind es in gewissem Sinne bis heute geblieben.

Zwar geht der Lokalpatriotismus in Wien nicht so weit wie in Paris, wo angeblich mancher Bewohner sein Leben lang nie aus seinem »Quartier« herausgekommen sein soll. Aber es gibt Leute, die nach Gesinnung und Temperament Josefstädter sind und sich wundern, daß Menschen imstande sind, außerhalb dieses Bezirks ihr Leben zu verbringen. Es gibt erbeingesessene Sieveringer, die jeden Grinzinger nicht nur für einen Weinpantscher, sondern eo ipso für einen schlechten Menschen halten. Und wenn Hietzinger in der Zeitung lesen, daß im benachbarten Penzing schon wieder eine Messerstecherei, ein Raubüberfall oder ein Gattenmord stattgefunden hat, so erscheint ihnen dies durchaus natürlich, weil solche Dinge eben ihrer Meinung nach immer nur in Penzing passieren. So besteht denn Wien aus mehr als zwanzig Dörfern, – die genaue Zahl ist schwer zu ermitteln, weil es in manchem Gemeindebezirk zwei Dörfer gibt. Wien war einstmals eine Weltstadt und hat sich im Lauf der Zeit zu einer Großstadt degradiert. Geblieben sind die Dörfer, auch wenn der Fremde sie nicht immer auf den ersten Blick erkennt. Leopoldstadt und Josefstadt etwa täuschen durch ihre Namen vor, sie seien Städte. In Wahrheit waren die Vororte als Großwohnsiedlungen geplant worden, und zwar die eine von Kaiser Leopold, die andere von Kaiser Joseph. In der Josefstadt kann man noch dicht hinter der aristokratisch-vornehmen Schaufassade, die sie der Inneren Stadt zukehrt, riesige Bürgerhäuser aus dem Beginn des 19. Jahrhunderts erkennen, viele mit mehreren Höfen und als Durchhäuser angelegt. Die Leopoldstadt war lange Zeit das Judenviertel Wiens, weil die Zuwanderer aus Mähren oder Galizien auf dem Nord- und dem Nordwestbahnhof ankamen und gleich hier blieben. Daß man aber die beiden Bahnhöfe gerade hier anlegte, hat einen ausgesprochen unseriösen Grund. Als nämlich die Kaiser-Ferdinand-Nordbahn errichtet wurde, erachtete man sie keineswegs als einen den Kontinent durchquerenden und verbindenden Schienenstrang. Pferdebahn und Schnauferllokomotive waren vorerst einmal mehr Jux als Transportmittel. Man stieg im allgemeinen nicht deshalb in den Zug, um von Wien etwa nach Brünn zu fahren, – was hätte man denn als Wiener dort tun sollen? Nein, man löste ein Retourbillet, um nach wahrhaft aufrüttelnder Fahrt durch die rußgeschwärzten Fluren am Ende gottlob wieder daheim in Wien zu sein. Für solch einen Jux war selbstverständlich der einzige angemessene Ausgangspunkt der Prater, und so legte man denn ganz folgerichtig den Bahnhof dicht neben Ringelspiel und Kasperltheater. Die Reisenden mußten ja auch damit rechnen, daß man sie auf den selbstredend eingleisigen Strecken bat, ihren Zug eigenhändig von den Schienen herabzuheben, damit ein Gegenzug vorbeidampfen könne. Nachher setzten sie die Waggons wieder auf ihren Platz, und hinaus ging's in die weite Welt!

In der Praterstraße hat Johann Nestroy Theater gespielt, im Leopoldstädter Theater zuerst, später in dem nach seinem Prinzipal benannten Carl-Theater, das er dann auch für eine Weile geleitet hat. Die Komödie hat hier allezeit einen guten Nährboden gefunden.

Denn lange vor Nestroy war hier Laroche der Liebling des Publikums. Er war zuerst als »Badener Kasperl« so berühmt geworden, daß man ihn hierher holte und zum »Leopoldstädter Kasperl« machte. Zu seinen Wertschätzern dürfte auch Mozart gehört haben, denn er komponierte einen Scherzkanon: »Gehn wir in Prater, gehn wir in d' Hetz, gehn wir zum Kasperl!«
Von seinem Ruhm wissen heute nur mehr die Theaterhistoriker. Aber der Kasperl lebt immer noch. Er ist eine Marionette geworden und ist die Seele der Kasperltheater im benachbarten Prater. Man spricht deshalb auch vom »Wurstelprater« und meint damit jenes nicht gar so große Areal, in das sich Schaubuden, Ringelspiele, Geisterbahnen, Schießbuden und Go-Kart-Bahnen teilen. Nachmittags ist er ein Paradies für Kinder, abends aber geben hier nicht allzu kindliche Erscheinungen den Ton an: Prostituierte und Rowdies, auf wienerisch »Pratermenscher« und »Praterstrizzi« geheißen.
Inmitten der Budenstadt erhebt sich das Riesenrad, letzter Gruß des frühen Industriezeitalters an die Stadt Wien. 65 Meter hoch ist das stählerne Rad, – ein halber Stephansturm! Gebaut haben es englische Ingenieure 1897, und damals existierten ähnliche Stahlriesen auch in London, Chicago und Paris. Als 1945 die Russen von hier her in die Stadt eindrangen, wurde der Wurstelprater Kampfgebiet. Die ganze Budenstadt brannte ab, auch das Riesenrad schien verloren, das letzte aus einer vormals ansehnlichen Familie. Als man aber hinterher das Monstrum langsam wieder in Bewegung setzte, stellte sich heraus, daß es besser denn je funktionierte, denn das Feuer hatte die Stahlkonstruktion nur noch mehr gehärtet. In den Nachkriegsjahren kam Orson Welles nach Wien und drehte den »Dritten Mann«. In diesem Film diente das Riesenrad als Kulisse, in luftiger Höhe spielte sich eine der entscheidenden Szenen ab. Nach so viel Filmruhm kamen scharenweise Touristen nach Wien, um vor allem einmal das »Harry Lime-Rad« zu sehen.
Die Budenstadt zu Füßen des Riesenrads besteht natürlich heute nicht mehr ausschließlich aus Ringelspielen und Kasperltheatern. Man saust über Tobbogans und Achterbahnen und simuliert Autorennen. Von der Geisterbahn singt Bronners Lied »Ich bin Berufs-

gespenst im Prater auf der Geisterbahn«. Vor einigen Jahren erfuhr die staunende Öffentlichkeit durch einen Prozeß, daß solch ein Berufsgespenst gesetzlichen Anspruch auf ein neues Leichenhemd pro Jahr hat.
Aber dieser Rummelplatz ist ja nur der geringste Teil des Praters. Dieser ist nämlich ein viele Kilometer langer Auwald, in dem es so still sein kann, wie es vorne im Wurstelprater lärmend ist. Ursprünglich waren die Wälder kaiserliches Jagdgebiet. Als Joseph II. 1766 das riesige Areal der Bevölkerung Wiens als Erholungsgebiet freigab, seufzten einige Höflinge, nun werde man im Prater nicht mehr unter seinesgleichen promenieren können. Darauf erwiderte der Kaiser: »Wenn ich unter meinesgleichen spazierengehen wollte, müßte ich in die Kapuzinergruft steigen.« In seinem Dekret zur Freigabe des Praters hoffte er allerdings, »daß niemand bei solcher Freyheit sich gelusten lassen werde, eine Unfüglichkeit oder sonstige unerlaubte Ausschweifung zu unternehmen und anmit zu einem allerhöchsten Mißfallen Anlaß geben« würde. Allerdings hat sich Joseph auch hier als nicht allzu großer Menschenkenner erwiesen, denn die »unerlaubte Ausschweifung« war bald umfagreicher als die erlaubte.
Doch gab es dann immerhin noch für lange Zeit den »Nobelprater«. Er gruppierte sich um die Hauptallee, wo die Kavaliere spazierenritten und ihre Damen grüßten, die entweder im Wagen an ihnen vorbeirollten oder in einem der berühmten drei Pratercafés Eis löffelten. Im Mai war der Pratercorso das große Fest der Wiener Gesellschaft, zu dem man im blumengeschmückten offenen Wagen angefahren kam. Man speiste auf dem Konstantinshügel oder im Lusthaus, man fuhr (und fährt immer noch) in Ruderbooten über das stille Heustadelwasser. Wie es Josef Weinheber besungen hat:

Zwischen d'Bam palästern a paar Lackeln
g'schrien und sölig mit an Fetzenballn,
drunt beim Bootsmann streichen s' schon d' Schinakeln,
und a Maler tuat die Gegend maln.

Naschmarkt und Prinzenburg

Der Bezirk Wieden führt einen so anspruchsvollen Namen, als wäre er das eigentliche, das vornehmere Wien und verdankt diesen doch nur dem Wienfluß, der an dem gar nicht so vornehmen Ende des Bezirkes, dem Naschmarkt, vorüberzieht. Gewiß liegen hier und am benachbarten Rennweg etliche alte Adelspaläste, und wo der Adel aus ihnen ausgezogen ist, rückte rasch die Diplomatie nach. Die meisten Botschaften haben hier ihre Dienstgebäude. Weit zurück liegen die Zeiten, da Fürst Metternich sagen konnte, in Erdberg beginne bereits der Orient. Er hat mit diesem Wort wohl auch den Bezirk Landstraße unweit des Rennwegs gemeint, wo Zuwanderer und Kaufleute aus dem Osten ihren Wohnsitz aufgeschlagen hatten. Aber offensichtlich gehen in diesem Revier mehrere dicht bei einander gelegene und doch so unterschiedliche Dörfer ineinander über.

Die Karlskirche mit ihrer leuchtend grünen Kuppel ist, von der Stadt her gesehen, das Wahrzeichen von Wieden. Karl VI. hat sie in Erfüllung eines Gelübdes aufführen lassen, als in Wien die Pest erlosch. Bezahlen ließ er sich sein Gelübde allerdings von anderen. Die österreichischen Kronländer wurden zur Kasse gebeten. Sogar die Stadt Hamburg wurde geschröpft. Dort hatte der Straßenpöbel die Kapelle der österreichischen Gesandtschaft überfallen und zerstört. Dafür mußte die Stadt dem Kaiser ein Strafgeld bezahlen, und dieses konnte er gerade gut gebrauchen, um seinem Namenspatron die dekorative Kirche zu erbauen. Beide Fischer von Erlach, Vater und Sohn, haben Wiens bedeutendsten Sakralbau jener Zeit aufgeführt und sich dabei etliches einfallen lassen, was man heutzutage einen Gag nennen würde. Vor der mächtigen, grün patinierten Kuppel stehen zwei Triumphsäulen, deren Spiralreliefs zwar das Leben des heiligen Karl Borromäus darstellen, aber doch eindeutig

Blick vom Hotel Sacher in die nächtliche Kärntnerstraße 80

NORDSTERN
EL ASTORIA
Kaiser
BAR
Original
Sacher
Torte
Schwechater
SSERIE COQ d'OR
ESPRESSO
FILM
FOTO
TRÖMPFE
MARTINI
DT-H 7

I TEIL

den Triumphsäulen der römischen Cäsaren nachempfunden sind. Und hoch oben am Dach kann man sogar ein Stück chinesischer Pagoden-Architektur bewundern.
Etwas weiter rechts, an seiner nördlichen Begrenzung, wird der vornehme Bezirk Wieden weniger vornehm, dafür aber nahrhaft. Hier grenzt er nämlich an den Naschmarkt, der noch vor wenigen Jahren der zentrale Lebensmittelmarkt der Hauptstadt war. Den Großhandel hat man inzwischen an die Peripherie verlegt, wo er sich besser ausbreiten kann. Geblieben ist der stadtwärts gelegene Detailmarkt mit seinen bunten und duftenden Buden. Er ist nicht nur das Dorado der Hausfrauen, die hier Äpfel oder Salathäuptel erstehen wollen, sondern mehr noch der Feinschmecker, die auf die Jagd nach Adriafischen, exotischem Obst, nach griechischen oder chinesischen Spezialitäten gehen. Solcherart erschiene der Name also sehr sinnvoll aber er kommt gar nicht von »Naschen«, sondern sollte rechtens »Aschmarkt« heißen, und unter »Asch« verstand man einmal einen Milcheimer.
Übrigens wird seit einem runden Jahrhundert davon geredet, daß man den Naschmarkt auflösen wolle. Einmal plante man, ihn zu einer Halle zu überdachen, einmal wollte man ihn ganz wegrasieren, um hier eine Stadtautobahn zu bauen. Bisher haben sich die Wiener gegen diese Projekte erfolgreich wehren können. Noch regiert hier die resolute Marktfrau, die für ihr Mundwerk berühmte »Frau Sopherl vom Naschmarkt«. Und von der Budenzeile leben auch die vielen Restaurants in den Seitengassen, deren Spektrum vom simplen Marktbeisel bis zum exquisiten Spezialitätenlokal reicht, sei dieses nun jugoslawischer, griechischer oder chinesischer Provenienz. Wie lange dieses Stück Dorf mitten im Zentrum der Großstadt noch seinen Platz wird halten können, läßt sich schwer abschätzen, denn heutige Demolierer sind flinker als diejenigen vergangener Jahrzehnte. Aber so lange der Naschmarkt untergeht, so lange lebt er noch.

Am rechten Wien-Ufer schloß einst unmittelbar an den Naschmarkt das alte starhembergische Freihaus, von dem heute nur mehr spärliche Rudimente übrig sind. Mit seinen sechs breiten Höfen und 31 Treppen war es eine Stadt für sich, in der man jedes Gewerbe, jedes Handwerk vorfand. Die 30 000 Bewohner waren beinahe autark. Sogar ein eigenes Theater und einen eigenen Komponisten hatten sie aufzuweisen. Das hölzerne Wiedener Theater wurde zuletzt von Schikaneder geführt. Und als dieser von Mozart ein Kassenstück erhoffte, quartierte er ihn hier kurzerhand in einem »Salettl« ein, damit er dort ungestört an seiner »Zauberflöte« arbeite. Das Gartenhäuschen steht heute im Salzburger Mirabellgarten. »Die Zauberflöte« wurde tatsächlich im Freihaustheater uraufgeführt, und Schikaneder spielte den Papageno. Mozart konnte sich des Erfolges nicht mehr lange erfreuen, – er starb im folgenden Jahr. Auch die Tage des Freihaustheaters waren gezählt. Der reich gewordene Schikaneder baute sich am anderen Ufer des Flusses sein »Theater an der Wien«, in dem er den Erfolg der »Zauberflöte« erst so richtig auswerten konnte. Ein Hokuspokusmacher wie er verstand es, sogar aus dem Umzug noch eine Show zu machen. In der Abschiedsvorstellung des alten Wiedener Theaters riß er unter Weinen und Lachen Vorhänge und Dekorationen herunter und packte sie auf einen Thespiskarren. Mit diesem marschierten dann die Schauspieler im Kostüm und hinterdrein das Publikum hinüber in das schöne neue Haus. Hier wurden die Besucher nochmals zur Kasse gebeten, man packte die Requisiten aus und spielte weiter. Daß man mit dieser Maskerade zugleich das künftige »Fidelio«-Haus eröffnete, konnte damals noch niemand ahnen.

Je höher man die Straßen emporsteigt, desto vornehmer werden sie. Folgerichtig sind sie am vornehmsten an ihrem obersten Punkt, wo man dem Schloß des Prinzen Eugen gegenübersteht. Er hat das Belvedere durch Lukas von Hildebrandt erbauen lassen, eigentlich zwei Schlösser, die durch eine imponierende Gartenanlage samt Alleen, Statuen und Marmorbrunnen verbunden sind. Im unteren Belvedere hat der Feldherr gewohnt, – im Sommer vor allem, denn für den Winter besaß er ja noch das Stadtpalais in der Himmelpfortgasse. Im Oberen Belvedere hat er repräsentiert. Die weit ausladende Sala terrena und das Goldkabinett bezeugen, in welch aufwendigem Stil. Der Besieger der Türken war nicht nur Feldherr und Diplomat, er war auch Gelehrter und Sammler. So unterhielt er hier einen Tiergarten. Dessen Zierde war ein Löwe, der das feine Taktgefühl aufbrachte, in derselben Nacht vom 20. auf den 21. April 1736 zu sterben wie sein Herr. Hinterher kamen die Tierbestände an die kaiserliche Menagerie in Schönbrunn, die Kunstschätze wurden an den Hof verkauft.

Aber die Sommerresidenz des Prinzen hatte damit ihre historische Rolle noch lange nicht ausgespielt. Wenn das Belvedere schon zur Zeit des »heimlichen Kaisers« Eugen eine Art Gegen-Schönbrunn gewesen war, so sollte es diese Rolle noch ein zweites Mal, – und diesmal weit entschiedener, – spielen. Hier nämlich residierte Erzherzog Franz Ferdinand, den Franz Joseph nach dem Selbstmord seines Sohnes Rudolf zum Thronfolger bestimmt hatte. Und Franz Ferdinand war dem Hofe nicht nur dadurch suspekt, daß er eine Gräfin Chotek geheiratet hatte, die man sich schwerlich als künftige Monarchin vorstellen konnte. Er stellte auch recht ungeniert die Weichen für jene föderalistische Lösung, die ihm für die Monarchie vorschwebte. Tschechische Politiker wie Masaryk gingen bei ihm ein und aus, – man nannte sie in der Hofburg »Belvedere-Visagen«. Daß er auch den Südslawen gegenüber mehr Entgegenkommen zeigte, als der Belgrader Politik jener Jahre recht war, führte schließlich zu dem Attentat von Sarajewo. Noch bei der Aufbahrung wurde der Sarg der geborenen Chotek um eine Stufe tiefer gestellt als derjenige ihres Gemahls.

In einem Seitentrakt, neben dem großen Teich, hat Anton Bruckner in seinen letzten Lebensjahren eine kleine Wohnung bezogen, die ihm der Kaiser hatte zukommen lassen. Hier ist er auch gestorben. Und schließlich ist das Belvedere noch zur Geburtsstätte des heutigen Österreich geworden. 1955 trafen sich dort die Außenminister der vier alliierten Mächte, um jenen Staatsvertrag zu unterzeichnen, der einem neutralen Österreich die Unabhängigkeit zusicherte. Im Marmorsaal waren Dulles, Macmillan, Molotow und Pinay zu der

Zeremonie zusammen getreten. Als sie ihre Unterschriften unter das Dokument gesetzt hatten, packte Bundeskanzler Figl das Schriftstück und zeigte es vom Balkon aus der jubelnden Menge.

Rosenkavalier und Reinhardtbühne

Eines der Palais, die einstmals jenseits des Glacis ihre Schaufassade der Residenzstadt zukehrten, trägt heute den Namen Auersperg, gehört aber längst nicht mehr der Fürstenfamilie, sondern einer Kaffeefirma, die darin ein sehr dekoratives Restaurant etabliert hat. Wenn man die breite Barocktreppe emporschreitet und in der Beletage die Tore eines ovalen Salons öffnet, dann meint man, sich im zweiten Akt des »Rosenkavaliers« zu befinden. Jetzt könnte Quinquin die silberne Rose hereinbringen oder der Baron Lerchenau sich vom Herrn von Faninal »einen alten Tokayer zu einem jungen Madel« servieren lassen. Diese Assoziation kommt nicht von ungefähr. Der einstige (wenn auch nicht der erste) Besitzer war tatsächlich ein Marchese Rofrano. Er war allerdings kein jugendlicher schmachtender Liebhaber, sondern ein Waffenlieferant, der seinen Reichtum nun in diesem Stadtpalais zur Schau stellte, demnach wohl eher ein Faninal als ein Quinquin. Ein schmales, heute verbautes Gäßchen hinter dem Palais hieß das »Rofranogassel«, und hier pflegten sich frühmorgens die Duellanten zu treffen, um ihre Ehrenhändel auszutragen, kurzum: Man »fuchtelte mit dem Spadi«. In dem später von der Familie Auersperg erworbenen Palais finden sich also tatsächlich viele Motive von Hofmannsthals Libretto vereint. Den Brauch, einer jungen Braut die silberne Rose überreichen zu lassen, diese angeblich »hochadelige Gepflogenheit«, hat es allerdings in Wien nie gegeben. Hofmannsthal hat sie ebenso frei erfunden wie Richard Strauss den Walzer, der ja damals in Wien noch lange nicht getanzt wurde.

Auf dem Wege vom Prunkpalais des Marchese Rofrano zum heutigen Restaurant hat das Haus übrigens noch etliche andere Stufen durchlaufen. 1945 hatte hier die österreichische Widerstandsbewegung ihen Sitz und führte Verhandlungen mit der Roten Armee, um die Zerstörung Wiens so gut es ging in Grenzen zu halten. Und als sich das Viermächteregime in der Hauptstadt etablierte, war das Auersperg Sitz der alliierten Militärpolizei. Von hier zogen die berühmten »Vier in einem Jeep« zu ihren Streifenfahrten aus. Sie hielten es zehn Jahre lang aus und saßen immer noch in ein und demselben Fahrzeug, als nirgendwo sonst in der Welt mehr westliche und östliche Eroberer in ein und demselben Auto Platz genommen hätten.

Der Bezirk hinter dem Auersperg-Palais ist die Josefstadt. Sie ist eines der eigenwilligsten unter den Dörfern von Wien. Streckenweise heute ein Pensionisten- und Handwerkerbezirk, ist doch die künstlerische Aura nicht zu verkennen. Zwischen bürgerlichen und kleinbürgerlichen Wohnhäusern finden sich nicht nur Parks und Innenhöfe mit respektablen Baumkronen, man steht auch oft dort, wo man es am wenigsten vermuten würde, vor einer prächtigen Barockfassade. Die Kirche »Maria Treu«, die man in Wien nur die Piaristenkirche nennt, ist eine dieser Überraschungen. Hier hat Anton Bruckner seine Prüfung als Organist abgelegt, und hinterher bemerkte Hellmesberger, der Vorsitzende der Kommission: »Der hätte *uns* prüfen sollen!« Auch das Schönbornpalais in der heute sehr belebten Laudongasse mit dem dahinter gelegenen Park ist solch eine stille Oase. Zeitweilig waren hier die Sängerknaben daheim. Heute beherbergt es eine besonders reizvolle Sammlung, das Volkskundemuseum. Das Strozzipalais, einstmals von den reichen Besitzern der Strozzigründe erbaut, ist gar ein Finanzamt geworden. Von der Josefstädterstraße her ist es beinahe unsichtbar. Neuerdings wurde der Hof in voller Barockpracht renoviert, so daß nun die Steuerzahler wenigstens diese eine Freude haben.

Aber wenn ein Wiener »die Josefstadt« sagt, meint er möglicherweise gar nicht den Bezirk, sondern das hier gelegene Theater. Dessen Geschichte reicht zwar bis ins 18. Jahrhundert zurück, aber so sehr »settecento« wie es sich präsentiert, wurde es erst 1923, als Max

Reinhardt es als sein Wiener Haus neu herrichten ließ. Ferdinand Raimund hat hier etliche seiner Stücke gespielt, den »Verschwender« sogar uraufgeführt. Aber für die Wiener ist dieses Haus auch heute noch die Reinhardtbühne geblieben. Der Murano-Lüster, der tief ins rotgoldene Parkett hängt, wird beim Erlöschen der Lichter langsam zur Decke hochgezogen, – ein durchaus reinhardtscher Regieeinfall, der noch heute allabendlich seine Wirkung tut. Mit seinen venezianischen Türen und seinem kleinen achteckigen Salon ist dies eines der harmonischsten Theater der Welt, ein Haus, dessen weiche Akustik den Stil einer noblen und temperierten Konversationskunst herausfordert.

Das Schloß zum schönen Brunnen

Am Ufer des Wienflusses, das heute so dicht verbaut ist, gab es einmal Weinberge. Man trank in Wien den Gumpendorfer, den Matzleinsdorfer, – kein Mensch würde heute zwischen den Mietskasernen dieser Stadtteile einen Weingarten suchen. Mit der ersten Industrialisierungswelle zu Anfang des 19. Jahrhunderts haben kleine Fabriken und technische Gewerbebetriebe die Reben verdrängt. Das Dorf Mariahilf lag auf einem Hügel oberhalb des Wientals. Hier wurde die Bekleidungsindustrie heimisch. Noch heute gibt es eine Seidengasse, und am anderen Ende des Mariahilferberges lag der Brillantengrund: nicht etwa ein Grund, auf dem Brillanten gefunden worden wären, sondern einer, auf dem protzige Neureiche ihr Geld schnell ausgaben.

Mariahilf ist heute das Warenhausviertel von Wien geworden. Aber in einer Mariahilfer Werkstatt hat einmal Siegfried Marcus den ersten Benzinwagen konstruiert. Er war allerdings so unvorsichtig, mit diesem frühen Automobil auch noch auf der Straße fahren zu wollen, und das hatten weder die Nachbarn gern, noch die Polizei. Er gelangte mit seinem neumodischen Benzinwagen bis nach Klo-

sterneuburg. Hinterher trieb man ihm den Übermut so gründlich aus, daß er auf seine Erfindung verzichtete, und so ist eben Benz der Vater des Benzinautos geworden.
Heute fahren ziemlich viele Benzinwagen durch die Mariahilferstraße, – die Polizei wußte schon, warum sie von Anfang an dagegen war! Viele von ihnen haben Hietzing und Schönbrunn zum Ziel. Diese heute so anmutigen Gefilde hat der Wienfluß in seinen stürmischen Jugendtagen ausgiebig verwüstet. Erst nach seiner Regulierung war daran zu denken, hier ein Villenviertel zu errichten. Kaiser Matthias bewies einigen Mut, als er so nahe dem reißenden Fluß sein Jagdschloß Kattenburg (von dem später die Türken nichts mehr übrig ließen) erbaute. Er hatte auf der Wildsauhatz den »schönen Brunnen« entdeckt, nach dem das spätere Schloß benannt wurde. Aber seinen Rang als einer der nobelsten Schlösser der Welt verdankt Schönbrunn Maria Theresia. Ihr Vater, Karl VI., hatte als Sommersitz noch die »Favorita« auf der Wieden vorgezogen. Als er dort starb, wollte sie das Haus nicht mehr betreten. Sie zog den Fischer von Erlach-Bau draußen am Wienufer vor. Hier lebte man ungezwungener als in der Hofburg. Nach und nach setzte die junge Monarchin 16 Sprößlinge in die Welt, und die brauchten Platz, wenn auch vielleicht nicht all die 1441 Zimmer, aus denen das Schloß heute besteht.
Ursprünglich war ja die Anlage noch viel grandioser gedacht, – wir haben es auch hier wieder einmal mit einer wienerischen »Unvollendeten« zu tun. Fischer von Erlach träumte von einer Art Super-Versailles: das geräumige Haupthaus auf einem Hügel, dort wo heute die zierliche Gloriette steht, und somit in respektvollem Abstand zu dem reißenden Wienfluß, davor ein System von Ehrenhöfen und Auffahrten bis hinab zum Wachgebäude.
Bis es zur Verwirklichung des Baues kam, war das große pathetische Barock bereits in das verspielte Rokoko übergegangen, und solch eine Prunkburg benötigte die nüchtern denkende Landesmutter gewiß nicht, trotz ihrer ansehnlichen Kinderschar. Es ist immer noch ein respektables kaiserliches Lustschloß daraus geworden, in Haus und Park voller Kuriositäten. Man errichtete etwa eine römische

Ruine, jeder einzelne Stein sichtbar nicht aus Rom, aber das ganze Bauwerk von Anfang her eindeutig »ruiniert«. Auch einen Obelisken wollte man haben. Weil man damals noch weit von Champollions Entzifferung der ägyptischen Hieroglyphen entfernt war, erfand man eben eine neue, eine schönbrunnerisch-ägyptische Bilderschrift, die das Auge erfreute, auch wenn sie nichts zu bedeuten hatte. Am Berge wurde die Gloriette ein verspielter Pavillon, der die streng geometrische Gartenarchitektur krönte. Ein Neptunbrunnen wurde errichtet, Nymphen und Statuen wurden zwischen Boskette und Teiche gestellt. Auch ein reizendes Rokokotheater vergaß man nicht, – leider bekommt man es heute fast nur bei den Schulaufführungen des Reinhardt-Seminars von innen zu sehen. Und die kaiserlichen Bestände an exotischen Tieren wurden in der Menagerie zur Schau gestellt.
Im Schloß selbst gibt es ein chinesisches Zimmer, weil damals gerade in ganz Europa die Chinoiserie in Mode war. Das »Millionenzimmer« soll eine Million Gulden gekostet haben. Und das Gobelinzimmer ist schicksalhaft mit der Familie Bonaparte verbunden. Zweimal – 1805 und 1809 – hat Napoleon hier residiert, hat den Frieden von Schönbrunn unterzeichnet. Er kam als Eroberer und ging als Bräutigam. Die Berline oder Dormeuse mit der dann seine Gattin Marie-Louise ihre Reise nach Paris antrat, kann man noch heute in der »Wagenburg« am Ausgang des Schloßparks bewundern. Und in späteren Jahren erlangte das Gobelinzimmer traurige Berühmtheit dadurch, daß es der Raum war, in dem der Sohn des Kaisers, der Herzog von Reichstadt, sein junges Leben aushauchte.
In dem Spiegelsaal, der so viele Feste von der Hochzeit Josephs II. bis zum Wiener Kongreß gesehen hat, fand 1762 jenes Konzert der beiden Wunderkinder Mozart statt, das Maria Theresia so sehr entzückt hat. Der stolze Vater berichtete nach Salzburg: »Der Wolferl ist der Kaiserin auf den Schoß gesprungen, sie um den Hals bekommen und rechtschaffen abgeküßt.«
Zu dem theresianischen Prunk steht die karge Hofhaltung Franz Josephs in scharfem Kontrast: ein schlichtes Schreibpult, ein eisernes

Bett. 1830 ist er hier geboren worden, 1916 ist er in Schönbrunn gestorben. Er ist gerne im Kammergarten des Schlosses in »Kommodadjustierung« spazieren gegangen, das heißt ohne Säbel und ohne Mütze. Und 1918 hat sich hier der letzte Akt in der Geschichte der Habsburgermonarchie abgespielt, als Kaiser Karl I. im chinesischen Salon die Abdankungsurkunde unterschrieb.
Der Name des Schlosses lebt auch in zwei wienerischen Adjektiven weiter: schönbrunnerdeutsch und schönbrunnergelb. Schönbrunnerdeutsch, – das ist die vornehm-nachlässige Sprache, die einst in der Aristokratie und später noch lange in der höheren Bürokratie gepflegt wurde. Es ist auf die Sprache, in der die Gestalten von Hofmannsthals Komödie »Der Schwierige« kunstvoll konversieren. Und Schönbrunnergelb ist die Farbe des Schlosses, die auf ganz Österreich, vor allem aber auf den benachbarten Villenbezirk Hietzing abgefärbt hat. Als Beethoven noch hierher in die Sommerfrische fuhr, war Hietzing ohne Zweifel ein Dorf. »Beim Dommayer«, wenige Schritte vom Schloßpark entfernt, hat der junge Johann Strauß seine ersten Walzersiege errungen, dem Vater zum Trotz, der nicht wollte, daß sein Ältester Musiker werden und ihm den Ruhm streitig machen sollte. Damals begann Hietzing als Villenviertel in Mode zu kommen. Johann Strauß ist als arrivierter Mann hierher zurückgekehrt und hat in seinem Heim in der Hetzendorferstraße die »Fledermaus« komponiert.
In der Gloriettegasse stand die Villa der Baronin Kiß, besser bekannt als die Burgschauspielerin Katherina Schratt. Sie war einst Vorleserin bei der Kaiserin Elisabeth gewesen, und diese hatte sie mit Franz Joseph bekannt gemacht. Später wurde »die Schratt« die Freundin und Vertraute des inzwischen vereinsamten Kaisers. Franz Joseph war ein Frühaufsteher. Er pflegte durch eine kleine Hintertür des Schönbrunnerparks zu entwischen und bei ihr das Frühstück einzunehmen. Katherina Schratt war damals eine wienerische Institution. Sie konnte etwa helfend eingreifen, wenn der Abgott der Wiener Theaterbesucher, Alexander Girardi, in Gefahr war, von seiner Gattin, der Schauspielerin Odilon, kurzerhand in eine Irrenanstalt abgeschoben zu werden. Damals ging die Schratt zum Kai-

ser, und er brachte die Affaire eigenhändig in Ordnung. Hinterher saß dann der gerettete Girardi mit dem Monarchen bei der Schratt, um sich bei Kaffee und Guglhupf zu bedanken. Girardi, der sonst nicht eben mundfaul war, brachte an diesem Nachmittag nicht viele Worte hervor. Als ihn der Kaiser fragte, weshalb er denn heute so einsilbig sei, antwortete er offenherzig: »Majestät, jausnen Sie einmal mit einem Kaiser!«

Wo Wiens Wein wächst

Sobald die Donau sich am Kahlenberg vorbeigezwängt hat, betritt sie Wiener Boden. Dort erheben sich die berühmtesten Rebhügel der Stadt. Und die Winzerdörfer zu ihren Füßen legen auch heute noch Wert darauf, als Dörfer zu gelten. Sie werden allerdings arg in die Zange genommen. Einerseits bedrängt sie der Tourismus, spült allabendlich eine Flut von Wagen und Autobussen in die schmalen Straßen mit den niedrigen Winzerhäusern. Andrerseits wollen die Wiener noch heute so wie Brahms »auf dem Dorfe leben«, und sei es in Wohnburgen, Menschensilos und Betonbungalows. Stadtplaner seufzen: Jeder Wiener wünsche sich eine ideale Wohnung, deren Haustor in der Kärntnerstraße liege, deren Fenster aber in den Wienerwald gingen. Offenbar legt man auf die zweite Wunschvorstellung heute noch mehr Wert als auf die erste. Die Folgen davon haben diese Weinbauerdörfer am Stadtrand zu tragen. In dem berühmtesten und stolzesten unter ihnen, in Grinzing, hat es sogar schon einmal eine Art Dorfrevolution gegeben. Getragen wurde sie nicht nur von den Winzerfamilien, sondern auch von den Künstlern und Intellektuellen, die seit langem hier angesiedelt sind und ihrer Verbitterung über die Bausünden Ausdruck gaben, obwohl sie selbst auch nicht gerade aus erbeingesessenen Weinbauerfamilien stammen. Man sperrte die Straßen, man hing Trauerflor an die Heurigenbuschen. Keine Hochhäuser, keine Durchgangsstraßen sollten mehr errichtet werden. Niemand solle mehr Weingärten still und heimlich mit Bungalows zubauen dürfen, die er der Baubehörde gegenüber listig als Scheune oder Preßhaus deklariere. Einen gewissen Erfolg haben die Grinzinger mit ihrem Aufstand erzielen können. Dafür geht jetzt der Betonsegen auf die Nachbardörfer nieder.

Nußdorf, Heiligenstadt, Grinzing, Sievering, Neustift, Pötzleinsdorf, – sie schließen eng aneinander an. Und wenigstens einen Dorfplatz in der Mitte mit einer alten Kirche und etliche Winzerhäuser mit breiten Torbogen haben die meisten von ihnen bewahren können. Heiligenstadt ist der Welt durch Beethoven bekannt geworden. Es war damals noch ein Badeort, – die Thermen sind seitdem versiegt, – und der Komponist erhoffte hier ebenso vergeblich Heilung seines Gehörleidens wie in Baden. 1802, also erst 32jährig, verfaßte er in tiefer Depression jenes berühmte »Heiligenstädter Testament«, mit dem er gleichsam von der Menschheit Abschied nahm, obgleich er ja dann noch ein Vierteljahrhundert weiterleben sollte. Er kam auch später wieder hierher – 1817 und 1824. Das »Eroicahaus« am Pfarrplatz hat inzwischen erfolgreich eine ganz unheroische Karriere als Weinhaus eingeschlagen. Das Haus des Testaments liegt einige Schritte weiter in der Probusgasse. Auch einen »Beethovengang« gibt es nach der Nußdorfer Seite hin. Am Schreiberbach soll der Künstler jene Vogelstimmen notiert haben, die in der »Szene am Bach« seiner Pastoralsymphonie erklingen.

Die Legende knüpft den Ursprung von Heiligenstadt an das Wirken des heiligen Severin in der Endphase der Römerherrschaft an der Donau. Nach dem Heidenapostel soll dieser »sanctus locus« benannt worden sein. Aber der Name stammt wohl erst aus der Babenbergerzeit, als hier eine romanische Kapelle errichtet wurde. Dafür reklamiert Sievering den Heiligen für seinen Ortsnamen. Zu Unrecht, denn das Dorf gehörte einst den Herren »de Suuveringen« und ist nach ihnen benannt. Grinzing hingegen war den Herren von Grunzingen zu eigen. Sie residierten im Trummelhof, der noch heute existiert und selbstverständlich ebenfalls vom Weinausschank lebt.

Wenn man den Ausläufer des Dreimarksteins überschreitet, hört im

Krottenbachtal der Wein noch immer nicht auf. Salmannsdorf und Neustift am Walde sind zwei malerische Winzerdörfer, die heute schon nahtlos ineinander übergehen. Am Hang des Dreimarksteins steht ein bescheidenes kleines Häuschen, in dem einst die geschiedene Gattin von Johann Strauß Vater mit ihrem Sohn wohnte. Sie legte ihren Ehrgeiz darein, die musikalischen Neigungen des Jungen zu bestärken, ob dies nun dem Vater recht war oder nicht. Sie hatte Erfolg: in dem Haus am Dreimarkstein hat der Sechsjährige seinen ersten Walzer komponiert. Die ambitionierte Mama hat später auch dafür gesorgt, daß die Öffentlichkeit davon erfahre: Sie hat das Werk unter dem Titel »Erster Gedanke« in Druck gegeben.

Ein anmutiger Promenadeweg führt von hier durch die Weinberge. Mitten im Rebgelände erhebt sich eine Mariensäule, auf der die Muttergottes ihren Fuß auf eine Schlange setzt. Hier hat Ferdinand Raimund, als feststand, daß er als geschiedener Mann seine geliebte Toni Wagner nicht würde heiraten können, in einer rührenden Zeremonie den Lebensbund mit ihr geschlossen. Die beiden Liebenden gaben einander vor der Madonnenstatue ein Treuegelöbnis. Es hielt bis über ihren Tod hinaus. Als er 1836 aus Angst vor den Folgen eines Hundebisses in Pottenstein Selbstmord verübte, blieb ihm Toni noch weitere 43 Jahre lang treu. Sie ist erst 1879 als hochbetagte Dame gestorben.

Die Zeile der Dörfer, die nicht Stadt werden wollen, reicht noch weiter. Neuwaldegg und das Ottakringer Liebhartstal waren einmal Weingelände und sind es heute kaum mehr. Der Betonfraß geht inzwischen bis tief in den Wienerwald hinein. Hier im Westen liegt die grüne Lunge oder, wenn man will, die Klimaanlage der Großstadt. Und wo es Wälder gibt, können sich auch Dörfer noch halbwegs halten. Wien ist eine windige Stadt. Der frische Luftzug aus dem Donautal und vom Wienerwald her wird viel gescholten, aber das »Wiener Lüfterl« bläst den Rauch der Schornsteine nach Osten weg. Weinheber wußte davon zu singen:

> War net Wien, ging net gschwind
> wieder amal der Wind,

daß a Staub wia net gscheit
umanand reißt die Leut.

Aber er wirbelt nicht nur Staub auf, er bläst ihn auch wieder fort. Er trägt einen Hauch vom Dorf bis in die Straßenschluchten der Großstadt, in denen es einem heute schon schwerfällt, Stolz und Selbstverständlichkeit eines Dorfes hochzuhalten.

Wienerwald-Melodie

Der Wienerwald steht nicht in Wien. So wie auch die viel besungenen Wiener Weine nur zu einem geringen Prozentsatz auf dem Boden dieser Stadt, richtiger gesagt des Bundeslandes Wien, gedeihen. Wein sowohl wie Wald sprießen zum weit größeren Teil im Bundesland Niederösterreich, also beinahe schon im Ausland. Aber um die Paradoxie voll zu machen: Der Wienerwald liegt nicht nur nicht in Wien, er ist auch eigentlich im Grunde kein Wald, sondern ein Gebirge. Er reicht von der Donau im Norden bis zur Triesting im Süden, er wird im Westen von der Traisen und der großen Tulln begrenzt. Im Osten fällt er sehr dramatisch und abrupt zur Ebene hin ab und markiert damit zugleich das Ende der Alpen: an der Thermenlinie von Vöslau und Baden bis nach Wien. Dieser Wald- und Wiesengürtel verschafft der Hauptstadt eine Umgebung, wie sie nicht so bald eine Großstadt in solcher Nähe besitzt. Kein Wunder, daß der Wienerwald immer wieder besungen wurde, von Adalbert Stifter bis Josef Weinheber, von Beethoven bis Schubert und Johann Strauß. In dessen berühmten Walzer »G'schichten aus dem Wienerwald« erklingt in der besinnlich-langsamen Einleitung eine Zither. Man wird dieses Instrument heute nur schwer in diesen Waldtälern antreffen, schon eher die Music-Box.

Die ersten Bäume des Wienerwaldes stehen in den westlichen Stadtbezirken dort, wo die Straßenbahn ihre Endstation hat. In Dornbach etwa, wo dicht hinter der Tramwayschleife die »Schwarzenberg-Allee« beginnt, eine wahrhaft fürstliche und geräumige Promenade, von Obelisken und antiken (oder beinahe antiken!) Statuen gesäumt. Oder in Pötzleinsdorf, wo man, kaum daß man die Straßenbahn verlassen hat, schon im Park jenes Barons Geymüller steht, der im Biedermeier ein Spekulant von balzac'schem Zuschnitt war. Der Hasardeur hat hier, – und dies war damals noch weit draußen vor der Stadt, – in einem klassizistischen Schloß das rasch verdiente Geld mit vollen Händen zum Fenster hinausgeworfen. Und seine

Gattin Rosalia war nach eindeutiger Meinung der Wiener fürs Geldausgeben noch weit begabter. Der Bankier, der sich in seinem Reichtum sogar mit Rothschild maß, schlitterte dann in einen Bankrott, unter dem ganz Wien erzitterte. Er wurde steckbrieflich gesucht, flüchtete nach Basel und starb dort bettelarm. Was von ihm blieb, ist neben dem Schloß der weite Park, dessen Statuen und Ruinen nur mehr einen matten Abglanz jener Tempel, Volièren und Pavillons vermitteln, die einst die Szenerie üppiger Feste darstellten. Und es blieb Raimunds »Verschwender«, denn Glanz und Glorie des bankrotten Hasardeurs haben den Dichter zu seinem nachdenklichen Drama angeregt.

In Hütteldorf, in Ottakring ist der Wienerwald noch ein echter Wiener, dort reichen seine Bäume bis zum Stadtrand, sind seine Berge das sonntägliche Aufmarschgebiet der Stadtbewohner. Das kompakteste Stück Wienerwald auf städtischem Boden ist der Lainzer Tiergarten. »Der dunkle Wald voll Jagdlust krönt das Ganze, und Gottes lauer Hauch schwebt drüber hin«, schrieb Grillparzer. Dort, wo heute die Ausflügler dicht neben der Zufahrt zur Westautobahn kilometerweit unter dichten Laubkronen wandern, teilten sich einst erlauchte Herrschaften und höchstdero Wildschweine in das Areal, denn der Lainzer Tiergarten war kaiserliches Jagdgebiet. Eines seiner Zentren heißt heute noch Hirschengstemm, beherbergt aber nur noch ein volkstümliches Restaurant. Das Jagdschloß Auhof ist heute noch mit Hirschen geschmückt, mit nachgebildeten allerdings, denn das lebende Wild hält sich nur in abgelegenen Reservaten auf. Das Pulverstampftor leitet seinen Namen davon ab, daß hier einmal die Büchsenspanner und »Pulverstampfer« ihr Handwerk für die adeligen Jäger betrieben. Der schönste Bau, die Hermesvilla, ist neuerdings wieder in seiner Gründerzeitpracht renoviert worden. Kaiserin Elisabeth, bekanntlich eine begeisterte Reiterin und romantische Naturschwärmerin, hat sie 1882 von Hasenauer errichten lassen und sich gerne hier unter den dichten Baumkronen inmitten der Rehrudel aufgehalten.

Die Begründerin dieses Jagdparadieses war Maria Theresia, aber erst

ihr Sohn Joseph II. hat ringsum jene berühmte Tiergartenmauer aufführen lassen, die angeblich 91 Ecken haben soll. Dieses Paradies hat nicht nur 91 Ecken, sondern auch 25 »Türln«, einige von ihnen ansehnliche Portale. Nestroy hat das Bauwerk »das Junge von der chinesischen Mauer« genannt. Es kam auf Grund einer öffentlichen Ausschreibung zustande, denn der Kaiser wollte auf Sparsamkeit dringen. Die gerade gut im Geschäft stehenden Baumeister verlangten pro Klafter 12 Gulden. Ein kleiner Außenseiter namens Schlukker unterbot sie um zwei Gulden und erhielt daraufhin den Auftrag. Die selbstbewußte Branche verspottete ihn und meinte, er werde die 24 Kilometer Mauerwerk gewiß nicht zu diesem Preis aufführen können. Aber er schaffte es, und seitdem gibt es in Wien die Redensart vom »armen Schlucker«.

Escorial und Türkenbefreiung

Das bedeutendste Stück Wienerwald auf Wiener Boden ist der Kahlenberg, der »Hausberg der Wiener«. Diesen Rang verdankt er nicht nur den Weinbergen an seinen Hängen, die nach Grinzing zu liegen, am Nußberg oder beim Kahlenbergerdorf und oberhalb Klosterneuburgs. Sein Renomee ist vor allem dem herrlich weiten Ausblick zuzuschreiben, der sich von seiner Höhe auf die Stadt und das Donautal öffnet, denn der Strom breitet sich nach der Enge zu Füßen des Leopoldsberges nun weit in die Ebene des Wiener Beckens aus. Ein berühmter Vers von Grillparzer gilt diesem Talblick:

> Hast du vom Kahlenberg das Land dir rings besehn,
> So wirst du, was ich schrieb und was ich war, verstehn.

ALTE UND MODERNE KUNST

Auch Josef Weinheber hat einen »Hymnus auf den Kahlenberg« verfaßt, – zu einer Zeit, da dieser gerade durch das neue Hotel und sein Restaurant »vornehm« geworden war:

Nicht weil du glanzbewußt
heute so vornehm tust:
Weil du ein Wiener bist,
Berg, sei gegrüßt!
Warst in der überlangen Zeit
Glück für die kleinen Leut,
seliger Sonntagsgang,
waldwiesenlang.

Aber weil es in dieser wienerischen Ecke mit der Namensgebung, wie wir gesehen haben, immer ein bißchen vertrackt und paradox zugeht, haben wir auch beim Hausberg der Wiener ganz folgerichtig ein dorniges Namensproblem. Die Römer nannten ihn noch »mons ceticus«, also »Waldberg«. »Kahlenberg« nannte man zuerst jenen der beiden Gipfel, der heute »Leopoldsberg« heißt, denn seit dort die Babenberger residierten, wurde er nach und nach abgeholzt, war also kein »mons ceticus« mehr, sondern ein »kahler Berg«. Der heutige Kahlenberg hingegen war noch dicht bewaldet. Und weil sich dort, wo heute die Autofahrer über die Höhenstraße rasen, noch deren Vorgänger, die Wildschweine, tummelten, hieß er »Sauberg«. Später nannte man ihn etwas vornehmer nach der dort errichteten Kirche des Heiligen Joseph den Josephsberg und schließlich avancierte er zum Kahlenberg. Auf dem vorher so benannten Nebengipfel aber hatte Kaiser Leopold I. nach den Türkenkriegen die alte Burg wieder herstellen lassen, in der die Babenberger-Leopolde residiert hatten, so daß man ihn aus doppeltem Grunde Leopoldsberg nannte, – bis zum heutigen Tage.

Die Schönlaterngasse mit der Alten Schmiede
und dem Heiligenkreuzerhof

Die Türkenkriege brachten übrigens die heroischen Tage des Kahlengebirges. Im September 1783 hatten der König von Polen, der Herzog von Lothringen und die Kurfürsten von Bayern und Sachsen gemeinsam mit kaiserlichen Truppen die Höhen besetzt, um den entscheidenden Schlag zur Befreiung des belagerten Wien zu führen. 64 000 Mann und 168 Geschütze bewegten sich von hier, als wäre ein ganzer Wald lebendig geworden, auf die Hauptstadt zu, deren Befestigung schon arg ramponiert war. Auch ein junger französischer Prinz diente bei diesem Ersatzheer: Eugen von Savoyen. Er blieb von da an am Wiener Hof, verfolgte später die Türken bis zu deren Niederlage bei Belgrad und wurde solcherart der zweite Mann im Staate.

In den Hohlwegen bei Nußdorf gab es die erste Feindberührung. Bei der noch heute so benannten Türkenschanze führte der Polenkönig Sobieski die Entscheidung herbei. Bis zum Abend hatte das Ersatzheer die inzwischen schon recht brüchig gewordene Schottenbastei erreicht. Die Türken sahen ihre einzige Rettung in der Flucht. In einem 50-Stundenmarsch zogen sie sich bis nach Raab (dem heute ungarischen Györ) zurück. Mit der Schlacht am Kahlenberge war der Traum von einem islamischen Europa vorbei.

Von diesen heroischen Erinnerungen ist dem Kahlenberg heute nichts mehr anzumerken. Er ist ein Pensionist geworden, der vor allem Ruhe und Beschaulichkeit liebt. Sei es sogar die »Ruhe eines Kirchhofs«. Auf der alten Kahlenbergstraße findet sich nämlich nahe dem Gipfel der heute von Baumkronen überschattete Biedermeierfriedhof. Hier ruht etwa das von einer romantischen Legende verklärte »Fräulein vom Kahlenberg«, mit bürgerlichem Namen Caroline Traunwieser genannt. Sie soll das schönste Mädchen der Stadt gewesen sein. Ihre große Liebe war ein napoleonischer Offizier, der an der Beresina fiel. Die 21jährige war von da an völlig verstört, wanderte von der Villa ihrer Mutter aus Nacht für Nacht durch die Wälder, um ihren Geliebten zu suchen, und ist bei einer dieser Wanderungen erfroren.

Dicht neben ihrem verfallenen Grabstein liegt das Grab eines weit berühmteren Mannes, des Fürsten de Ligne. Er war, ehe er sich als alter Herr hier oben zurückzog, ein bedeutender Heerführer und Diplomat gewesen, angeblich der Geliebte der großen Katharina von Rußland. Der greise Feldmarschall hieß im Wien der Kongreßzeit »der rosarote Prinz«, weil er seine Dienerschaft in rosarote Livree kleidete. Die Korrespondenz, die er quer durch Europa unterhielt, reichte von Friedrich von Preußen bis zu Goethe. Am Hofe Kaiser Franz' aber galt er als Außenseiter und Exzentriker und war dementsprechend unbeliebt. Der 80jährige Prinz war ein in amourösen Dingen noch sehr aktiver Herr. In einer Dezembernacht hatte er ein Stelldichein, zu dem er aus Eitelkeit in Uniform ohne Mantel erschien. Dabei holte er sich eine tödliche Lungenentzündung. Als er sein Ende nahen fühlte, sagte er: »Das einzige, was ich dem Kongreß zu seiner Unterhaltung bieten kann, ist das Begräbnis eines Feldmarschalls.« Die Beisetzung fiel denn auch entsprechend pompös aus: Ganz Wien pilgerte auf den Kahlenberg, um dem rosaroten Prinzen das letzte Geleit zu geben.

Auch eine bemerkenswerte Stadt- und Klostergründung soll vom Kahlenberg herab ins Werk gesetzt worden sein. Richtiger: vom ehemaligen, also vom heutigen Leopoldsberg aus. Dort stand die Burg der Babenberger. Von ihrem Söller soll Agnes, der Gattin des Markgrafen Leopold, ein Schleier herabgeweht sein. Er ging im Wald verloren, und als er nach tagelangem Suchen gefunden wurde, errichtete man angeblich an dieser Stelle Klosterneuburg. Den Historikern ist diese Geschichte allerdings zu schleierhaft. Nicht nur die Römer und die Kelten haben schon vorher an dieser Stelle gesiedelt, sondern die Babenberger selbst haben hier eine Residenz bezogen, ehe sie nach Wien gingen. Markgraf Leopold aber hat die Burg auf dem Kahlengebirge und dazu das »Kloster bei der neuen Burg« errichtet, unter dessen barocker Pracht noch heute der gotische Kern erkennbar ist.

Der Stolz des Stiftes ist der »Verduner Altar«. Meister Nicolaus von Verdun hat ihn 1181 vollendet, ein einzigartiges Werk frühgotischer Emailmalerei, das die ganze biblische Geschichte auf 45 Tafeln festhält. Sie umrahmten ursprünglich die Kanzel. Heute schmücken sie das Grab des heiligen Leopold, – der Klostergründer ist inzwischen heiliggesprochen worden. Er ist der niederösterreichische Namenspatron, und an seinem Fest, dem 15. November, veranstaltet man hier im Stift das »Fasselrutschen«, bei dem man über ein Tausendeimerfaß hinabrutscht.

Wer sich heute Klosterneuburg nähert, gewahrt schon von fern her den machtvollen Barocktrakt oberhalb der Donau. Karl VI. wollte, als die Türkengefahr endgültig gebannt war, hier eine Einheit von Kaiserpalast und Kloster errichten, eine Art österreichischen Escorial. So wie in Spanien sollten Kirche und Schloß als gewaltige Prachtbauten aufgeführt werden. Neun Kuppeln sah der Entwurf vor, – nur zwei von ihnen wurden ausgeführt. Eine von ihnen trägt die römische Kaiserkrone, die andere den österreichischen Herzogshut (der als Original übrigens in der Schatzkammer des Stiftes aufbewahrt wird). Der Gedanke, weltliche und geistliche Macht solcherart sinnfällig zu vereinen, spukte damals durch viele Köpfe. Auch in Stift Göttweig wurde vom selben Monarchen der Bau eines solchen österreichischen Escorials in Angriff genommen und dann auf halbem Wege fallengelassen. Als Karl VI. starb, hatte das Stift kein Geld, um den Bau fortzuführen. Und so ist denn Klosterneuburg auf uns gekommen als der schönste Escorial, den Karl VI. *nicht* gebaut hat.

Heißes Wasser und kühler Wein

Im Süden von Wien findet sich der pittoreske Teil des Wienerwaldes, die steilen Felsabbrüche, die hier signalisieren, daß die Alpen zu Ende sind und sich die große Tiefebene bis weit nach Ungarn, ja bis nach Asien ausdehnt. Der geologische Bruch, der sich hier vollzogen hat, wirkt sich auch darin aus, daß auf der ganzen »Thermenlinie« heiße Schwefel- und Mineralquellen aus dem Boden sprudeln. In Baden sind sie am üppigsten und am berühmtesten, aber auch in Vöslau treten sie zutage und sogar im Wiener Stadtbezirk Meidling.

Der Boden, der von unten her durch Thermalwasser erwärmt wird, trägt an seiner Oberfläche jene Rebhügel, auf denen die »Südbahnweine« gedeihen. Sie schmecken runder und voller als die »Brünnerstraßler« im Norden von Niederösterreich, und sie rühmen sich einer römischen Vergangenheit. In Baden, wo die Rheumatiker der zehnten Legion ihr Rheuma kurierten, heißt noch heute eine der besten Rotweinlagen »Römerberg«. Der Name Sooss wiederum bedeutet weder »Sauce«, noch »SOS«, sondern bezeichnet einen Weinort, der gleichfalls für seinen Roten berühmt ist. Die Burgunder- und Portugieser-Reben keltert man auch in Vöslau, wo einst der Weingutsbesitzer Schlumberger die in der Champagne erlernte Kunst der Sekterzeugung erfolgreich nach Österreich verpflanzte. Und Gumpoldskirchen ist durch seine reifen und milden Weißweine in aller Welt berühmt geworden.
Die von Wien-Mauer ausgehende Weinstraße nach Vöslau berührt vorerst einmal Rodaun. Dem Literaturfreund klingt der Name vertraut: Hier war Hugo von Hofmannsthal daheim. Ein kleines schönbrunnergelbes Schlößchen, das Maria Theresia ihrer Kammerfrau, einer Gräfin Fuchs, geschenkt hat, war sein Wohnsitz seit seiner Heirat im Jahre 1901 bis zu seinem Tode im Jahre 1929, als er aus Kummer über den Selbstmord seines Sohnes zusammenbrach, nicht älter als 55 Jahre. Er war nicht Eigentümer des »Fuchs-Schlössels«, sondern nur Mieter, und so ist denn alles, was an ihn erinnerte, in alle Winde verweht. Die Adresse lautet Ketzergasse, – seltsam genug für einen so katholischen Dichter, – damals aber hieß sie Badgasse. Gebaut wurde das Haus übrigens von einem Fürsten Trautsohn, der laut Hofmannsthal ein Schwarzkünstler gewesen sein soll und in dem Haus seine Geliebte untergebracht hat. Hier also sind der »Rosenkavalier« und der »Jedermann«, »Der Schwierige« und »Der Turm« und so viele andere Werke entstanden. Den von Wien her anreisenden Freunden teilte Hofmannsthal brieflich mit, welchen Zug sie nehmen sollten und daß es klug sei, sich nicht den profitgierigen Fiakern, sondern lieber den Einspännern anzuvertrauen.
Ein kurzes Stück weiter liegt Perchtoldsdorf, ein prächtiges Ensemble: gotische Hallenkirche, mittelalterliche Burg, barocke Pestsäule

und ein Kranz alter Häuser. Das dominierende Gotteshaus ist als Wehrkirche angelegt, mit Mauern umgeben, von denen man sich gegen die immer wieder von Osten heranstürmenden Truppen verteidigen konnte. Beim letzten Ansturm, demjenigen türkischer Heere, nützte allerdings die Verteidigungsanlage nichts. Die ganze Bevölkerung des Ortes wurde damals niedergemacht. Heute bietet Perchtoldsdorf ein beschauliches Bild. In dem Winzerdorf gibt es derart viele Heurige, daß angeblich die Eichhörnchen von einem Buschen zum nächsten springen können. Künstlerische Prominenz findet sich auch hier. In dem Haus Brunnerstraße 26 hat Hugo Wolf gelebt und einen großen Teil seines Liedschaffens zu Papier gebracht. Auch seine Oper »Der Corregidor« entstand hier, und in ihrem Gefolge ereignete sich sein tragischer Zusammenbruch. Er hoffte, Mahler werde sein Werk an der Hofoper herausbringen. Als es wegen einer Verschiebung der Uraufführung zu einer heftigen Auseinandersetzung kam, brach Wolfs geistige Erkrankung aus. Erregt teilte er seinen Freunden mit, Mahler werde abgesetzt und er selbst zum Hofoperndirektor ernannt. Die Hoffnung, er werde sich wieder beruhigen, war vergebens. Am nächsten Morgen mußte er in eine Heilanstalt eingewiesen werden.
Die ganze Südbahnstrecke verdankt ihre Entdeckung als Ausflugs- und Feriengebiet für die Wiener dem Biedermeier. Vorher hatten zwar Adelige oder sehr begüterte Bürger außerhalb der Stadt ihre Schlößchen oder Villen errichtet. Aber erst Herr Biedermeier hat die »Sommerfrische« erfunden. Als keine napoleonischen Truppen mehr die Straßen verstopften, pilgerte man in Massen ins Freie. In Baden, wo der Hof den Sommer zu verbringen pflegte, entstanden jene klassizistischen Häuser, die der Stadt noch heute den Charakter geben. Man machte Landpartien im Zeiserlwagen. Schubert und seine Freunde zogen sonntags ins Freie, pilgerten nach Perchtoldsdorf, Mödling oder Heiligenkreuz. In der Hinterbühl rühmt sich die Höldrichsmühle noch heute dieser Besuche. Aus der Mühle ist inzwischen ein Restaurant geworden. Ein völlig verdorrter Lindenbaum steht dort »am Brunnen vor dem Tore« und wurde mit dem berühmten Lied in Zusammenhang gebracht. Zu Unrecht wohl,

denn Schubert pflegte auf dem Lande zwar zu musizieren, zu komponieren aber in Wien an seinem Flügel. Und weil man das Lied von der Forelle, die am Angelhaken zappelt, gleichfalls gerne den Fahrten zur Höldrichsmühle zuschreibt, fahren die Wiener noch heute gerne hierher, um sich die Forellen schmecken zu lassen.

Der hartnäckigste Freund dieser Sommerfrischen aber war wohl Beethoven. Schon der heutige Wiener Gemeindebezirk Meidling war Ziel seiner sommerlichen Exkursionen. In Mödling war er mehrmals Feriengast. Hier hat er an der Missa solemnis gearbeitet, aber auch an jenen »Mödlinger Tänzen«, in denen er die aufspielenden Dorfmusikanten köstlich parodiert. Vor allem aber kehrte er immer wieder nach Baden zurück, schon weil hier allsommerlich die Hofgesellschaft zu Gast war. Das »Haus der IX. Symphonie« ist heute eine Gedenkstätte geworden. Ein bequemer Mieter war er weder hier noch in seinen zahlreichen Wiener Wohnungen. Als er einmal seinen Freund Schindler als Quartiermacher nach Baden vorausschickte, wollte der Schlossermeister, bei dem Beethoven im Vorjahr residiert hatte, das Zimmer nur unter der Bedingung zur Verfügung stellen, daß Beethoven neue Fensterläden anfertigen lasse. Dieser sonderbare Wunsch fand seine Erklärung darin, daß Beethoven seinerzeit beim Komponieren immer wieder Einfälle mit Bleistift auf den Läden notiert hatte. Andere Kurgäste hatten dies beobachtet und dem Schlossermeister hinterher die Holzflügel für gutes Geld abgekauft. Dieses Geschäft wollte der Hausbesitzer auch noch ein zweites Mal machen.

Im Park des Schlosses Gutenbrunn (heute ein Hotel) stand ein Gärtnerhaus, in dem sich eine entscheidende Alterskrise Beethovens vollzog. Er war der Meinung, er habe seine Neunte verdorben, weil es ihm nicht gelungen sei, ein wahres Lied der Freude anzustimmen. In einer zehnten Symphonie wollte er diesen dionysischen Gesang weit machtvoller zum Erklingen bringen. Aber während er sich in die neue Symphonie vertiefte, setzten Zweifel ein, ob sie ihm gelingen werde. Er brach das große Vorhaben nach einigen Skizzen ab und schrieb statt dessen seine konzentrierteste und dichteste Kammermusik: die letzten Quartette, in denen der bereits schwer Lei-

dende statt eines Freudenhymnus den »Dankgesang eines Genesenen an die Gottheit« anstimmte.
In dieser biedermeierlichen Sommerfrischenlandschaft mußten sich vor allem die Romantiker daheim fühlen. Ihr Zentrum wurde die mittelalterliche Burg Liechtenstein, die sich ungemein dekorativ hinter dem Dorf Maria Enzersdorf erhebt. Ihr Hausherr war damals Fürst Johann I. von Liechtenstein, eine romantische Natur durch und durch. Er hat die romanische Burg im Geschmack seiner Zeit aufs glänzendste wiederherstellen lassen. Man spürt seine Hand noch heute im ganzen Lande ringsum. Mitten in den Föhrenwäldern hat er ein römisches Amphitheater errichtet. Als Ruine wohlgemerkt, wie er überhaupt künstliche Ruinen liebte. In seinem Tiergarten in Sparbach hat er antike Tempelruinen aufführen lassen, auch den Schwarzen Turm bei Mödling. In dem ein gutes Stück weiter südlich gelegenen Pittental erbaute er beim »Türkensturz« eine regelrechte Burgruine. Der ebenso reiche wie großzügige Fürst war es auch, der die Brühl hinter Mödling, ein enges und damals noch kahles Tal, das Beethoven »die göttliche Brühl« nannte, mit Erdreich anschütten und mit jenen schwarzen Föhren bepflanzen ließ, die ihr noch heute ein pittoreskes Gepräge geben. Hoch darüber, auf einem Anningervorsprung, ließ er von dem berühmten Biedermeierarchitekten Kornhäusel den »Husarentempel« errichten, ein Denkmal für jene seiner Husaren, die ihn einmal während der Schlacht von Aspern aus einem gefährlichen Geplänkel herausgehauen haben.
Dieser Fürst, der überall die Spuren seiner oft skurrilen Baulust hinterlassen hat, war ein freigebiger Mäzen der romantischen Künstler. So gibt es denn hier ein Romantikerhaus, in dem die Brüder Schlegel, Gentz, Schubert und Grillparzer verkehrten. Viele, die er patronisiert hat, sind nicht mehr fortgegangen. Sie ruhen in Maria Enzersdorf auf dem »Romantiker-Friedhof«. Rund um die Grabstätte des später exhumierten Heiligen Clemens Maria Hofbauer haben bedeutende Vertreter des vormärzlichen Katholizismus ihre letzte Ruhestätte gefunden wie der Dichter Zacharias Werner, Adam Müller und der Maler Friedrich von Klinkowström.

Die älteste Stadt der Thermenlinie ist Mödling. Überkrönt wird sie von der spätgotischen St. Othmarkirche, die einmal eine Wehrkirche gewesen ist. Der zweistöckige Karner neben ihr ist sogar romanischen Ursprungs und weist auf die Mitte des 13. Jahrhunderts hin. Mödling war einmal Babenbergerresidenz. So häßlich das Stadtzentrum neuerdings durch moderne Wohngroßanlagen geworden ist, finden sich hier doch noch überall alte Bürgerhäuser, eine gotische Spitalkirche, ein malerisches Renaissance-Rathaus. Von dem Sommergast Beethoven war schon die Rede. Aber in neuerer Zeit ist Mödling noch einmal ein Ort musikalischer Ereignisse geworden: als Arnold Schönberg von Wien hierher zog und auch seinen Schüler Anton von Webern überredete, ihm zu folgen. So ist das mittelalterliche Städtchen die Geburtsstätte der Zwölftontechnik geworden. Seit einigen Jahren ist Schönbergs ehemaliges Wohnhaus eine Gedenk- und Forschungsstätte.
Über Gumpoldskirchen wendet sich die Weinstraße quer durch die Rebhügel nach Baden. Daß es im Vormärz Sommerresidenz des Hofes war, merkt man noch heute an den klassizistischen Fassaden, deren Schönbrunnergelb nichts mit dem Schwefel zu tun hat, der hier das Kurleben regiert. Die glanzvolle Epoche des Biedermeier endete ziemlich genau mit dem Jahre 1848. Die bisherigen Monarchen hatten den »Kaiserhof« am Hauptplatz bewohnt, ein durchaus bürgerlich wirkendes klassizistisches Gebäude. Der neue Kaiser aber, Franz Joseph, bevorzugte Ischl, denn inzwischen hatte man Eisenbahnen gebaut, und eine Fahrt ins Salzkammergut war keine Strapaze mehr.
Mit Strandbad und Roulette, Operetten-Arena, Trabrennplatz und malerischen Heurigenhöfen ist Baden auch heute noch eine beliebte Sommerfrische. Das Stadtwappen zeigt einen bärtigen Mann und eine nackte Frau, die in einem hölzernen Badezuber stehen und das Thermalwasser auf sich niederrieseln lassen. So formlos geht es allerdings heute nicht mehr zu. Weder in den vielen Kuranstalten, in denen man das Schwefelwasser mit seinen vollen 36 Grad genießen kann, noch in dem, ebenfalls mit Thermalwasser gespeisten Strandbad, das an heißen Sommertagen 8000 Besucher verkraften

kann (oder muß). Ein ummauertes Rondeau inmitten der Schwimmbecken nimmt die Heißwasserhungrigen auf, und dieses erinnert an Wochenenden mit starkem Zuspruch ein wenig an das Nilpferdbecken im Schönbrunner Tiergarten.
So wie Mödling den Eingang zur Brühl markiert, so verengt sich hinter Baden die Landschaft zum Helenental. Zwei Burgruinen stehen hier einander gegenüber: Rauheneck und Rauhenstein. Hier ging es auch dann rauh zu, wenn gerade kein Feind vom Osten her im Anmarsch war, denn dann verdienten sich die Burgherren ihr Geld als Raubritter. Dabei widerfuhr 1466 dem gerade als Wegelagerer diensttuenden Schloßherren, Wilhelm von Puchheim, ein Betriebsunfall. Ein besonders glanzvoller Zug von Baden nach Heiligenkreuz weckte seine Begierde. Er überfiel ihn und mußte feststellen, daß ihm hier die Gattin Kaiser Friedrichs III., Eleonore von Portugal mit viel Troß und Geschmeide ins Garn gegangen war. Die Beute war beträchtlich. Der kaiserliche Gemahl hat anscheinend über das Pech des Puchheimers gar nicht gelacht. Er ließ die Veste berennen, und seither ist sie eben eine Ruine.

Burgund im Wienerwald

125 000 Hektar Waldbestand umfaßt der Wienerwald. Beinahe wäre ein Fünftel davon abgeholzt worden, weil der Staat dringend Geld benötigte. Diese Gefahr stieg im Jahre 1870 auf, als Österreichs Kassen nach dem Krieg mit Preußen leer waren. Der Finanzminister hieß damals Torquemados Brestel, und dies klingt, als wolle ein Großinquisitor bei Nestroy auftreten. Sein Plan: 25 000 Hektar Wald, angeblich nur »entlegene Forste«, sollten verkauft und abgeholzt werden. Schon war mit einem Spekulanten namens Hirschl ein Vertrag abgeschlossen, von dem nicht weniger als 21 Gemeinden bedroht waren. Dieser Anschlag auf den Waldgürtel scheiterte damals an der couragierten Aktion eines Einzelkämpfers namens Josef

Schöffel. Auf der Rudolfshöhe bei Purkersdorf erinnert ein Gedenkstein an ihn und seine dramatische Rettung des Wienerwalds.
Schöffel begann seine Aktion mit einem Artikel im »Neuen Wiener Tagblatt«. Seine Enthüllung, daß »dieses Kleinod der Wiener, dieses herrliche Geschenk der Natur nun stückweise an Spekulanten verkauft und verwüstet werden« solle, entfachte einen Sturm öffentlichen Protestes. Das Ergebnis dieser Aktion stellte sich erstaunlich prompt ein. Der Kaiser ließ Torquemados Brestel rufen und äußerte indigniert: »Mir scheint, Exzellenz sind unpäßlich. Ich wünsch' recht gute Erholung!« Brestel verstand, wie viel er der Staatsraison an Unpäßlichkeit schuldig war, und trat zurück.
Die Staatsforste wurden nicht verkauft. Schöffel wurde von seiner Heimatstadt Mödling zum Bürgermeister gemacht, und 104 niederösterreichische Gemeinden ernannten ihn zum Ehrenbürger. Aus Przibram in Böhmen ist dieser idealistische Querkopf gekommen, war Soldat auf allen österreichischen Kriegsschauplätzen zwischen 1849 und 1866. Erst nach der Schlacht bei Königgrätz und der Niederlage gegen Preußen hatte er sich in das stille Mödling zurückgezogen. Aber auch nachdem er den großen Korruptionsskandal um das Holz des Wienerwaldes aufgedeckt hatte, verlief das Leben dieses pensionierten Offiziers noch keineswegs ruhig. Zunächst mußte nicht nur der Minister, der den Vertrag mit Hirschl abgeschlossen hatte, seinen Hut nehmen, es wurden auch die in die Affaire verwickelten Beamten pensioniert. Schöffel hat dann noch später von sich reden gemacht, als er mit dem berühmten Anatomen Hyrtl eine Waisenanstalt ins Leben rief, die für damalige Verhältnisse aufsehenerregend war. Daraufhin zog Schöffel als Abgeordneter in den Landtag ein.
Heute präsentiert sich der Wienerwald dort am schönsten, wo er von den beiden großen Verkehrsadern, der West- und der Südautobahn am weitesten abliegt, wo sich also jene »entlegenen Forste« befinden, von denen damals die Rede war. Im Sattelbachtal etwa, wo das Stift Heiligenkreuz in einer Landschaft lagert, deren Anblick noch heute verständlich erscheinen läßt, daß einstmals die Zisterziensermönche hier vorerst einmal den Urwald roden mußten, ehe

sie die Lehre des Christentums verbreiten konnten. Das geschah im 12. Jahrhundert, als die strenge asketische Lehre der Brüder von Citeaux auch unter der adeligen Jugend am Babenbergerhof begeistert Anhänger fand. Markgraf Leopold der Heilige, – wir sind ihm auf dem Leopoldsberg begegnet, – hat damals das Kloster gestiftet, wohl auf Betreiben seines Sohnes Otto, der in Burgund studiert und von dem Kloster Morimond die Zisterzienserregel nach Österreich gebracht hatte. 15 adelige Jünglinge waren mit ihm dem Orden beigetreten. Die Mönche schliefen in Kleidern, wurden um zwei Uhr früh geweckt, arbeiteten tagsüber in den Werkstätten bei schmaler Kost, die weder Fleisch, noch Fisch, noch Eier duldete. Die »Grangien«, Werkstätten des Klosters, blieben jahrhundertelang berühmt. Man stellte Leinen und Honig und Käse her. Am berühmtesten waren die Filzstiefel, die die Mönche nicht nur selbst in den kalten Klostermauern trugen, sondern auch in Wien auf dem Bauernmarkt verkauften. Herzog Albrecht redete den Abt des Stiftes in einem Brief als »Ehrwürdiger Herr Abt und geliebter Meister Schuster!« an.

Also Burgund im Wienerwald! Die mächtige romanische Hallenkirche braucht sich ihrer Schwestern im Bereich der Côte d'or nicht zu schämen. Die Halle, in der sich die Mönche tagsüber aufhielten, war noch von romanischer Schlichtheit. Der herrliche Kreuzgang mit seinem Brunnenhaus aber wurde bereits zur Zeit der Gotik aufgeführt. Das Grab des letzten Babenbergers, Friedrich des Streitbaren, erinnert an dessen Tod auf dem Schlachtfeld, mit dem diese Epoche für Österreich ihr Ende fand.

Doch begegnet, wer heute das festungsartig umschlossene Stiftsgebäude betritt, vorerst einmal Glanz und Glorie des Barocks. Eine Pestsäule im Klosterhof, außerhalb seiner Mauern ein malerischer Kalvarienberg, eine Fußwaschungsgruppe und flammend bewegte Heiligenfiguren. Eine Künstlerpersönlichkeit von seltsamem Schicksal hat diese barocke Pracht geschaffen: der Venezianer Giovanni Giuliani. Er hat den größten Teil seines Lebens in Heiligenkreuz verbracht, ist aber dennoch nie Ordensbruder geworden, sondern lebte in dem Stift als »Familiaris« bis zu seinem Tod im Jahre

1744. Das prachtvolle Chorgestühl der Kirche ist sein Werk, auch die Ausgestaltung der Totenkapelle. Er ist 81 Jahre alt geworden und vermachte all seine Arbeiten dem Stift gegen die Verpflichtung, ihn in gesunden und kranken Tagen zu pflegen. So ist das barocke Heiligenkreuz ein dauerhaftes Denkmal seines künstlerischen Wirkens geworden.

Ein Ableger des gewaltigen Wald- und Bodenbesitzes von Heiligenkreuz ist ursprünglich auch Mayerling gewesen. Noch vor einem Jahrhundert war dies ein bescheidenes Dörfchen mit einem kleinen Jagdschloß. Heute läßt sich bestimmt kein Tourist auf seiner Wienerwaldfahrt einen Ausflug hierher entgehen, nicht weil es hier etwa so viel zu besichtigen gäbe, sondern weil eben das berühmte »Geheimnis von Mayerling« immer noch ein solches geblieben ist. Franz Josephs Sohn, der bereits ein wenig in die Jahre gekommene und immer noch von der Herrschaft ausgeschlossene Kronprinz Rudolf, hatte 1887 das Jagdgut vom Stift erworben. Es sollte für ihn vielleicht ein Ort sein, an dem er sich weit genug vom Wiener Hof entfernt wußte, und ist dann der Schauplatz seines melodramatischen Endes geworden.

Rudolfs Ehe mit einer belgischen Prinzessin war kühl und wenig glücklich verlaufen. Der Kronprinz galt als »fescher Lebemann«, etliche seiner Liebschaften waren stadtbekannt, – das machte ihn bei den Wienern eher populär. Durch eine Hofdame, eine Gräfin Larisch, wurde ihm eine romantische junge Baronesse Vetsera zugeführt. Mit ihr hat er im Januar 1889 in Mayerling Selbstmord begangen. Er soll mit der Absicht, gemeinsam aus dem Leben zu gehen, vorher an seine Frau, dann auch an eine Soubrette namens Mizzi Kaspar herangetreten sein, – nur die 17jährige Mary Vetsera war Schwarmgeist genug, ihm bei seinem Vorhaben Gesellschaft zu leisten.

Als die Schreckensnachricht in Wien eintraf, versuchte der Hof das Menschenmögliche, den Skandal zu vertuschen. Rudolfs Tod wurde bald als Unfall, bald als Attentat hingestellt. Eine kuriose Begebenheit wird von Anton Bruckner berichtet. Er sei zu dem ihm wohlbekannten Abt von Heiligenkreuz hinausgefahren, erzählte er,

und habe ihn nach dem geheimnisvollen Vorfall befragt. Der habe aber nicht mehr sagen können, als daß er »unter ganz ungewöhnlichen Umständen und zu einer ungewöhnlichen Stunde eine Leiche eingesegnet« habe. Mehr darüber zu berichten, »wäre eine Verletzung seiner Schweigepflicht«. Und wer immer bei Hof mit der Affaire befaßt war, wurde gleichfalls genötigt, sein Wissen für sich zu behalten. So hat das Geheimnis um den Tod des Kronprinzen die Phantasie vieler Geschichtenerzähler beflügelt, es gab Bücher, Filme, Theaterstücke um das Ende des Kronprinzen.
Daß der Selbstmord vermutlich der Schlußpunkt unter einer ungarischen Adelsverschwörung war, wurde schon erwähnt. Graf Pista Karolyi einerseits und eine Gruppe österreichischer Hocharistokraten, angeführt von Erzherzog Johann Salvator andererseits, hatten den Plan ausgeheckt, Franz Joseph abzusetzen und Rudolf zum Kaiser zu machen. Der Kronprinz fand dann wohl doch nicht den Mut zu offener Auflehnung. Hartnäckig hielt sich das Gerücht, Erzherzog Salvator habe den vor einem Aufstand zurückschreckenden Rudolf zu einem amerikanischen Duell gezwungen: Jeder von ihnen mußte eine Kugel ziehen: Wer die schwarze zog, hatte sich zu erschießen.
Mit dem Tode des Thronfolgers war jedenfalls auch Johann Salvators Verbleiben am Wiener Hof unmöglich geworden. An ihn knüpfte sich eine romantische Legende. Er nahm den Namen seines Schlosses im Salzkammergut an und nannte sich Johann Orth. In England schiffte er sich an Bord einer Schonerbark nach Südamerika ein. Sei es, daß er in einem Hafenstreit mit einem Matrosen umkam, sei es, daß er in einem Sturm um Kap Hoorn unterging, – sein Schicksal blieb ungewiß. Immer wieder konnte man hören, er sei da und dort gesehen worden, lebe mit seiner bürgerlichen Frau Mili Stubel in Argentinien oder Feuerland oder dergleichen mehr, eine Art habsburgischer fliegender Holländer.
Von dem Jagdschloß, in dem der Doppelselbstmord verübt worden war, wollte man dann in Wien nichts mehr hören. Mary Vetsera liegt auf dem Friedhof von Mayerling begraben, Rudolf wurde unter Nachsicht aller kirchlichen Bedenken in der Kapuzinergruft beige-

setzt. Das Jagdschloß aber wurde in ein Kloster der Karmeliterinnen umgewandelt. Aus dem Selbstmordzimmer wurde die Kapelle. So sollte neben dem gebotenen strengen Schweigen auch ein Hauch von Sühne über eine Affaire gebreitet werden, die vielleicht, – wäre sie nicht mit einem Zurückschrecken vor der Tat beendet worden, – dem Schicksal der Donaumonarchie eine andere Richtung gegeben hätte.

Dreiviertel- und andere Takte

Ob Wien tatsächlich die Welthauptstadt der Musik ist? Immerhin gibt es zwei oder drei Konkurrenten, die ihr diesen Titel streitig machen könnten. Aber ganz gewiß gibt es nichts, das die Stadt mehr bewegen könnte als Musik. Ein Direktionswechsel oder ein Skandal in der Staatsoper wird von den Zeitungen mit Balkenlettern verkündet und liefert Gesprächsstoff auch bei denjenigen, die das Opernhaus kaum von innen kennen. Daß man im Jahre 1955 Österreichs neue Unabhängigkeit mit einer spektakulären Eröffnung des wieder aufgebauten Opernhauses beging, wurde bereits berichtet. Der Musiktempel an der Ringstraße gehört zu den wenigen österreichischen Institutionen, die seit dem Untergang eines Großstaates an der Donau ihren Anspruch nicht reduziert haben, ganz im Gegenteil.

Aber eine Oper macht noch kein Musikleben, obgleich sie ganz hübsch dazu beiträgt. Wiens herrlichstes Orchester, die Philharmoniker, ist immerhin zugleich das Staatsopernorchester. Diese musikalischen Edelknaben sind, wenn sie abends Operndienst machen, Staatsbedienstete. Bei ihren Sonntagvormittagskonzerten im Musikverein aber sind sie ihre eigenen Herren. In dieser Republik der Philharmoniker wird durch Abstimmung entschieden, wer das Orchester dirigieren darf. Toscanini, mit dem sie eine kurze, aber anstrengende und dennoch faszinierende Zeit der Zusammenarbeit verbracht haben, rief ihnen zu: »In vita democrazia, – mà in arte aristocrazia!« Sie blieben trotzdem Demokraten, sogar im Dritten Reich, als Mehrheitsbeschlüsse scheel angesehen wurden und man grundsätzlich dem Führerprinzip zu huldigen hatte. Daß die Philharmoniker ihre Konzerttätigkeit sozusagen im Nebenberuf ausüben (im dritten Beruf sind die meisten von ihnen auch noch Hoch-

Blick über den sommerlichen Volksgarten
zum Kunsthistorischen Museum

schulprofessoren), bringt es mit sich, daß sie mit ihren Terminen geizen müssen. Man sagt ihnen deshalb auch nach, daß sie mitunter mit mehr Gottvertrauen als Probenvorbereitung aufs Podium gehen, – die Improvisation gilt ja allgemein als eine wienerische Begabung. So war denn einer ihrer großen Lieblinge Knappertsbusch, der ihnen darin nicht nachstand. Als bei einer Probe die Noten für eine Beethovensymphonie aufgelegt wurden, sagte er zu ihnen: »Meine Herren, Sie kennen das Werk. Ich kenne es auch. Auf Wiedersehen heute abend!«

Daß die Wiener Philharmoniker einen so völlig anderen Klangkörper darstellen als ihre Namensvettern in anderen Städten, hat mehrere Ursachen. Die erste und wichtigste ist natürlich, daß musikalische Begabung gleichsam zur Luft dieser Stadt gehört, daß hier immer wieder Nachwuchs herangebildet werden kann. Die Wiener Philharmoniker sind tatsächlich ein Wiener Orchester geblieben, – in der Hauptsache zumindest. In der Monarchie hatten sie noch starken Zuzug aus Böhmen an Geigern und Bläsern, – er ist heute versiegt. Doch wird immer noch die Tradition des Spiels vom Lehrer auf den Schüler weitergereicht. Viele der jüngeren Musiker (und deren gibt es neuerdings eine stattliche Anzahl) kamen aus den Klassen jener Hochschulprofessoren, die dem Orchester angehören und darin im wahrsten Sinn des Wortes den Ton angeben. Es wird also eine spezifisch wienerische Art des Spiels, der Tonbildung, der Phrasierung und des Vortrags weitervererbt.

Aber der berühmte singende Ton der philharmonischen Geigen, das wunderbare Aufblühen ihrer Hörner hat außerdem instrumentale Gründe. Diese Künstler spielen ausschließlich auf orchestereigenen Instrumenten. Selbst wer als Violinvirtuose auf dem Konzertpodium lieber seine eigene Guarnieri oder Stradivari verwendet, spielt beim Orchesterdienst ein Instrument, das aus der Wiener Geigenbauschule hervorgegangen ist und seitdem vom hauseigenen Instrumentenbauer gepflegt und gewartet wird. Diesem satten und melodiösen Streicherklang steht vor allem das Unikum der Wiener Hörner zur Seite. Sie klingen runder, samtiger, üppiger, haben den sanft blühenden romantischen Ton. Der Grund: Dieses Orchester ist vermutlich das letzte der Welt, das noch F-Hörner verwendet. Überall sonst ist man schon zu den B-Hörnern übergegangen, die etwas härter, auch glanzvoller klingen, die vor allem beweglicher sind und auch intonationssicherer. Bei Strawinsky oder Ravel klingen sie virtuoser. In Wien nimmt man lieber ein gelegentliches Gicksen in Kauf (das ohnehin als Kavaliersdelikt gilt!), nur um diesen satten, romantischen Klang zu erzielen. Manche dieser Hörner, aber auch Trompeten und Posaunen, sind sogar schon mit Messingblech geflickt. Aber auf diesen Instrumenten wurden Symphonien von Bruckner, Brahms oder Mahler aus der Taufe gehoben, wurden also eigens für diesen Klang komponiert, den man heute außerhalb Wiens nicht mehr hören kann.

In den letzten Jahren haben die Wiener Philharmoniker durch ihre Neujahrskonzerte internationalen Fernsehruhm hinzugewonnen. Der »Goldene Saal« des Musikvereins darf bei dieser Gelegenheit all sein Gold in Color-TV herzeigen. Wenn das Neue Jahr mit Werken der Strauß-Dynastie eingeleitet wird, bedeutet dies für ein Orchester ihres Ranges gewiß eine Aufgabe, die sich mit der linken Hand erledigen läßt. Für die vielen verspielten »Gustostückerl« benützen sie aber noch etliche andere Körperteile, denn da werden gelegentlich Jagdschüsse abgefeuert, Trillerpfeifen und andere unorthodoxe Instrumente eingesetzt, oder es tritt einer der Musiker plötzlich in Johann Strauß-Maske vors Orchester. Daß die Dreivierteltakte des Walzerkönigs großen Könnern sogar Gelegenheit zu erstaunlicher Bravour geben können, merkt man ja in Wien bei jenen raren Gelegenheiten, wo etwa Böhm oder Karajan sich ihrer annehmen.

Weitere Gründe, warum Musik so tief in dieser Stadt verwurzelt ist: Sie wird hier tatsächlich in allen Gesellschaftsschichten nicht nur geliebt, sondern auch ausgeübt. Zwar hat Ernst Krenek einmal behauptet, das einzige, was der moderne Musikfreund noch für die Kunst zu tun bereit ist, sei an Knöpfen zu drehen. Aber das stimmt nicht ganz. In Wien gibt es Oberlandesgerichtsräte und Finanzbeamte, die Quartett spielen. Häusliche und unprofessionelle Kammermusik hat hier eine lange Geschichte. Kaiser Joseph II. spielte nach Tisch gerne Klavier, und Franz I. unterhielt auf Schloß Persenbeug »sein« Streichquartett mit einem Feldmarschall als (hoffentlich gutem) Bratschisten. Die adeligen und bürgerlichen Freunde Beethovens pflegten seine Quartette häufig aufs häusliche Notenpult zu legen (und auch zu bezahlen). Vor allem die Ärzte haben eine lange musikalische Tradition, seit Billroth und Brahms so enge Freunde waren. Der Wiener Urologe Professor Haschek ist Präsident der Gesellschaft der Musikfreunde, und Hans Weigel hat einmal behauptet, in keiner Stadt der Welt spielten die Zahnärzte so schön Cello wie in Wien. Hier gab es sogar einmal ein komplettes Ärzteorchester. Als Leo Slezak von seinem Hausarzt zu dessen Konzert eingeladen wurde, knurrte er allerdings ungnädig: »Lieber laß ich mir von den Philharmonikern den Blinddarm operieren!«

Als vor einigen Jahren der 200. Geburtstag Beethovens in der Gesellschaft der Musikfreunde gefeiert wurde, apostrophierte deren damaliger Präsident den Jubilar als »unser liebes Vereinsmitglied Ludwig van Beethoven«. Das war gar nicht spaßhaft gemeint, es war aus einer Art selbstverständlicher Nähe gesprochen, begründet durch gemeinsame Vereinszugehörigkeit. Nicht minder intim war man mit Johannes Brahms. Er wohnte nicht weit von dem damals neuen Musikvereinsgebäude in der Karlsgasse. Und weil der dazwischen gelegene Karlsplatz damals noch eine einigermaßen wilde Au war, durch die der Wienfluß sein Bett gegraben hatte, wollte man zu seiner Bequemlichkeit eine eigene Brahmsbrücke errichten, zu der nur er einen Schlüssel besessen hätte. Es kam nicht dazu, weil inzwischen der ganze Platz samt Wienbett reguliert wurde.

Der »Goldene Saal« ist seiner Akustik wegen weltberühmt. Seit sich Wiens Konzertleben der Festwochen wegen bis Ende Juni erstreckt, müssen allerdings die Musikfreunde oft arg unter der Hitze leiden und damit ihren Tribut dafür bezahlen. Es ist nämlich unmöglich, eine Klimaanlage einzubauen. Der Holzboden würde darunter leiden, er würde nicht mehr so frei ausschwingen. Mitschwingen aber muß er, so wie der Boden einer Violine schwingen muß, um die

richtige Resonanz zu gewährleisten. Da muß man eben des guten Klanges wegen die Sommerhitze in Kauf nehmen.
Zu den berühmten musikalischen Institutionen Wiens sind auch die Sängerknaben der Hofmusikkapelle zu zählen. Daß sie vor einigen Jahren ihren 450. und bald danach ihren 50. Geburtstag feierten, ist kein Rechenfehler. Seit 1498 nämlich singen Knaben beim sonntäglichen Hochamt in der gotischen Kapelle der Hofburg, und seit damals werden sie auch in einem eigenen Konvikt erzogen. Dieser Gründung des Kaisers Maximilian haben zu einer Zeit, da bessere Schulbildung nicht für jedermann erreichbar war, stimmbegabte Buben aus ärmeren Familien ihre Erziehung, oft auch ihre spätere Karriere zu verdanken. Joseph Haydn etwa wurde von seinem Vater in Rohrau zu den Sängerknaben von St. Stephan geschickt und erhielt hier seine musikalische Ausbildung. Als sich bei ihm der Stimmbruch bemerkbar machte, wollte man ihn sogar kastrieren, weil er eine gar so schöne Stimme hatte. Der alarmierte Vater kam nach Wien gereist und nahm seinen Sohn eiligst aus dem Chor. Diesem raschen Zugriff verdanken wir, daß es statt eines möglicherweise berühmten Kastraten-Sängers schließlich den großen Komponisten Haydn gab; aber der junge Mann mußte sich nun einige Zeit lang recht mühsam durchschlagen, ehe er als Musiklehrer seinen Lebensunterhalt verdienen konnte. Vor solchen Gefahren war der Zögling des Sängerknabenkonvikts Franz Schubert verschont geblieben. Mit seiner soliden musikalischen Grundausbildung konnte er die Hofmusikkapelle verlassen.
Jahrhundertelang bestritten die Sängerknaben die Sonntagsgottesdienste und wurden aus der kaiserlichen Privatschatulle bezahlt. 1918 war es mit dieser über vierhundertjährigen Tradition plötzlich zu Ende, denn nun gab es weder einen Kaiser, noch eine Privatschatulle. 1924 wurde dann der Knabenchor noch einmal und diesmal auf republikanisch begründet, – daher das seltsame 50-Jahr-Jubiläum nach dem 450. Geburtstag! Heute ist das Konvikt im barocken Augartenpalais daheim, nahe der berühmten Porzellanmanufaktur gleichen Namens. Sie singen immer noch an Sonntagvormittagen in der Kapelle der Hofburg, pflegen vor allem das klassi-

sche Messen-Repertoire von Mozart und Beethoven oder von ihren Kollegen Haydn und Schubert. Den Stimmbruch brauchen sie heute nicht mehr zu befürchten, denn die bereits in Baßregionen abgerutschen Herren Knaben dürfen im Augarten weiterhin das Gymnasium besuchen. Die Sängerknaben sind nämlich reich geworden. Sie unternehmen ausgedehnte Konzertreisen zwischen New York und Tokio, und ihr Problem ist nur die Entscheidung, wer gerade auf Tournee geht und wer inzwischen die Schulbank drückt. Es sind nicht nur ihre herrlichen glockenreinen Stimmen, die sie berühmt gemacht haben, sondern mehr noch ihre gründliche musikalische Ausbildung. Da jeder von ihnen auch ein Instrument erlernen muß, sitzen viele »Ehemalige« heute bei den Philharmonikern. Zu ihren berühmten Absolventen zählen Clemens Krauss, Karl Richter oder Lovro von Matacic, auch Peter Weck und Peter Alexander. Und diejenigen unter ihnen, die vielleicht Ärzte, Diplomaten oder Bankiers geworden sind, stellen kraft ihres anspruchsvollen Gehörs den Nachwuchs für das kritische Publikum in Wiens Konzertsälen.

Maximilian I., der sich persönlich um die Hofmusikkapelle kümmerte, war vielleicht der erste Kaiser, der im Wiener Musikleben eine Rolle spielte, aber gewiß nicht der letzte. Zur Barockzeit gab es in dieser Stadt sogar etliche komponierende und dirigierende Monarchen. Der bedeutendste unter ihnen war Leopold I. Er ließ in den 48 Jahren seiner Regierung nicht nur 400 neue Opern aufführen, sondern steuerte auch selbst etliche Kompositionen bei: 155 Arien, 77 kirchliche Werke und etliche Ballettmusiken. Er war ein ausgesprochen professioneller Musiker, und einer seiner Kapellmeister äußerte sich einmal bewundernd zu ihm: »Wenn Eure Majestät nicht Kaiser wären, wären Sie ein ausgezeichneter Musiker geworden.« Worauf Leopold begütigend antwortete: »Na ja, wir hab'n ja so auch zu leben!«

Auch Kaiser Josef I. war ein begabter Musiker und begründete in Wien das Opernhaus, in dem ein Dutzend neue Werke aufgeführt wurden. Und Karl VI. war Dirigent und Schüler des großen Kontrapunktikers Johann Joseph Fux, der damals seinen »Gradus ad parnassum« verfaßte, – bis heute die Bibel des strengen Satzes.

Mozarts Geist aus Haydns Händen

Maria Theresia soll als Mädchen eine sehr schöne Stimme besessen und durch ihren Gesang »zu Tränen gerührt« haben. Unter ihrer Regentschaft wurde im Theater nächst der Burg Glucks »Orpheus« aufgeführt. Mit dem bedeutenden Reformator der Oper und seinem in Wien lebenden Librettisten Metastasio brach das große Zeitalter der Wiener Musik an. Joseph Haydn trachtete, von seinem Dienst beim Fürsten Esterhazy freizukommen und wieder nach Wien zurückzukehren. Aus der entgegengesetzten Richtung kam Mozart als Hofmusikus des Salzburgischen Fürsterzbischofs in die Residenzstadt und bemühte sich, hier Fuß zu fassen und nicht mehr in die provinzielle Enge Salzburgs zurückkehren zu müssen. Seinem Brotgeber paßte so viel Selbständigkeit gar nicht, und es kam zu jener heftigen und für die Musikgeschichte entscheidenden Auseinandersetzung, die mit einem fürsterzbischöflichen Tritt in das Hinterteil des Hofmusikanten endete.

Immerhin war er damit frei, war seiner salzburgischen Verpflichtungen ledig. Als Joseph II. das Burgtheater begründete, gehörte zu dessen Aufgaben auch die Pflege des deutschen Singspiels als Gegengewicht zur allmächtigen italienischen Oper. So erhielt Mozart den Auftrag zu seiner »Entführung aus dem Serail«. Was nicht hinderte, daß seine nächsten Bühnenarbeiten wieder dem italienischen Genre zuzurechnen waren, denn in Wien traf er auf Lorenzo da Ponte, der die Libretti für seine bedeutendsten Werke schrieb. In Paris war gerade Beaumarchais' »Hochzeit des Figaro« ihres aufrührerischen Tons wegen aufgefallen. In Wien wurde das Drama prompt verboten. Da Ponte wußte das Buch zu entschärfen, Mozarts Musik tat ein weiteres, aus einem Revolutionsdrama eine Oper entstehen zu lassen, gegen die auch der Hof nichts einzuwenden hatte. Mit seinem nächsten Bühnenwerk, dem »Don Giovanni« eroberte er Prag, wo man schon vorher seinem »Figaro« zugejubelt hatte. Dem Kaiser Joseph erschienen allerdings seine Partituren immer komplizierter und vertrackter zu werden. »Gewaltig viel Noten, lieber Mozart!«

seufzte er. Worauf Mozart erwiderte: »Gerade so viel wie nötig sind, Majestät!« Sein letztes Bühnenwerk war wieder ein deutsches Singspiel, diesmal nicht für die Hofbühne, sondern für das Vorstadttheater: »Die Zauberflöte«. Ehe es richtig populär war, starb sein Komponist. Schikaneder aber, der das Buch geschrieben und den Papageno gespielt hatte, wurde daran reich.
Joseph Haydn hat insgesamt 24 Opern geschrieben, – und ist doch nie ein Opernkomponist geworden. So bedeutend seine Verdienste um die Symphonie und die Kammermusik waren, hat er sich doch auf der Bühne nie heimisch gefühlt. Dies lag gewiß nicht nur daran, daß er einen großen Teil seines Lebens als esterhazyscher Kapellmeister in der Provinz lebte und erst in fortgeschrittenen Jahren nach Wien zog. 1787 wurde er aus Prag zur Komposition einer Oper eingeladen, und ganz erstaunt fragte er zurück, warum man denn an ihn herantrete, solange Mozart lebe. Dieses rührende Zurücktreten gegenüber dem Jüngeren währte bis zu dessen Tod im Jahre 1791. Als alter Herr ist er dann zweimal nach London gereist, hat aus diesem Anlaß seine reifsten Symphonien geschrieben und wurde sogar Ehrendoktor von Oxford. Nun glaubten auch die Wiener, daß er ein großer Mann sei. Seine beiden großen Alterswerke, »Die Schöpfung« (1798) und »Die Jahreszeiten« (1801) wurden in der Stadt als große Ereignisse gefeiert. Haydn war auch wohlhabend geworden. In Mariahilf, wo heute sein Denkmal steht, hat er ein Haus erstanden. Hier blieb er bis zu seinem Tode im Jahre 1809. Zu diesem Zeitpunkt war Wien von den Franzosen besetzt, aber Napoleon war bestrebt, dem großen Tondichter alle Ehren zu erweisen. Vor dem Sterbehaus in der heutigen Haydngasse wurde eine französische Ehrenwache aufgezogen. An dem Trauerkondukt nahm nicht nur ganz Wien teil, sondern auch die französische Generalität.
Als sich Beethoven im Alter von 22 Jahren von Bonn nach Wien wandte, hatte er ursprünglich bei Mozart studieren wollen. Dieser aber war inzwischen gestorben, und so schrieb Beethovens Gönner, Graf Waldstein (derselbe, dem später die berühmte Sonate gewidmet wurde) die prophetischen Worte: »Empfangen Sie Mozarts Geist aus Haydns Händen!« So ganz herzlich ist übrigens die Bin-

dung zwischen Schüler und Lehrer nicht geworden. Aber Beethoven, der als Klaviervirtuose in Wiener Adelshäusern rasch in Mode kam, hat seine Klaviersonaten op. 2 Joseph Haydn gewidmet. Uns ist das Bild des ungestümen, oft störrischen und menschenfeindlichen Beethoven so vertraut, daß wir ihn uns schwerlich so vorstellen können, wie Wien ihn zuerst kennenlernte: als Weltmann, als gefeierten Virtuosen, der von Salon zu Salon weitergereicht wurde, überall konzertierte, und den die jungen Damen des Adels umschwärmten. Gerade diese Schwärmerei wurde ihm jedoch zum Verhängnis. Er hat nie die Frau gefunden, die mit ihm ihr Leben hätte teilen wollen, weil er immer an Comtessen und Baronessen dachte und derlei »standeswidrige Heiraten« im damaligen Wien zwar nicht unmöglich, aber doch sehr ungewöhnlich gewesen wären. Und mit schwindendem Gehör war er auch selbst immer mehr ein Schwieriger geworden. So wissen wir also von vielen jungen Damen, die er verehrt, denen er seine Kompositionen gewidmet hat, wissen von Therese Brunswick und ihrer Schwester Josephine, von der Guicciardi und der Malfatti und noch etlichen anderen mehr. Aber das Rätsel, wer die »unbekannte Geliebte« war, der er jene drei stürmischen Liebesbriefe geschrieben hat, die sich dann in seinem Nachlaß vorfanden, können wir nicht lösen. Josephine Deim, geborene Brunswick, mit der er ganz gewiß eine enge Verbindung aufrecht hielt, geriet neuerdings in den Verdacht, aber auch ihre intellektuellere und persönlich bedeutendere Schwester Theresa und noch einige andere Damen. Das Ende war seine große Einsamkeit, durch Taubheit und innere Leiden verschärft.

In Wien Beethovens Spuren zu begegnen, ist trotz aller seither über die Stadt hinweggegangenen Demolierwellen immer noch möglich. Er wechselte seine Wohnungen derart häufig, daß er zeitweise deren zwei oder drei besaß. Eines seiner berühmtesten Quartiere ist das Eroicahaus in Heiligenstadt geworden. Es liegt neben der Pfarrkirche, nur wenige Schritte von jenem Haus in der Probusgasse entfernt, in dem er das berühmte »Heiligenstädter Testament« verfaßt hat. Aber wenn auch Baden und Mödling auf seine Aufenthalte hinweisen können, pflegte er doch im Sommer nur zu skizzieren, im Winter aber in der Stadt seine Aufzeichnungen auszuarbeiten. Er hat von der Mölkerbastei (gegenüber der heutigen Universität) in das damals noch unverbaute Land vor der Stadtmauer geblickt, und hier erinnert auch noch ein Gedenkraum an seinen Aufenthalt. Eine Zeitlang bezog er sogar ein Zimmer im Theater an der Wien, stieg oft abends hinab in den Orchesterraum und verschwand meist bald wieder kopfschüttelnd. Gestorben ist er während einer gewittrigen Nacht in der Schwarzspanierstraße, und von hier bewegte sich der Trauerkondukt zur Alserkirche, an der noch eine Gedenktafel an seine Einsegnung erinnert. Der alte Schwarzspanierhof ist längst einem Miethaus gewichen, – auch hier erinnert noch eine Gedenktafel an seinen Tod.

So tief Beethoven die musikalische Sprache seiner Zeit revolutioniert hat, so kühn er mit überlieferten Formen umgesprungen ist, war er doch kein »Unverstandener«. Nicht nur unter Musikern, auch unter seinen aristokratischen Freunden und Gönnern fand sich immer ein Kreis von Verständigen, die seine Neuerungen begriffen (und auch finanzierten). Im Archiv der Gesellschaft der Musikfreunde liegt die Originalpartitur seiner Eroica, an die sich die bekannte Anekdote knüpft: Beethoven hat sie zuerst dem Freiheitshelden Napoleon gewidmet und dann, als dieser sich zum Kaiser krönen ließ, wütend die Widmung ausradiert. Uraufgeführt wurde die Eroica im Palais des Fürsten Lobkowitz. Es dient heute als Französisches Kulturinstitut, und dort wird die Überlieferung des »Eroica-Saales« mit einigem Stolz gepflegt. Selbst die Kühnheit seiner letzten Streichquartette machte weniger dem Auftraggeber, dem Fürsten Galitzin, Kopfzerbrechen als eher dem Geiger Schuppanzigh, der seinen Part für unspielbar erklärte. Darauf Beethoven: »Meint Er, ich denke an Seine elende Geige, wenn der Geist zu mir spricht?«

Vom Pech verfolgt blieb eigentlich nur seine (wohl aus diesem Grunde) einzige Oper. »Fidelio« wurde im Theater an der Wien uraufgeführt, als gerade Napoleon in Wien eingerückt war. Im Parkett saßen fast nur französische Offiziere, die damit herzlich wenig anzufangen wußten. Er hat das Werk zurückgezogen, hat es umgearbeitet, – daher die berühmten drei »Leonoren«-Ouvertüren, – und erst 1814 am Kärntnertortheater endlich zum Erfolg führen können. Franz Schubert war in dieser Hinsicht weit weniger glücklich. Der Schullehrerssohn aus Lichtenfeld hat nie den Anschluß an die adelige Gesellschaft gefunden. Er lebte kümmerlich bis zu seinem Tode im Alter von 31 Jahren. Er starb ein Jahr, nachdem er im Trauerzug für Beethoven mitmarschiert war. Er besaß zeitweilig nicht einmal einen Flügel. Aber er hat unablässig Lieder geschrieben, Kammermusik, Opern, die sich bis heute nicht auf der Bühne behaupten konnten, und ein Lebenswerk von Symphonien, das erst mühsam dem Vergessen wieder entrissen werden mußte. Die »Unvollendete« war regelrecht verschollen. Die berühmte große C-Dur-Symphonie hat erst 1840 Robert Schumann während einer Wienreise bei Schuberts Bruder Ferdinand aus einem Berg verstaubter Notenbündel ausgegraben. Ein Reisender aus Norddeutschland, der damals den Wiener Musikverleger Haslinger aufsuchte, berichtet, während seines Gesprächs sei ein kleiner Mann in den Laden getreten. Der Verleger habe ihn mit den Worten »Heute ist nichts!« abgewimmelt und nach dessen Rückzug aus dem Lokal seinem Besucher gesagt: »Das ist der Schubert, – der möcht' jeden Tag was bringen!«

Triumph des Walzers

Im Wien jener Jahre bereitete sich auf ganz anderem Feld ein musikalisches Ereignis vor, dessen Folgen um die ganze Welt gehen sollten. Die Stunde des Wiener Walzers war gekommen. Aus dem Ländler, aus dem »Deutschen« hat er sich allmählich entwickelt. Daß diese Vorläufer bei Mozart, bei Beethoven und Schubert in veredelter Form erscheinen, zeigt, wie populär sie waren. Als Mozart in der Ballszene des »Don Giovanni« einen Walzer auf die Opernbühne brachte, empfand man diese Kühnheit als durchaus sensationell. Aber erst die Strauß-Dynastie hat ganz Europa in einen Taumel

des Dreivierteltaktes gestürzt, der zeitweise fast epidemischen Charakter annahm.
Vater Strauß war mit seiner berühmten Kapelle bereits ein Diktator der im Vormärz immer üppiger aus dem Boden schießenden Ballsäle, aber erst sein Sohn hat mit seinen beiden Brüdern eine Art »Strauß-Mafia« etabliert, die sogar Kritiker bestach und Tanzunternehmer mit Sperre belegte, wenn sie sich erkühnt hatten, eine Konkurrenzkapelle zu engagieren. Der Sohn war ein Produkt seiner ehrgeizigen Mutter. Sie war von Strauß-Vater einer anderen Frau wegen verlassen worden und sah nun ihre Aufgabe darin, gegen den Willen des Vaters den Sohn zu einem Musiker zu machen. Der berühmte Walzerkrieg in Domayers Hietzinger Kasino brachte dem Junior den ersten stürmischen Erfolg. Von der Mutter her soll er spanisches Blut mitgekriegt haben, – daher sein südländisches und durchaus unwienerisches Aussehen. Sein Urgroßvater war im Standesregister von St. Stephan als »getauffter Jud« eingetragen, weshalb man im Dritten Reich diese Seite vorsorglich heraustrennte und in Berlin verwahrte (sie befindet sich nun wieder am alten Ort). Und sein Großvater hat sich in jener »schönen blauen Donau« ertränkt, die später durch seinen Walzer so berühmt werden solle.
So fröhlich, wie man sich einen Walzerkönig vorzustellen geneigt ist, war er keinesfalls. Er war ein dämonisch Getriebener, lächelte selten, tanzte nie, er war von allen Ängsten gejagt, Angst vor dem Mißerfolg, vor der Armut, dem Reisen, vor der Natur. Dreimal »wurde er geheiratet«, zuletzt von Frau Adele, die ebenfalls Jüdin und schon zuvor mit einem Mann namens Strauß verheiratet gewesen war. Um diese Heirat trotz Scheidung möglich zu machen, ist der Abgott Wiens vorübergehend sogar Staatsbürger von Sachsen-Koburg geworden, – dort waren die Ehegesetze weniger streng. Frau Adele hat ihn gemanaged, hat auch nach seinem Tod sein Erbe mit so eherner Hand verwaltet, daß sie in der Operettenwelt als »lästige Witwe« gefürchtet war.
Gerade mit der Operette stand Strauß nicht durchwegs auf gutem Fuß. Er hatte als Walzerkomponist bereits Wien erobert, war mit seinem Orchester auf Tourneen in Paris, St. Petersburg und den USA

umjubelt worden. Auf der Bühne sind viele seiner Werke Opfer schlechter Libretti geworden, denn darauf verstand er sich nur wenig. »Indigo«, »Karneval in Rom«, »Der lustige Krieg«, – wer kennt sie noch? Eine seiner musikalisch köstlichsten Werke, die »Nacht in Venedig«, leidet unter den Albernheiten des Buches, ist deshalb ein Dorado für Bühnenbearbeiter geworden.

Es ist übrigens seine einzige Operette, die nicht in Wien uraufgeführt wurde. Als die Partitur fertig war, entdeckte nämlich Strauß, was ohnehin schon die ganze Stadt wußte: daß seine zweite Frau ihn mit dem Direktor des Theaters an der Wien betrog. So vergab er sein jüngstes Werk nicht an das Haus, in dem die meisten seiner Operetten das Rampenlicht erblickt hatten, sondern nach Berlin. Aber sein kostbarster Geniestreich kam dann doch wieder an der Wien heraus, nachdem sein Nebenbuhler das Feld geräumt und die Frau mitgenommen hatte: »Die Fledermaus«. Fast wäre übrigens jener köstliche Beginn des dritten Aktes, da in der Katerstimmung nach dem Ball nur Melodiefetzen vom Orchester heraufklingen (man hat die Szene mit Beckmessers Pantomime verglichen), gestrichen worden. Die Primadonna und Prinzipalin Geistinger meinte, das sei »fad, wenn da niemand singt«. Mit Mühe konnte die stumme Szene vor ihrem Zugriff gerettet werden.

Johann Strauß, der uns heute als der leibhaftige Genius der franzisko-josephinischen Epoche erscheint, hat sein Leben lang darunter gelitten, daß er anscheinend für den Hof nicht existierte. Anno 48 hatte er sich nämlich von der Revolution derart mitreißen lassen, daß er in Bukarest, wo er gerade konzertierte, seine Orchestermusiker in Uniformen steckte und mit ihnen das österreichische Generalkonsulat besetzte. Da dachte der Vater entschieden dynastischer und komponierte zur Niederschlagung der Revolution den »Radetzkymarsch«. Dem Sohn aber hat Franz Joseph diese operettenhafte Eskapade nie verziehen. Strauß jedoch war ein erfolgshungriger und ehrgeiziger Mensch, die Krönung seines Lebens wäre ein Adelsprädikat gewesen. Er hat es nicht erreicht, es hat keinen »Johann von Strauß« gegeben, er hatte sogar Mühe, zu erwirken, daß der Kaiser bei seinen Operetten in der Hofloge erschien.

Als er 1899 starb, war der Wiener Walzer ein Weltphänomen. Brahms hat ihn hoch geschätzt und ihm eine delikate Reverenz erwiesen. Auf einem Damenfächer, den Strauß mit den Anfangstakten der »schönen blauen Donau« signiert hatte, schrieb Brahms: »Sehr schön! Leider nicht von mir!« Auch Richard Wagner hatte eine hohe Meinung von ihm, was übrigens auf Gegenseitigkeit beruhte. Strauß hat in seinen Wiener Konzerten oft Wagner-Bruchstücke gespielt, Fragmente aus »Tristan« sind in Wien zum erstenmal unter seiner Stabführung erklungen. Der Walzer geistert durch die Werke Tschaikowskijs und läßt daran denken, daß Strauß lange Zeit am russischen Hof musiziert und dort eine Kettenreaktion des Walzers ausgelöst hat. Seine zündenden Dreivierteltakte haben den anderen Strauss, Richard, zu den Walzerapotheosen des »Rosenkavalier« inspiriert, in denen ja der »Danaiden«-Walzer leicht abgewandelt, auftaucht. Später hat auch Ravel in »La Valse« seine Huldigung an Wien dargebracht. Und sogar die Neutöner der zweiten Wiener Schule waren ihm verfallen. Schönberg hat nicht nur Strauß-Werke uminstrumentiert. Als er in seinen Klavierstücken op. 23 zum erstenmal in strenger Zwölftontechnik schrieb, fand sich darunter ein Walzer. Wie sehr sich Alban Berg von diesem Tanz angesprochen fühlte, weiß man spätestens seit seinem »Wozzeck«.

Hie Brahms – hie Bruckner!

Als Johann Strauß 1825 zur Welt kam, waren Beethoven und Schubert noch am Leben. Als er 1899 starb, neigte sich bereits eine andere große Epoche der Wiener Musik dem Ende zu. 1896 war Anton Bruckner gestorben, im Jahr darauf Johannes Brahms ihm nachgefolgt. Sie waren die beiden großen Antipoden auf der Wiener Musikszene des ausgehenden 19. Jahrhunderts, und zu ihnen muß man noch den 1903 gestorbenen Hugo Wolf zählen. Sie alle kamen nicht

aus Wien. Brahms war in Hamburg geboren, Bruckner in Oberösterreich, Wolf in der Steiermark. Und auch das Zeichen, in dem sie sich entzweiten, war kein österreichisches: die Anhängerschaft oder Gegnerschaft zu Richard Wagner.
Sie waren die Komponisten der Ringstraßenzeit, und kennzeichnend für die Musik in diesem industriellen Zeitalter war, daß Körperschaften, Vereinigungen, vor allem Zeitungen über ihren Erfolg entschieden. Brahms war der gute Hausgeist der Gesellschaft der Musikfreunde, Bruckner konnte dort nur schwer an Boden gewinnen. Er wurde als Domorganist von der Kirche gestützt und war deshalb liberalen Kreisen als Klerikaler verdächtig. Liberal war jedenfalls die »Neue Freie Presse«, und deren Musikkritiker Hanslick ist ja durch seinen Kampf gegen die Wagnerianer berühmt geworden. Seine bei aller Kurzsichtigkeit doch brillant geschriebenen und witzigen Rezensionen haben Wagner so sehr verbittert, daß er in seinen »Meistersingern« den Beckmesser zuerst Hans Lick nennen wollte.
Hanslick setzte sein ganzes Gewicht für die Brahms-Partei ein und bekämpfte neben anderen Wagnerianern auch Bruckner. Im Intrigieren und Königmachen war man in Wien schon vor hundert Jahren durchaus auf dem heutigen Stand. Als der biedere und treuherzog naive Bruckner einmal vom Kaiser gefragt wurde, ob dieser ihm irgendeinen Wunsch erfüllen könne, soll er gesagt haben: »Wenn Majestät dem Hanslick sagen möchten, er soll doch nicht immer so bös über mich schreiben!« Aber da war selbst der Kaiser machtlos.
Als Brahms 1862 nach Wien übersiedelte, war er 29 Jahre alt und tief bewegt, »klassischen Boden zu betreten«. Er blieb für ihn »klassisch«, auch wenn längst das Zeitalter der ersten und sogar schon der zweiten Romantik über ihn hinweggegangen war. Daß er zum Heros der konservativen Partei ausgerufen wurde, geschah freilich gegen seinen Willen, wie er ja auch Bruckner durchaus schätzte, ihn gelegentlich sogar zu fördern versuchte. Er wurde in Wien Dirigent der Singakademie, leitete Gesellschaftskonzerte. Er wohnte in der Karlsgasse und nahm seine Mahlzeiten im »Roten Igel« ein – im ersten

Stock; unten in der billigeren Schwemme aß Anton Bruckner.
Auf der Heimreise von Italien nach Wien unterbrach er einmal die Fahrt in Kärnten und übernachtete in einem Flecken namens Pörtschach, der damals noch so unbekannt war, daß die Eisenbahnstation nicht nach ihm, sondern nach dem gegenüberliegenden Maria Wörth benannt war. Seine Freundin Clara Schumann schrieb ihm damals: »Also in Pörtschach bist Du? Hätte man nur eine Idee, wo das ist!« Er kehrte drei Sommer lang dahin zurück, schrieb die sogenannte Wörthersee-Symphonie (seine zweite), schrieb das Violinkonzert, viele seiner berühmtesten Lieder und die beiden Klavierrhapsodien. Sogar der berühmte Brahmsbart ist ein Kärntner Qualitätsprodukt. Der junge Musiker kam hier noch so glattrasiert an, wie ihn eine Büste vor seinem damaligen Pörtschacher Sommersitz zeigt. Im Sommer unterließ er das Rasieren und kehrte vollbärtig nach Wien zurück.
Er wurde der Vollender der Wiener Klassik zu einer Zeit, da der junge Hugo Wolf als Kritiker des »Salonblattes« seine Breitseiten für die Musik Richard Wagners abschoß. Gleich seinem Meister hat er romantisches Empfinden, deklamatorischen Gesang und die reiche Motivarbeit in der instrumentalen Begleitung mit einer neuen Kühnheit der Harmonik vereint, nur eben auf dem intimeren subjektiveren Feld des Liedes. Der andere Wagnerianer auf Wiener Boden, Anton Bruckner, griff da weit mächtiger aus, übertrug die farbenreiche Harmonik des Bayreuther Meisters auf mächtige Symphonien, die den unwilligen Zeitgenossen wie »Wolken und Nebel« erschienen. Der Domorganist von St. Florian wurde in Wien zuerst Hofkapellorganist und fühlte sich sehr geehrt, als ihn die Universität als Lehrer für Harmonielehre und Kontrapunkt zuließ. Seine gigantische Ausweitung der Symphonieform machte ihn für die Wiener schwer verständlich, die Kühnheiten seiner Harmonik und Instrumentation brachten es mit sich, daß etliche seiner Werke als »unspielbar« beiseite gelegt wurden. Erst die Aufführung seiner Siebenten in Leipzig machte ihn auch daheim berühmt. Franz Joseph förderte ihn materiell, finanzierte die Drucklegung zweier seiner Symphonien, (für die er doch wahrscheinlich im Grunde wenig übrig

hatte,) und wies ihm schließlich jene Dienstwohnung im Oberen Belvedere zu, in der Bruckner 1896 starb.
Damals war bereits der junge Mahler am Werk, ein glühender Verehrer Bruckners, der als Symphoniker später sein Vermächtnis weiterführte, – wir werden auf ihn und seinen Kampf um Wien später zu sprechen kommen. Auch er sollte als ein Mißverstandener in dieser Stadt viel Ungunst erleben und bis zu seinen Schützlingen im Schönberg-Kreis hin sollte diese Ablehnung immer heftiger werden. Richtungskämpfe wurden in Wien wohl deshalb mit solcher Erbitterung ausgetragen, weil hier die Musik ein Lebenselement ist. Das Ergebnis von so viel Ablehnung scheint zu sein, daß der Abgelehnte später einer neuen Generation gegenüber ausgespielt werden kann und solcherart dasjenige zustande kommt, was man stolz »das Erbe« nennt.

Opernball: Die Logen sind mit Riviera-Nelken geschmückt

Spektakel müssen sein . . .

In Schnitzlers Drama »Paracelsus« fällt der berühmte Satz: »Wir spielen immer, wer es weiß, ist klug.« Man tut gut, mit diesem oft genannten Zitat durch die Stadt zu gehen. Aber man tut möglicherweise auch gut, in Schnitzlers Versdrama jene paar Zeilen vorher zu lesen, die dann gleichsam in diesem Zitat explodieren: »Es fließen ineinander Traum und Wachen, / Wahrheit und Lüge. Sicherheit ist nirgends. / Wir wissen nichts von andern, nichts von uns; / wir spielen immer, wer es weiß, ist klug.« Und damit findet man nun gleich eine große Portion wienerischen Lebensgefühls. Also: Leben und Traum sind eines, Grillparzer kann es bezeugen; es gibt darum keine Sicherheit; vom Nebenmenschen wissen wir so gut wie nichts, denn er ist ein ebenso großer Individualist wie wir selber. Und der letzte Schluß aus all diesen Erwägungen: Wir spielen immerzu Theater. Die einen benötigen dazu eine Bühne, den anderen genügt ihre tägliche Szenerie, ihr Heim, ihr Beruf.

Und damit es auch Ausstattungsstücke gibt, wurde die glanzvolle Dekoration der Stadt Wien errichtet. Der Ring, der Heldenplatz, der Karlsplatz, bieten sie nicht herrliche Schauplätze für das tägliche Drama des Herrn Jedermann? Die Stadt kann zum Schauplatz psychologisch subtiler Dramoletts werden. Etwa wenn es um die berühmte Wiener Liebenswürdigkeit geht. Ahnungslose seien gewarnt: Sie ist nur eine Rolle, allerdings eine gute. Untereinander sind Wiener, die zufällig aufeinander stoßen, ohne sich zu kennen, für gewöhnlich kotzengrob. Freundlich, höflich, hilfsbereit bis zur Selbstaufgabe sind sie gegenüber Fremden. Das hängt einerseits damit zusammen, daß man für alles Ausländische immer von vorn herein Bewunderung empfunden hat; andererseits damit, daß man den von so weit Hergereisten ja als hilfloses Kind betrachtet, das man liebevoll an der Hand nehmen muß. Dies alles ist gewiß durchaus in Ordnung. Man muß als Fremdling nur wissen, *daß* es eine Rolle ist. Und man darf nicht so weit aus dem Spiel herausfallen, daß man nun, auf so viel Verständnis vertrauend, etwa herbe Kritik an dieser Stadt anbringt. Denn die Rolle des Kritikers ist für den Wiener reserviert. Er spielt sie, wie wir schon gehört haben, mit Temperament, er kennt alle Schwächen seiner Heimat, der nörgelt und schimpft, wie es ein minder Sachkundiger gar nicht vermöchte. Aber daß nun etwa ein Zugereister das vernichtende Wort »Echt österreichisch!« (das immer nur in abwertendem, herabsetzenden Sinne gebraucht wird) verwendet, – das wäre ja noch schöner! Da wird der Wiener plötzlich zum leidenschaftlichen Verteidiger heimischer Zustände. Und er kann dann über den vorlauten Fremdling rechtschaffen empört sein. So empört etwa wie eben ein Schauspieler, dem ein anderer seine Rolle wegnehmen will.

Wenn also schon das Straßentheater hier so wichtig ist wie sonst nur im Süden, versteht es sich von selbst, daß das andere, das richtige Theater hier immer eine große Rolle gespielt hat. In einem Alt-Wiener Couplet, das um den Nachweis bemüht war, daß man sich das Leben auch ohne Geld ganz gut einrichten könne, hieß es: »Wer a Geld hat, kann in's Theater fahr'n / und wer keins hat, der macht sich z'Haus ein' Narrn. / Mir is alles eins, mir is alles eins, / ob ich ein Geld hab oder keins.« Natürlich ist es komfortabler, sich von anderen, von Professionals, »den Narren machen« zu lassen. Und ein Narr, ein Hanswurst oder Kasperl oder Papageno oder Knieriem oder Ochs von Lerchenau war denn auch immer die beliebteste Figur auf der Bühne. Als der Hamburger Kritiker Johann Mattheson 1728 nach Wien kam, faßte er seinen Eindruck in dem Satz zusammen: »Die ganze Welt ist ein Theater.« Auch Hermann Bahr kam zu dem Schluß, der Wiener stelle sich seine Stadt als eine große Bühne vor, auf der jeder seinen Auftritt und Abgang habe und womöglich auch seine große Szene.

Dieses, nennen wir es: pandramatische oder pankomödiantische Gefühl ist gar nicht so jungen Datums. Es muß hier schon zu ver-

spüren gewesen sein, als es »die Wiener« kaum noch gab. Als Kaiser Marc Aurel hier an seinen Selbstbetrachtungen schrieb, notierte er (allerdings mit Blickrichtung auf die Hauptstadt des Imperium Romanum): »O Mensch, du bist in dieser großen Stadt Bürger geworden, was liegt daran, ob für fünf oder dreißig Jahre? Was ist denn Schreckliches daran, wenn du durch die Natur wieder hinausgesendet wirst? Es ist nichts anders, als wenn ein Schauspieler durch denselben Praetor, der ihn angestellt hat, wieder entlassen wird. ›Aber ich habe nicht fünf Akte gespielt, sondern nur drei!‹ Wohl gesprochen! Doch im Leben sind drei Akte schon ein ganzes Stück. So scheide denn freundlich von hier; auch er, der dich entläßt, ist freundlich.«
Selbst die späteren, die habsburgischen Kaiser haben gewußt, was sie dem Spektakelgefühl ihrer Untertanen schuldig waren: Leopold I. etwa mit seinen selbstkomponierten Barockopern oder der nüchterne Aufklärer Joseph II., der sich selbst zum Direktor des neu begründeten Burgtheaters machte. Als aber die fromme Maria Theresia mit dem Rechenstift in der Hand die Ausgaben ihrer Hofhaltung zu reduzieren versuchte, sprach sie den berühmten Satz: »Spektakel müssen sein!« Sie sprach ihn nicht mit dem Stolz eines Kulturmissionars, sondern seufzend und mit Resignation. Mit ihren 16 Kindern hatte sie vermutlich ein derart abwechslungsreiches Familienleben, daß da das andere, das wirkliche Theater schwer mithalten konnte. Aber den Seufzer »Spektakel müssen sein!« haben in jüngster Zeit immer wieder österreichische Unterrichtsminister und auch Bundeskanzler ausgestoßen. Denn die Bundestheater kosten Milliardenbeträge. So wird denn in regelmäßigen Abständen während der Budgetdebatte des Nationalrates angefragt, ob man denn dort nicht ein bißchen sparen könne. Und in ebenso regelmäßigen Abständen setzt sich dann die Erkenntnis durch, daß man es nicht könne. Denn Burg und Oper sind der Luxus, den sich dieses kleine Land leistet. Und leisten muß. Denn in der Alpenrepublik ist so vieles, was einst mit imperialem Glanz umgeben war – auch Wissenschaft und Literatur! – zuweilen geschrumpft, ist kleinkariert geworden. Daß die Wiener Oper aber zu den vier oder fünf Instituten

gehört, die auf der internationalen Musikszene zählen, und daß das Burgtheater die größte Ansammlung berühmter Schauspieler im deutschen Sprachraum vereint und eine Art Reichskleinodiensammlung des deutschsprachigen Theaters darstellt, ist mehr als nur ein dekoratives Aushängeschild. Es ist die große künstlerische Leistung eines klein gewordenen Landes; ihretwegen reist man nach Wien.

Ob diese Bühnen dann in dem Augenblick, da der Kulturtourist angereist kommt, auch wirklich »gut sind«, – das ist eine andere Frage. Die kann man in einem Buch nicht beantworten, denn drei Monate später kann alles schon wieder ganz anders sein, kann eine trostlose Premiere alle Erwartungen enttäuschen oder eine glückliche Konstellation einen unvergeßlichen Theaterabend zustande bringen. Nur eines kann man voraussagen: kostspielig werden diese Spektakel auch in drei oder zehn Monaten sein. Und ebenso gewiß: Es geht nicht ohne sie! Daß man in Wien aufwendig inszeniert und aus dem Vollen besetzt, gehört zum Stil dieser Hoftheater der Republik. Das hat sich sogar unter ausländischen Regisseuren herumgesprochen, die daheim mit ganz billig geführten Ensembles Experimentaltheater gemacht haben und damit berühmt geworden sind. In Wien haben sie ihre spartanische Vergangenheit sofort vergessen. So mancher, der daheim auf einer Nudelbrettbühne mit ein bißchen Sackleinwand erstaunliche Aufführungen zustande gebracht hat, läßt, kaum daß er an Wiens Burg oder Oper eingetroffen ist, ganze Städte aus der Versenkung hochhieven, indes vom Schnürboden eitel Goldstaub herniederrieselt. Und die Direktoren, die geglaubt hatten, einen eher asketischen Bühnenkünstler engagiert zu haben, reiben sich die Augen, wenn sie die Rechnungen sehen.

Als vor einigen Jahren in dem regelmäßig erscheinenden Bundestheaterbericht auch einige bauliche Renovierungen am Operngebäude ausgewiesen wurden, konnte man eine erstaunliche zoologische Feststellung machen: In der Wiener Oper fressen die Tauben Gold. Die Schwind-Fresken in der Freiluft-Loggia hatten unter ihnen arg gelitten, das Blattgold mußte erneuert, ein Schutzgitter gegen die naschhaften Vögel angebracht werden. Nirgends in der Welt hat man bisher vernommen, daß Tauben Gold fressen. Aber wenn sie an die Wiener Staatsoper kommen, wissen sie eben, was sie hier verlangen können.

Wer hat den Hanswurst ermordet?

Als das Wiener Theater so weit gediehen war, daß es diesen Namen verdiente, präsentierte es sich als ein großer Widerspruch, was nun nachgerade niemanden mehr verblüffen wird, der schon bisher feststellen mußte, daß in dieser Stadt alles aus Widersprüchen besteht. Im Barockzeitalter gab es einerseits die grandiosen Opernspektakel des Hofes, daneben die religiösen Dramen des Jesuitentheaters, die sozusagen eine flankierende Maßnahme der Gegenreformation waren. Und es gab auf der anderen Seite kräftiges bis derbes Volkstheater. In den Opern am Hof Kaiser Leopolds I. gab man sich gerne mythologisch, kleidete antike Götter und Helden in barocke Kostüme und übte Ausstattungszauber von einem für jene Epoche erstaunlichen Ausmaß. In der Volkskomödie aber konnte davon schon deshalb keine Rede sein, weil man auf Marktplätzen nur primitive Bretterbuden zur Verfügung hatte. Trotzdem sind die singenden Achileusse und Heraklesse für uns ebenso unwichtig geworden wie die Moralpredigten der Jesuiten. Die alten Hanswurstkomödien aber haben Geschichte gemacht, zumindest Theatergeschichte.
»Hans Wurst«, wie er eigentlich richtig zu schreiben wäre, war ein Salzburger »Sau- und Krautschneider«, ein Tölpel, den Josef Anton Stranitzky (1676–1726) erfunden hatte. Er spielte ihn in spitzem, grünbebänderten Hut und mit einem kurzen Vollbart. Stranitzky erhielt etwa zur gleichen Zeit die Spielerlaubnis und das Patent eines bürgerlichen Mund- und Zahnarztes. Zuerst entzückte der komödiantische Zahn- und Possenreißer sein Publikum auf der Freyung, dann am Neuen Markt, schließlich stellte ihm der Kaiser ein »stei-

nernes Haus« zur Verfügung, das neue Theater am Kärntnertor. Erhalten hat sich von seinen Späßen nicht viel, denn man spielte gerne aus dem Stegreif und notierte im Buch »Extemporirn ad libitu«. Diese Kunst des Improvisierens hat sich vielleicht in Wien länger gehalten als anderswo. Als Kuriosum sei erwähnt, daß an der westlichen Peripherie Wiens, in Ottakring, noch heute ein Stegreiftheater existiert, wo Amateure im Sommer unter freiem Himmel ihr Publikum unterhalten, – es ist wohl das einzige seiner Art in Europa. Als Stranitzky sich vom Theater zurückzog, war er ein reicher Mann und Hans Wurst nicht nur in Wien, sondern in ganz Deutschland berühmt. Er hat seinen Nachfoler Prehauser persönlich dem Publikum vorgestellt. Dieses blieb eisig. Da sank Prehauser in die Knie, rief verzweifelt: »Bitt' schön, lachens über mich!« – und hatte damit das Haus gewonnen. Als Prehauser abtrat, folgte ihm ein Patenkind Stranitzkys namens Kurz, der seine komische Figur Bernardon nannte. Es gab also schon eine Hanswurst-Erbfolge.
Da braute sich von Deutschland her ein Gewitter über die »lustige Person« zusammen. Johann Christoph Gottsched aus Königsberg trat an der Leipziger Universität als Reiniger des Theaters auf. Der strenge Rationalist und Vorläufer der Aufklärung fand in der Neuberin eine Theaterprinzipalin, die bereit war, ihm mit ihrer Truppe zur Seite zu treten. Zum ersten Mal sollte das Theater eine moralische Anstalt werden, sittlich erziehend wirken, – da war natürlich kein Platz für Hanswurstiaden. 1737 hat die Neuberin auf einer Leipziger Bühne den Hanswurst öffentlich verbrannt. An den Folgen dieser Untat hat das deutsche Theater noch heute zu tragen.
Zwar war die Neuberin bald über ihren eigenen Mut erschrocken. Sie benötigte über kurz oder lang eben doch eine »lustige Person«, nur nannte sie diese »Hänschen« und kleidete sie nicht mehr schekkig, sondern weiß. Lessing nannte diese Verbannung Hanswursts von der Bühne selbst die größte Harlekinade. Aber auch Hanswursts lassen sich nicht gerne verbrennen. Und damit begann das große Schisma, das sich in der deutsch-österreichischen Dramatik bis heute verfolgen läßt. In Wien überstand die lustige Person den Bannfluch recht gut, wechselte Namen und Kostüm, unterwanderte das

Zeitalter der Aufklärung und wurde Ahnherr einer ganzen Galerie volkstümlicher Spaßmacher bis zum heutigen Tage.
In Deutschland aber war diese Entwicklung unterbrochen. Die populäre Komödie fristete nur mehr ein höchst bescheidenes Dasein. Seither wurde immer wieder der Seufzer laut, es gebe kein deutsches Lustspiel. Zwar wissen die Literaturhistoriker deren fünf oder sechs aufzuzählen, Lessing und Kleist haben sich um die ungeliebte Kunstgattung bemüht. Aber es wollte sich auf deutschem Boden keine Lustspieltradition entwickeln, die etwa dem Volkstheater Raimunds oder Nestroys vergleichbar wäre, auch nicht den verfeinerten Gesellschaftskomödien Hofmannsthals. Vermutlich hat der Fluch des ermordeten Hanswursts fortgewirkt. Hingegen hat sich das Bildungstheater der deutschen Klassik entwickelt, dem wieder Wien nichts Gleichwertiges zur Seite stellen konnte. So hat sich auf den Brettern ein Bruch vollzogen, der so etwas wie ein dramaturgisches Gegenstück zur Spaltung in einen protestantischen Norden und einen katholischen Süden bedeutete.
Auch in Wien gab es im Zeitalter der Aufklärung Gefolgsleute der Gottschedschen Reform. Ihr berühmtester wurde der Edle von Sonnenfels, Enkel eines Berliner Rabbiners, Sohn eines in Österreich geadelten Vaters. Als 1752 in Wien die Zensur eingeführt wurde, trat Sonnenfels als Vorkämpfer für das »feste Stück« auf: Nun sollte nicht mehr aus dem Stegreif improvisiert werden. Die Schauspieler mußten sich an einen schriftlich fixierten Text halten und dieser zuvor dem Zensor Sonnenfels vorgelegt werden, was weniger als ein Akt politischer Bevormundung zu verstehen war, denn als ein Versuch, auch in Wien das Bildungstheater zu erzwingen. Der alte Hanswurst hat auch diese Einschränkung überlebt. Er nannte sich anders, hielt sich angeblich an »feste Stücke«, sprach nur abends meist einen ganz anderen Text als denjenigen, den der Zensor gestattet hatte. Der berühmteste dieser Stranitzky-Erben war der Leopoldstädter Kasperl, den der Schauspieler Laroche erfunden hatte. Er war zeitweilig in Wien so beliebt, daß man die Münze, mit der man den Eintritt ins Leopoldstädter Theater bezahlte, kurzerhand »ein Kasperl« nannte.

Ein echtes Bildungstheater und damit ein Gegenstück zu den vorstädtischen Komödienhäusern sollte das Burgtheater werden, das Joseph II. 1776 begründete. Zwar gab es das »Theater nächst der Burg« (an der Stelle, an der heute der Michaelertrakt der Hofburg steht) schon einige Jahrzehnte lang. Aber es war wieder einmal arg verrottet, und so entschloß sich der Kaiser, hier sein Hof- und Nationaltheater erstehen zu lassen und zugleich dessen Direktor zu werden. Es war unter anderem auch kaiserliches Nationalsingspiel, und eines der ersten Auftragswerke, die hier das Rampenlich erblickten, war Mozarts »Entführung aus dem Serail«. Dort kann man in Gestalten wie Osmin oder Pedrillo mühelos Hanswursts Erben erkennen, nur präsentierten sie sich hier höfischer und feiner. Eröffnet wurde das Burgtheater allerdings nichst ganz so hochgestochen, wie man erwarten sollte. Die beiden ersten Stücke hießen »Die Schwiegermutter« und »Die indianische Witwe«.

Bald spielte man hier »Minna von Barnhelm«, und Lessing war sogar eine Zeit lang als Chef des Hauses im Gespräch, – er war der letzte nicht, es gab im Lauf der Jahrhunderte noch viele berühmte Nicht-Burgtheaterdirektoren, unter ihnen Max Reinhardt. Mozart blieb der Hofbühne nicht für alle Zeiten treu, er schrieb später auch fürs Vorstadttheater: für das Wiedener Theater Emanuel Schikaneders. Dieser Prinzipal hat das Buch zur »Zauberflöte« nicht nur verfaßt, er war auch der erste Papageno, und somit ein echter Hanswurst-Erbe. Schikaneder war ein saftiger Vollblutkomödiant, imponierte seinem Publikum nicht zuletzt durch die szenische Pracht, mit der er Feuer- und Wasserprobe und auch den Sternenglanz der Königin auf die Bretter zauberte. Ursprünglich sollte diese eine edle Fürstin, Sarastro aber ein Bösewicht sein. Da brachte die Leopoldstädter Konkurrenzbühne ein ganz ähnliches Stück heraus: »Kaspar der Fagottist« mit Laroche in der Titelrolle. Flugs änderte das Freundespaar Mozart-Schikaneder seinen Plan, Sarastro wurde edel, die Königin eine Intrigantin. Man kann den Bruch noch heute genau im ersten Akt verfolgen – denn so weit hatte Schikaneder schon geschrieben, und zum Umändern nahm er sich nicht die Zeit.

Das Burgtheater wurde erst im 19. Jahrhundert jener Musentempel,

den Joseph II. sich erträumt hatte. Eine Weile lang wurde es als eine Art »Republik der Schauspieler« geführt, – ein »Mitbestimmungsmodell«, das man der Comédie française abgeguckt hatte, das aber so schlecht funktionierte, daß man bald wieder froh war, einen echten Diktator an der Spitze zu wissen.
In diesem Haus wurde Schreyvogel jener strenge Schauspieler-Erzieher, der zugleich einen konsequenten Klassiker-Spielplan aufbaute. Er war es auch, der Grillparzer an das Haus brachte, das ihm viel Ruhm, aber auch große Enttäuschungen eintrug. Es gab Show-Direktoren wie Dingelstedt, der von der Oper kam und der Burg einen üppigen Makart-Stil verordnete. Kaiser Franz Joseph, sonst nicht gerade wegen seiner musischen Neigungen verschrieen, machte sich, kaum daß er den Thron bestiegen hatte, daran, das schon wieder auf Abwege geratene Haus zu reorganisieren. Er berief dafür Heinrich Laube, der hier ein viel bewundertes Ensemble und einen streng durchdachten Klassikerspielplan aufzubauen verstand. Die Ringstraßen-Ära führte schließlich dazu, daß man den Neubau gegenüber dem Rathaus aufführte und das alte Haus demolierte, denn die Hofburg sollte ja endlich zum Michaelerplatz hin erweitert werden. »Im neuen Haus das alte Burgtheater« hieß es damals im Eröffnungsprolog. Eine verhängnisvolle Formulierung, denn immer wieder stand in diesem Ensemble ein »altes Burgtheater« gegen ein »neues Burgtheater«, beide heftig sekundiert von den Wiener Theaterfreunden.

Feen und Vagabunden

Die Halbgötter, die zu Beginn des Wiener Theaterlebens die kaiserliche Oper beherrscht hatten, begründeten um 1800 herum eine Art bürgerliche Existenz. Sie wurden zu Feen und Dämonen, bösen und guten Zauberern, Fabelkönigen und Geisterfürsten. Die Vorstadtbühnen, beherrscht von Hanswursts Erben, verlangten nach etwas Höherem, Gemütserhebenden, sie wurden romantisch. Ausflüge ins Geisterreich waren für sie schon deshalb lohnend, weil dabei alle Künste der Illumination, der Maschinerie und Prachtentfaltung eingesetzt werden konnten.

Schikaneder hatte an der »Zauberflöte« so viel Geld verdient, daß er sich sein prunkvolles neues Theater an der Wien leisten konnte, die spätere Geburtsstätte des »Fidelio«. Er war so etwas wie der Reinhardt der Epoche. Beide waren im Grunde Barockmenschen, liebten das Theater als großes Schaugepränge. Man kann die ganze Theatergeschichte Wiens hindurch verfolgen, wie gewisse Erscheinungen wiederkehren, gewisse Persönlichkeiten neu geboren zu werden scheinen, sagen wir es theatergerechter: wie gewisse Rollen neu besetzt werden. Der Theaterpurist Sonnenfels etwa kehrt in Karl Kraus wieder. So zumindest hat ihn Hermann Bahr gesehen, der Sonnenfels' verhängnisvolles Wirken in einem Brandartikel so zeichnete, daß in diesem Portrait jedermann Karl Kraus erkennen mußte (mit dem Bahr damals gerade in eine literarische Fehde verwickelt war). Stranitzky kehrt als Laroche wieder, so wie Hanswurst zum Kasperl wird. Dessen später Erbe aber taucht bei H. C. Artmann auf, der Kasperl skurrile Abenteuer als Luftschiffer und bei den Indianern erleben läßt. Und wenn man will, kann man Handkes »Publikumsbeschimpfung« auf Abraham a Santa Clara zurückführen, was der witzige Wien-Kenner Jörg Mauthe als »asynchrone Identität« gekennzeichnet hat.

Die Feen und Zauberkönige des Wiener Biedermeier wurden nirgends so liebevoll behandelt wie bei Ferdinand Raimund. Er hatte am Burgtheater begonnen, aber zu seinem Leidwesen nur als »Numero«, das heißt als Zuckerbäckerlehrling, der den Besuchern der Galerie Süßigkeiten und Erfrischungen verkaufte. Dort wurde er von der Faszination des Theaters angesteckt und nicht mehr losgelassen. Seine späteren Erfolge erzielte er am Theater in der Josefstadt und am Leopoldstädter Theater. Aber im Grunde fühlte er sich als Volksschauspieler nie ganz wohl, wäre lieber Shakespeare als Raimund gewesen und bekannte einmal: »Ich bin zum Tragiker geboren, mir fehlt dazu nix als die G'stalt und das Organ!« Er war einer der vielen »Zerrissenen«, die in Wien auch außerhalb Nestroys so betitelter Komödie umherliefen und umherlaufen. Die kleinen Handwerksleute, die Bauern und Vorstadtbürger bekommen deshalb in seinen Stükken häufig einen tragischen Unterton. Ihr Allerweltsschicksal wird gelenkt von Feenköniginnen und allegorischen Gestalten, die etwa »Jugend« oder »Hohes Alter« heißen oder sich als Geister in menschlicher Verkleidung erweisen. Den inneren Zwiespalt hat er am pakkendsten in »Der Alpenkönig und der Menschenfeind« gestaltet, wo der Held seinem eigenen Ebenbild gegenübersteht und sich ein dämonischer Rollenwechsel vollzieht, der schon ein Stück Psychoanalyse vorwegnimmt. Im »Verschwender« samelt ein düsterer Geselle (selbstverständlich dämonischer Herkunft) ein, was der reiche Herr von Flottwell in guten Tagen leichtsinnig fortwirft und erstattet es ihm in Jahren der Not zurück. Ein Vorstadt-Shakespeare war hier am Werk, bei dem düstere Schicksalsmotive und geheimnisvolle überirdische Boten in das scheinbar so alltägliche Leben der kleinen Leute eingreifen.

Auch Raimunds Leben ist voll dieses tragischen Zwiespalts gewesen. Seine große Liebe, Toni Wagner, durfte er nicht heiraten, weil den gut bürgerlichen Eltern ein Komödiant zu gering war. Der Theaterdirektor Gleich hingegen hatte es eilig, ihm seine kokette Tochter Luise anzuhängen. Die Ehe dauerte nur zwei Jahre, dann wurde sie geschieden. Seine getreue Toni aber konnte er nun überhaupt nicht mehr gesetzlich heiraten. In den Weinbergen oberhalb Salmannsdorfs haben sie einander vor einer Mariensäule jenes Treuegelöbnis gegeben, von dem hier schon die Rede war. Raimund, inzwischen wohlhabend geworden, zog mit ihr auf seinen Besitz in Gutenstein, – in eine Landschaft, die uns noch heute raimundisch anmutet. Dort vollendete sich sein Schicksal, als er von einem Hund gebissen wurde. Er bildete sich ein, das Tier sei tollwütig gewesen, ließ anspannen, um nach Wien zu einem Arzt zu fahren. In Pottenstein übernachtete man, und hier schoß sich der Dichter in einem depressiven Anfall dreimal in den Mund. Der Arzt Dr. Rollett, den man eilends aus Baden herbeigeholt hatte, konnte ihn nicht mehr retten, allenfalls seine Schmerzen lindern. Dieser Stadtphysikus Rollett aber war ein Jünger jenes Dr. Gall, dessen Phrenologie damals gerade in Mode stand, eine Lehre, die aus der Schädelform den menschlichen Charakter abzuleiten versuchte. So folgte dem Hinscheiden Raimunds ein makabres Nachspiel. Rollett sägte ihm bei der Obduktion die Schädelkappe ab, um sie seiner Sammlung einzuverleiben. Bei der Aufbahrung entdeckte Toni Wagner den Betrug. Aber der gelehrte Trophäenjäger machte keinerlei Anstalten, seine Beute herauszurücken, ließ sich vielmehr von ihr klagen. Als er schließlich die Schädeldecke dennoch hergeben mußte, fertigte er noch rasch für sich einen Abguß an, den man heute noch im Badener Rollettmuseum inmitten der Schädel von Geisteskranken und Verbrechern besichtigen kann. Raimund war inzwischen längst begraben worden, Toni überlebte ihn um mehr als vier Jahrzehnte. Bei ihrem Tod fand man im Strohsack ihres Bettes eine Schachtel mit der Schädeldecke des Dichters, – sie hatte jahrzehntelang darauf geschlafen.

»Neben dem Nestroy bin i nix mehr!« äußerte sich der allzeit zur Melancholie neigende Raimund nach dem Erfolg von dessen »Lumpazivagabundus«, »so machen wir halt Platz!«. Nestroy war wie er ein Schauspieler, der sich seine Rollen gerne selbst schrieb. Als junger Mann hatte er im Opernhaus den Sarastro gesungen, aber im Gegensatz zu Raimund hing er solchen Reminiszenzen aus der »höheren Sphäre« nicht nach. Er hatte bald die gallbittere Satire als sein eigenes Fach erkannt. Sein Territorium war das Leopoldstädter Theater, und hier brachte er es zeitweise sogar zum Prinzipal. Dämonen und gute Geister kommen bei ihm eher als Staffage oder als Gegenstand der Parodie vor. »Lachen sollen die Leut'« bekannte er einmal, »und mir soll's ein Geld bringen, damit ich auch lach'!« Daß auch er in der Ehe Pech gehabt hat, verbindet ihn mit seinem Rivalen Raimund. Aber bei ihm setzte sich die Enttäuschung in Zynismus um: Weibliche Schwäche ist eines der Lieblingsobjekte seines Spottes. Sein Credo ist etwa der Triumph der Liederlichkeit über das Elend. Man hat neuerdings versucht, den sozialen Nestroy zu entdecken, aber da ist ebenso wenig zu entdecken wie in seinem politischen

Bekenntnis. Während der Sturmtage von 1848 schrieb er seine »Freiheit in Krähwinkel«, aber kaum war die Revolution vorbei, verspottete er auf der Bühne auch schon deren Schwächen. Wenn im »Lumpazivagabundus« ein »liederliches Kleeblatt« von Handwerksburschen mit Lotterietreffern sein Glück macht (und alles wieder verliert), wenn in »Zu ebener Erde und erster Stock« durch eine ähnliche Laune des Glücks Reich und Arm die Rollen tauschen, dann ist es vor allem der Leichtsinn, der alle Nöte löst, und der Marsch ins Wirtshaus das Ende aller Mühsal.

Nestroy interessieren nicht die »Zustände«, die damals gewiß trist genug waren, sondern der menschliche Charakter. Seine Kraft ist die Satire, ihre schneidende Schärfe. Seine vor allem im Wortwitz brillierenden Lustspiele und Possen sind getragen von seinem unerschütterlichen Vertrauen in die menschliche Schlechtigkeit, – und in diesem Vertrauen wurde er offenbar nie enttäuscht. Als er 1862 starb, war damit die große Zeit des wienerischen Volkstheaters zu Ende. Daß er mehr als ein Spaßmacher war, wußten damals die wenigsten. Er mußte erst durch den ihm geistig verwandten Karl Kraus entdeckt werden, mußte mit ziemlicher Verspätung das Burgtheater erreichen, ehe sich Wien seines hohen Ranges als Satiriker und Menschendurchschauer, als brillanter Wortkünstler und »wienerischer Aristophanes« bewußt wurde.

Burg und Josefstadt

Das wienerische Volkstheater war genötigt, andere Wege zu versuchen. Die siebziger Jahre des vorigen Jahrhunderts brachten den großen Triumph der Operette. In Schikaneders ehemaligem Haus, im Theater an der Wien, regierte nun Johann Strauß. Wo einst »Die Zauberflöte« und »Fidelio« daheim gewesen waren, erblickten nun Werke wie »Die Fledermaus« oder »Der Zigeunerbaron« das Rampenlicht.

Die goldene Operettenära brachte auch eine Reihe von volkstümlichen Schauspielern hervor, die nicht nur im musikalischen Theater brillierten, sondern auch im Schauspiel. Marie Geistinger etwa, die in der ersten »Fledermaus« auf der Bühne stand, hatte auch mit Anzengruber großen Erfolg: im »Meineidbauer«, im »Pfarrer von Kirchfeld«, in den »Kreuzelschreibern«, – es war die Spätblüte des Wiener Volksstückes. Eine Zeitlang war sie sogar, gemeinsam mit Max Steiner, Direktorin des Theaters an der Wien.
Der bedeutendste jener Publikumslieblinge, die sich von der Operette her das Schauspiel erobert hatten, war ohne Zweifel Alexander Girardi. Er hat mit einer Nestroy-Rolle (in »Tritsch-Tratsch«) debütiert, ohne vorher regulären Schauspiel- oder Gesangsunterricht genommen zu haben. Er war später der erste Zsupan im »Zigeunerbaron« im Theater an der Wien. Und er hat zwei Monate vor seinem Tod noch das Burgtheater erreicht: als Fortunatus Wurzel in Raimunds »Bauer als Millionär«. Das war immerhin bereits 1918. Bemerkenswert an diesem Debüt war nicht nur, daß da ein Volksschauspieler aus der Vorstadt an die Hofbühne verpflichtet wurde, sondern auch, daß Ferdinand Raimund nun an einem Haus heimisch wurde, das er zeitlebens nur neidvoll hatte aus der Ferne bewundern dürfen. Girardi war ein Charakterspieler von Format geworden, ein legendärer Valentin im »Verschwender«. Auf einem Praterfest in der Rotunde hat er das »Fiakerlied« von Gustav Pick kreiert, das später als ein wienerisches Leib- und Magenlied so berühmt geworden ist.
Das Theaterleben der Stadt um die Jahrhundertwende blühte, gedieh und weitete sich in beinahe ebenso großem Maße aus wie die ihre Fesseln sprengende Stadt. Das Burgtheater war nun nicht nur die viel gerühmte große Klassikerbühne, es wirkte auch gesellschaftlich tonangebend. Wie sich die großen Mimen des Hauses in modernen Salonstücken benahmen, wie sie sich kleideten, wie sie ihre besten Manieren entfalteten, – das guckte man ihnen im Parkett sorgfältig ab, das kopierte man im bürgerlichen Salon. Sonnenthal und Mitterwurzer, Lewinsky und Gabillon waren die vielbewunderten großen Charakterdarsteller. Bald stieg mit Josef Kainz ein neuer Stern herauf, berühmt vor allem als Hamlet, aber auch als Tasso, als

Orest. Mit seiner Leidenschaft, seiner Intensität schuf er einen neuen Stil. Das Burgtheater war reif geworden für Ibsen, für Gerhart Hauptmann, für die neuen Dichter von »Jung-Wien«, allen voran Arthur Schnitzler.

Aber auch die einstigen Vorstadttheater lagen ja nun, seit es »Groß-Wien« gab, nicht mehr in der Vorstadt. Neben dem Theater an der Wien oder dem Carl-Theater, das die Nachfolge des alten Leopoldstädtertheaters antrat, gab es die Josefstadt, gab es drei Bühnen, die heute nicht mehr existieren, weil sie nach dem Zweiten Weltkrieg einfach geschleift wurden: das Johann-Strauß-Theater, das Bürgertheater, das Stadttheater. Die folgenreichste Neugründung war 1897 das Deutsche Volkstheater. Es wurde mit Anzengrubers »Fleck auf der Ehr« eröffnet und hat diesen Autor zusammen mit dem ganzen Genre des Wiener Volksstücks systematisch gepflegt. Auch der junge Schnitzler hat hier seine ersten Schritte aufs Theater gewagt mit der jungen und bildschönen Adele Sandrock als Hauptdarstellerin. Über die folgenreiche Romanze, die sich anläßlich der Uraufführrng seines »Märchens« entwickelte, werden wir noch später zu sprechen haben.

Neben Burg und Volkstheater ist heute das Theater in der Josefstadt die dritte große Schauspielbühne der Stadt. Das Haus wurde zwar schon Ende des 18. Jahrhunderts begründet, es war die Stätte, an der Ferdinand Raimund wirkte und die Uraufführung seines »Verschwenders« herausbrachte, hat aber sein heutiges Gesicht erst relativ spät erhalten: als es 1924 durch Max Reinhardt neu eröffnet wurde. So »rokoko« wie es sich seit damals präsentiert, ist es im Rokoko selbst nie gewesen. Für den großen Hexenmeister des deutschen Theaters wurde es die Erfüllung eines Traumes nach mehrfachen Enttäuschungen. Sein Berliner Imperium war Anfang der zwanziger Jahre in wirtschaftliche Schwierigkeiten geraten. Der Plan, ihn zum Burgtheaterdirektor zu machen, scheiterte an einer der vielen Intrigen, an denen es in diesem Hause niemals mangelte. So entschloß er sich, das unter Josef Jarno zwar künstlerisch ambitionierte, aber geschäftlich in Schwierigkeiten geratene Haus in der Josefstadt zu übernehmen. Es wurde gründlich umgestaltet, und die

Innenausstattung wirkte wie eine ins Parkett verlegte Reinhardt-Inszenierung: intimes Settecento in Rot und Gold, Türbeschläge aus Venedig und als immer noch wirksamer Regie-Gag der tief ins Parkett hängende Murano-Lüster, der auch heute noch allabendlich, wenn die Vorstellung beginnt, an die Decke hochgezogen wird und dabei langsam erlischt.

Nicht weniger sorgsam suchte sich Reinhardt sein Ensemble aus. Die Familie Thimig wurde seine Hauptstütze: Vater Hugo Thimig, bisher eine der Säulen des Burgtheaters, die beiden Söhne Hermann und Hans, vor allem aber Helene, die spätere Gattin Reinhardts. Er hatte wohl auch ihretwegen den Schritt nach Wien getan, wo er die Scheidung von seiner ersten Gattin eher zu erwirken hoffte. In der Josefstadt und später auch in Salzburg konnte Helene Thimig »Hausfrau« sein. Gustav Waldau spielte schon im ersten Jahr in der Uraufführung von Hofmannsthals »Schwierigem«, Kortner, Forster, Moissi und andere zählten zu den Stützen dieses glanzvollen Ensembles.

Reinhardt ging später wieder nach Berlin, sein Wiener Haus firmierte unter der Bezeichnung »Die Schauspieler im Theater in der Josefstadt unter Führung von Max Reinhardt«, eine Schauspieler-Republik, in der wechselnde Direktoren sich bemühten, den Geist des Begründers lebendig zu erhalten, der ja als Regisseur immer wieder hier erschien. Diese Verbundenheit reichte bis in den Zweiten Weltkrieg hinein, als Reinhardt längst verfemt war, sich aber Heinz Hilpert durchaus als dessen Vermächtnis-Verwalter fühlte. Als in Wien 1943 die Nachricht eintraf, Reinhardt sei in Amerika gestorben, gab es eine im Dritten Reich einzigartige Kundgebung: Hilpert versammelte seine Darsteller auf der Bühne, um hinter sorgsam geschlossenem Vorhang eine Trauerfeier abzuhalten.

Dem Anspruch, ein intimes Kammertheater zu sein, dessen Akzent auf einem sorgsam abgestimmten Ensemble, auf einer Kultur der leisen Töne liegt, sucht die Josefstadt auch heute noch gerecht zu werden. In einer Zeit, die einem gewachsenen Ensemble eher feindlich gegenübersteht, wurde sie bislang von Franz Stoß und nunmehr von Ernst Haeusserman geleitet. Haeusserman aber, der ein Jahrzehnt lang an der Spitze des Burgtheaters stand, ist in Kriegszeiten Reinhardts Assistent in Amerika gewesen. Auch wenn einstige »Josefstädter« wie Paula Wessely, Attila Hörbiger, die Thimigs oder Adrienne Gessner später an die Burg abgewandert sind, gibt es hier noch eine Art von schauspielerischem »Familiengeist«. Wenn etwa im Laufe von Jahrzehnten bei Neuinszenierungen von Hofmannsthals »Schwierigem« der einstige Darsteller des jungen Stani (Peter Weck) zur Rolle des Grafen Kari aufrückt oder wenn der noch frühere Darsteller des Sekretärs (Leopold Rudolf) zum Majoratsherren wird, merkt man daran eine Art hofmannsthalische Erbfolge, – wie dies eben legitim erscheint in derart adeligen Schauspielhäusern.

. . . die Gedanken nur sind wahr

Gibt es eine österreichische Literatur? Eine Doktorfrage, nicht minder knifflig als diejenige, ob es eine österreichische Nation gibt. Eines sowohl wie das andere, – gedacht als Gegenstück zur deutschen Literatur oder Nation, – ist ja erst denkbar, seit es einen eigenen, von Deutschland losgelösten österreichischen Staat gibt, also seit 1806. Denn solange Österreich sich im deutschen Staatsverband bewegte, wäre ja ein spezifisch österreichischer Tonfall im Schrifttum nur eine lokale Besonderheit gewesen. Literarische Entwicklungen pflegen sich im allgemeinen nicht nach den Entschließungen von Staatskanzleien zu richten. Aber nicht allzulange nachdem Franz II. die Krone des Heiligen römischen Reiches zurückgelegt und sich als Franz I. diejenige Österreichs aufs Haupt gesetzt hatte, war auch schon eine recht selbständige österreichische Literatur zu diagnostizieren.

Eine Weile war es um sie still gewesen, und man hat die Unterdrückung durch Polizei und Zensur dafür verantwortlich gemacht. Österreich hat sich damals eher in der Musik als in der Literatur artikuliert, denn Töne lassen sich bekanntlich schwerer zensurieren. Mozart durfte seinen Figaro gegen den Herrn Grafen aufbegehren lassen, Beethoven das Hohelied der Freiheit auf die Opernbühne bringen. Österreichs Dichtung hatte dem nichts zur Seite zu stellen. Im Deutschland jener Zeit formulierte Schiller sein »In tyrannos«, gab es Sturm und Drang und später die Dichter der Befreiungskriege. In Österreich fand sich davon nur ein schwacher Abglanz bei Literaten zweiten und dritten Ranges, sichtbar nur unter dem Vergrößerungsglas literarhistorischer Forschung. Ganz langsam erst finden die Dichter in einem auch staatlich selbständigen Österreich ihren Ton: auf dem Theater zuerst Raimund und Nestroy, dann Grillparzer und Lenau und Stifter. Sie haben ihren eigenen Klang, ihre besondere Einstellung zur Welt, sie bilden eine »Literatur« von nationaler Eigenart.

Viel leichter als die Frage nach einer österreichischen ist diejenige nach einer Wiener Literatur zu beantworten. Der »wunnigliche Hof ze Wienne« wird von Walther von der Vogelweide besungen, – eine Stätte, an der sich die Minnesänger trafen und wohl aufgenommen wurden. Die Burg der Babenberger, von der uns kein Mauerrest, kein Bild erhalten ist, muß wohl ein Juwel romanischer Baukunst gewesen sein. Zwei der Babenbergerherzoge hatten byzantinische Gattinnen. Kunst und Geschmack des oströmischen Reichs trafen in Wien auf den Pioniergeist der bajuwarischen Fürsten. Daß diese bei den Minnesängern eine so gute »Presse« hatten, läßt sich, wie das im Literaturbetrieb offenbar schon damals der Fall war, daraus erklären, daß sie deren Mäzene gewesen sind. (Heute steht am Hof an der Stelle der alten Babenbergerburg die Länderbank, und diese ist der Mäzen des Theaters in der Josefstadt, – das muß wohl an einer Art von Bodenemanation liegen!) Oswald von Wolkenstein war hier zu Gast, auch der Tannhäuser, vielleicht gab es an diesem Hof Sängerkriege nach Art der Wartburg, – wir wissen es nicht.
Wahrscheinlich hat man an dieser kunstsinnigen Stätte den »Bestseller« der Babenbergerzeit wenn schon nicht gelesen, so doch rezitiert: das Nibelungenlied. Es ist im Donauraum entstanden. Wir kennen zwar nicht seinen Autor, wohl aber den Auftraggeber: den Passauer Bischof Wolfger, der um 1200 sein Amt ausübte. Der freundliche Dichter hat jedenfalls seinem Herren den Gefallen getan, die Herrschaften, mit denen dieser gerade im Streit lag, schlecht wegkommen zu lassen. In Wien aber ließ der Anonymus aus dem Donauraum seine Helden 17 Tage lang Hochzeit machen:

Die Freunde und die Feinde hatten gleichen Sinn.
Sie dachten nicht an Sparen und gaben gern dahin,
Was man nur begehrte, mit stets bereiter Hand.
Zultetzt blieb manchem Degen kaum das eigene Gewand.

Dieses Talent zum Festefeiern war entschieden wienerisch. 700 Jahre später heißt es im Wienerlied: »Verkauft's mei G'wand, i fahr in Himmel«. Wer hätte gedacht, daß sich diese fröhliche Duliöh-Stimmung bis aufs Nibelungenlied zurückführen läßt?

Aber der erste Literat, der auf Wiener Boden schrieb, war damals bereits über ein Jahrtausend tot: der Kaiser Marc Aurel. Der Kampf gegen die Markomannen und Quaden hat ihn an die Donau gerufen. Als Feldherr kommandierte er seine Armee von Carnuntum aus. Das kleine Militärlager von Vindobona aber hat ihn angezogen, hier hat er am Hohen Markt residiert, hier ist er an der Pest gestorben. Sein Leichnam wurde auf dem heutigen Ulrichsplatz verbrannt. Er hat hier an seinen »Selbstbetrachtungen« geschrieben, und der stoische Philosoph hat darin einen Ton angeschlagen, der in der österreichischen Literatur immer wieder durchklingt.

Er schreibt dort etwa: »Und wenn du 3000 Jahre lebtest, selbst 30 000, so erinnere dich dennoch, daß keiner ein anderes Leben verliert als das, welches er wirklich lebt, und kein anderes lebt als dasjenige, das er verliert. Das längste Leben kommt also mit dem kürzesten auf eines heraus. Der gegenwärtige Zeitpunkt ist für alle von gleicher Dauer, welche Ungleichheit es auch in der Dauer des Vergangenen geben mag. Niemand kann die Vergangenheit oder die Zukunft verlieren, denn wie sollte man ihm das rauben können, was er nicht besitzt?« Und weiter mahnt Marc Aurel: »Ziehe dich in dich selbst zurück! Die in uns herrschende Vernunft ist ja von der Natur, daß sie im Rechttun Heiterkeit und Selbstzufriedenheit findet.«

Erinnert dieser Tonfall nicht an einen späteren Dichter der edlen Resignation, an Grillparzer? Dieser kam auf dem Bauernmarkt zur Welt, runde hundert Meter von dem Areal, in dem Marc Aurel in Vindobona residierte. Auch er zweifelte an der weltlichen Macht. Er sah deren Vergänglichkeit und verwies den Menschen auf sein Inneres. Der Caesar, der zwischen Wien und Carnuntum seine Gedanken über die Eitelkeit des Ehrgeizes und der Gier nach Erfolg niederschrieb, fand zu einer Seelenhaltung, die später der bedächtige Hofrat Grillparzer in die Worte gekleidet hat:

Und die Größe ist gefährlich
und der Ruhm ein eitles Spiel.
Was er gibt, sind nicht'ge Schatten,
was er nimmt, es ist so viel!«

»Und die Größe ist gefährlich . . .«

Ja, wir dürfen getrost den Sprung über so viele Jahrhunderte wagen. Wir haben uns damit abzufinden, daß auf lange Zeit hin Österreichs Poesie in der Musik stattfand: im 16., im 17., im 18. Jahrhundert. Dichtung erweist erst im 19. Jahrhundert wieder ihren hohen Rang, im Jahrhundert Grillparzers. Ob er Österreichs Nationalklassiker war, wird, – wie denn nicht? – vor allem in seiner Heimat bezweifelt. Zwar gibt es hier Grillparzerspiele (auf Schloß Forchtenstein), Grillparzer-Seminare, -Ringe, -Preise und -Ehrungen in Menge. Aber Karl Kraus nannte ihn einen »Taferlklassiker«. Hans Weigel meint, für alles, was man gegen Grillparzer sagen wolle, gebe es einen gewichtigen Zeugen: Grillparzer. Er muß sich nachsagen lassen, er habe unter Umgehung des Olymps den Weg ins Lesebuch genommen. Hingegen stellten ihn seine Zeitgenossen als »dritten Klassiker« neben Goethe und Schiller. Aber er ist weder das eine noch das andere geworden, ja es fragt sich, ob er Franz Grillparzer geworden ist, – er persönlich hat jedenfalls alles dazu beigetragen, es zu verhindern.

In der Mitte seines Lebens erlebte der bis dahin, – seit seiner »Ahnfrau«, – hoch in Gunst stehende im Burgtheater 1838 den Durchfall seines Lustspiels »Weh dem, der lügt!«. Daß darin die Germanen karikiert wurden, empörte die Nationalen; daß solch barbarische Bärenhäuter Grafen sein sollten, empörte wieder den Adel. Das Resultat der Ablehnung: Grillparzer grollt, er zieht sich zurück, er gibt dem Theater keine Stücke mehr. In seinem Tagebuch notiert er: »Der Dichter Grillparzer ist gestorben.« Er lebt noch zwei Jahrzehnte, wird zu seinem 80. Geburtstag gefeiert als einer, der längst zu dichten aufgehört hat. Bei seinem Tode finden sich in seiner Schreibtischlade unter anderem Dramen wie »Libussa«, »Die Jüdin von Toledo« und sein vielleicht reifstes Werk »Ein Bruderzwist in Habsburg«.

Er hat auch in seinem Privatleben die Selbstverhinderung mit Raffinement durchgeführt. Mit dreißig lernte er Katharina Fröhlich kennen, die seine »ewige Braut« wurde und es solange blieb, bis der Dichter im Hause der Schwestern Fröhlich seinen Lebensabend verbrachte. Da war er längst Direktor des Haus-, Hof- und Staatsarchivs geworden und ist 1856 als Hofrat in den Ruhestand getreten. Mit ihm beginnt die lange Reihe der großen Zauderer und Träumer in der österreichischen Literatur bis hin zu Hofmannsthals »Schwierigem«, zu Musils »Mann ohne Eigenschaften«. Sein Mißtrauen gegen das Handeln wurde zum Mißtrauen gegen die Handlung. Seine Helden sind keine, sie sind groß im Scheitern und Entsagen. Er ist durchaus der Erbe Marc Aurels, wenn er sagt:

> Schatten sind des Lebens Güter,
> Schatten seiner Freuden Schar,
> Schatten Worte, Wünsche, Taten,
> Die Gedanken nur sind wahr.

Aber gerade in dieser Jagd nach Schatten und Träumen liegt das Zukunftweisende an ihm, seine komplexen und vielfältig gebrochenen Charaktere nehmen die Psychologie einer späteren Zeit vorweg. Es ist, als wollte er seinen Zeitgenossen zurufen: »Gehet in euch, denn der Freud ist nahe!« Als Grillparzer starb, war Sigmund Freud 16 Jahre alt, – die Brücke ist unübersehbar. Daß das Leben ein Traum sei, diesen Gedanken hat er bei Calderon aufgegriffen und ihn zur Umkehrung von »Der Traum ein Leben« geführt. So wird das Mißtrauen gegen die Tat zum Credo seines Lebens:

> Eines nur ist Glück hienieden,
> Eins: des Innern stiller Frieden
> Und die schuldbefreite Brust.

Daß die Größe gefährlich sei, hat er exemplifiziert, als er »König Ottokars Glück und Ende« auf die Bühne brachte: den Sturz eines napoleonischen Charakters und am Ende den Jubel »Haus Habsburg für immer!« Gerade dieses Haus aber hätte sein Stück beinahe nicht auf die Bühne des Hoftheaters gelangen lassen, weil man die Tschechen nicht verärgern wollte. Für dieses Mal allerdings hat sein freudischer Versagungsmechanismus nicht funktioniert. Eine er-

krankte Erzherzogin ließ sich aus Langeweile ein paar Manuskripte aus der Burgtheaterkanzlei holen und am Krankenlager vorlesen. So entdeckte sie diese Apotheose auf den ersten Habsburger und sorgte dafür, daß der Zensur ein Schnippchen geschlagen und das Drama aufgeführt wurde.
Er war ein loyaler Beamter, der seine Dienststunden im Staatsarchiv zum Stückeschreiben verwendete, war »ein treuer Diener seines Herrn« wie der Bankban in seinem gleichnamigen Drama. Als verbitterter Griesgram und Hagestolz ist er 1872 gestorben. In seinem berühmten Nachruf schrieb der Feuilletonist Kürnberger, der Herr habe Grillparzer dazu ausersehen gehabt, als ein Führer seines Volkes vor den Pharao zu treten. Er aber habe erwidert: »Herr, schicke einen anderen . . . Laß mich lieber Pharaos Hofrat werden!«
In Österreich aber sind die Grillparzer-Menschen nie ausgestorben. Die Zauderer und Träumer blieben seitdem stehende Figuren in der Wiener Literatur. Ferdinand Raimund, der immer höher hinaus wollte und daran litt, daß er »nur« für die Vorstadtbühnen schreiben durfte, äußerte sich nach Grillparzers »Traum ein Leben«, er hätte eigentlich immer dergleichen schreiben wollen. Sein »Bauer als Millionär« sei im Grunde dieselbe Geschichte, »nur die vielen schönen Worte hab ich nicht!«

Die »Zerrissenen«

Auch der »Zerrissene«, dessen Modellfigur Johann Nestroy auf die Bühne gebracht hat, erweist sich als archetypische Gestalt in der österreichischen Literatur. Die zwiespältigen Naturen bestimmen die geistige Landschaft, und sie haben zumeist nicht die Widerstandskraft, die Nestroy durch sein satirisches Temperament zugewachsen ist. Vierzehn Jahre nach dem Selbstmord Ferdinand Raimunds verdämmerte Nikolaus Lenau, erst 48 Jahre alt, in einer Döblinger Irrenanstalt. Im Banat geboren, hat er in seiner Lyrik immer wieder die Melancholie der ungarischen Puszta beschworen. Seine Verse bestechen durch ihren Wohllaut, sie sind dort am stärksten, wo sie Naturlyrik sind. Gewiß, er hat eine »Faust«-Dichtung hinterlassen, hat den Kampf der Albigenser in einem Versepos besungen, doch war seine eigenste Domäne die Idylle, wie das Biedermeierzeitalter sie liebte. Aber diese Idylle täuscht. Sie verbirgt seine innere Zerrissenheit, wie ja auch sein ganzes Leben verworren und tragisch verlief. Enttäuschende Liebeserlebnisse reihen sich aneinander, der Wechsel von schöpferischem Hochgefühl und Depression deutet bereits jene geistige Erkrankung an, die schließlich unübersehbar wurde und nach ihrem tragischen Ausbruch sein frühes Ende herbeiführte.

Auch bei Adalbert Stifter zeigen sich solche tragische Spannungen, wenngleich er sie besser zu meistern verstand als der ruhelos zwischen Europa und Amerika umhergetriebene Lenau. Stifter ist als der Dichter des »sanften Gesetzes« abgestempelt worden, hat aber zeitlebens gegen die Dämonen in seinem Inneren anzukämpfen gehabt, bis er schließlich, wie man vermutet, seinem Leben mit eigener Hand ein Ende bereitete. Er kam aus dem Böhmerwald nach Wien, verbrachte einen großen Teil seiner Jahre in der Hauptstadt und wurde schließlich Schulrat und Inspektor der oberösterreichischen Volksschulen in Linz. Er hat sich selbst nicht als Dichter, sondern auch als Maler gesehen, und die stärkste Kraft in seiner Prosa kommt aus seiner optischen Veranlagung. Ein Kleinmaler ist er auch in seinen großen Romanen geblieben, er spürt voll Sensibilität der Landschaft und dem Wirken der Natur nach. Der fließende Rhythmus seiner Sprache, die Behutsamkeit, mit der er den Böhmerwald und die Fluren des Mühlviertels nachzeichnet, – alles würde auf einen ausgeglichenen Charakter und ein idyllisches Temperament schließen lassen.

Dennoch steht der Zwiespalt eines »Zerrissenen« hinter allem, was er schreibt. Auch hinter seinem privaten Leben. Seine Jugendliebe Fanny Greipel hat er nicht heiraten können, – sie entschied sich für einen anderen und starb bald danach. Stifter heiratete die schöne Amalia Mohaupt, mit der er nicht glücklich wurde, weil er die andere nicht vergessen konnte oder wollte. Der Verzicht auf Erfüllung, die Resignation trug gewiß dazu bei, daß er sich auch literarisch als Meister der Beschränkung auf das Kleine entfaltete. Er ist in seiner Detailmalerei der große Prosakünstler der österreichischen Literatur seiner Zeit geworden. Aber der Zug zur Melancholie, auch zur Hypochondrie wird mit den Jahren immer deutlicher. »Wir alle haben eine tigerartige Anlage, wie wir eine himmlische haben«, schreibt er einmal, »und wenn die tigerartige nicht geweckt wird, so meinen wir, sie sei gar nicht da und es herrsche bloß die himmlische ... Wir alle können nicht wissen, welche unbekannten Tiere durch die schreckliche Gewalt der Tatsachen in uns emporgerufen werden können, so wenig wie wir wissen, was wir im Falle eines Nervenfiebers reden oder tun würden.«

Das ist nicht die Sprache des biedermeierlichen Naturbeobachters. Die »tigerische Anlage« wurde wohl stärker, als ihm ein Leberleiden heftige Schmerzen verursachte. In der Nacht vom 27. auf den 28. Januar 1868 wurde sein Leiden so unerträglich, daß er nach dem Rasiermesser griff und sich eine tödliche Wunde am Hals zufügte. Selbstmord oder Unfall, – es ist nicht mehr zu klären. Aber zumindest hat der Wunsch nach Selbstauslöschung dabei eine entscheidende Rolle gespielt.

Vor ihm hat Ferdinand Raimund aus Angst vor Leiden den Tod gesucht. Nach ihm kommt Ferdinand von Saar, der so klangvolle, melancholisch verhangene Verse schrieb und schließlich, – gleichfalls aus Angst vor einem schweren Leiden, – eine Militärpistole ergriff und sich in die Schläfe schoß. Die Todesnähe, uraltes Motiv in der Wiener Kunst seit dem Barockzeitalter, wird im Jahrhundert der Romantik allgegenwärtig. Sie hat sich literarisch so oft in klangvollen Melancholien und poetischer Resignation geäußert, eine ästhetische Verbrämung dessen, was auf Wiener Boden bald hernach Freud als »Todestrieb« diagnostiziert hat.

Als um die Jahrhundertwende eine neue Reihe von Dichtern auf dem Plan erschien, als Hofmannsthal »Der Tor und der Tod« schrieb und Schnitzler die »Liebelei« mit dem Selbstmord eines enttäuschten Vorstadtmädels enden ließ, war diese Melodie abermals zu erkennen, auch wenn sie in einer anderen Tonart vorgetragen wurde. Das Fin de siècle in Wien aber war ein so vielgestaltiger Komplex, zu dem neben der Dichtung auch die bildende Kunst, die Musik, die Philosophie und Psychologie gehörten, daß wir es in einem anderen Zusammenhang vorstellen wollen.

Nach dem Untergang

Der Untergang der Donaumonarchie war nicht nur ein politischer, sondern auch ein tiefgreifender kultureller Schock. Als aus einem Vielvölkerstaat von über 50 Millionen Einwohnern die Alpenrepublik mit sechs Millionen Menschen wurde, änderten sich auch die literarischen Dimensionen. Die Zeit zwischen 1918 und 1938 umspannte nur zwanzig Jahre. Aber sie war ungewöhnlich ereignisreich, auch reich an Verwandlungen. Die beiden großen Dichter der Vorkriegsjahre, Schnitzler und Hofmannsthal, ragten wie Epigonen ihrer selbst in dieses Zeitalter, mit dessen Enge und Kleinkariertheit sie sich nicht abfinden konnten. In seinem letzten Drama »Im Spiel der Sommerlüfte« schrieb Schnitzler 1929, – zwei Jahre vor seinem Tod, – deutlich gegen die Zeitmode an. Er beschwor noch einmal die großen Schnitzlerfiguren und Schnitzlerkonflikte, aber er führte sie nicht an eine harte tragische Lösung heran, suchte vielmehr eine graziöse, komödienhafte Lösung, – eben »im Spiel der Sommerlüfte«. Das Stück blieb im Schatten seines früheren Schaffens. Ein halbes Jahrhundert lang wurde es nicht nachgespielt.
Nicht viel anders erging es seinem Freund Hofmannsthal. Er starb 1929 und hatte zuvor mit Reinhardt am Aufbau der Salzburger Festspiele teilgenommen, wo seine »Jedermann«-Nachdichtung ein fester Programmteil blieb bis heute. Er hat die Opernarbeit mit Richard Strauss fortgesetzt, für ihn »Die Frau ohne Schatten« und »Arabella« geschrieben. Knapp nach dem Kriege hat er jenes grandiose Lustspiel herausgebracht, das die altösterreichische Welt der großen Häuser und großen Herren ironisch noch einmal widerspie-

gelt: »Der Schwierige«. In seinem Mißtrauen gegen Entschlüsse und eindeutige Schritte ist dessen Held ein aristokratischer Nachfahre der Grillparzer-Menschen, ein Traum-Österreicher, der aus lauter Scheu vor dem eindeutigen Wort beinahe die geliebte Frau verliert. »Der Schwierige« war ein Abgesang auf Alt-Österreich, aber zugleich eine überzeitliche Komödie, weil sie in der Zeichnung ihrer Gestalten, ihrer Probleme und seelischen Verstrickungen weit über ihre Entstehungszeit hinausweist.

Tragischer, unmittelbarer hat der Lyriker Georg Trakl den Untergang erlebt. Seine tiefdunklen und klangschönen Verse hatten von Anbeginn her etwas Nächtiges, den Abgründen der Existenz Zugewandtes. Er war seelisch labil, wir kennen die inzestuösen Bindungen an seine Schwester, auch seinen Hang zum Rauschgift. Der 27-jährige Sanitätsgehilfe Trakl hat an der Ostfront in der Schlacht um Grodek hunderte von Schwerverwundeten gepflegt, er sah Scharen von Ruthenen, die man als Spione an Bäumen aufgeknüpft hatte. Sein letztes Gedicht heißt »Klage« und enthält die Verse:

Schlaf und Tod, die düstern Adler
Umrauschen nächtelang dies Haupt:
Des Menschen goldnes Bildnis
Verschlänge die eisige Woge
Die Ewigkeit. An schaurigen Riffen
Zerschellt der purpurne Leib.

Er konnte die seelische Belastung des Krieges nicht verkraften. Mit Kokain, das er sich aus der Feldapotheke verschafft hatte, setzte er seinem Leben ein Ende. Er hat, – wir wissen es, – Vorgänger in jenen anderen österreichischen Dichtern, die selbst den Tod gesucht haben. Aber Trakl war der erste, unter dessen tragischer Existenz bereits die Zeitbombe der Weltgeschichte tickte. Er sollte nach Hitlers Einmarsch Nachfolger bekommen: Friedell, Zweig, Roth, auch weniger Berühmte, die den Sturz in die Tiefe nicht ertrugen.

Zunächst allerdings schien auch die Nachkriegswelt, zumindest für die Dichter, wieder ins Lot zu kommen. Ein bißchen leichter vielleicht für diejenigen, die in Prag schrieben. Vor dem Krieg waren die deutschsprachigen Prager und ihre Wiener Kollegen Bürger desselben Staates gewesen. Nun entfaltete sich in der wesentlich reicheren Tschechoslowakei ein eigenes Schrifttum, das bedeutende Persönlichkeiten vorzuweisen hatte. Franz Kafka ist allerdings erst lange nach seinem Tod in seiner Bedeutung als Gestalter metaphysischer Rätselmodelle, als Deuter einer Welt dunkler Zwangsmechanismen erkannt worden. Damals aber schöpfte Gustav Meyrink ebenso aus den Bezirken der Prager Mystik wie Leo Perutz. Johann Urzidil schließlich ist in hohen Jahren als Schilderer der inzwischen längst verlorenen Prager Heimat berühmt geworden.

Auch Franz Werfel stammt aus diesem Boden, wandte sich aber bald nach Wien, wurde eine Leitfigur des Expressionismus. Er hat ihn später in jenen großen Romanen überwunden, die seinen Ruhm als Erzähler begründet haben: »Verdi« zuerst, »Der Abituriententag«, dann »Die 40 Tage des Musa Dagh« und andere. Mit der Welt der italienischen Oper eng verbunden, hat er um 1930 durch seine dichterischen Übertragungen der Libretti an der Wiener Oper der Ära Clemens Krauss eine Verdi-Renaissance eingeleitet. Werfel war mit der Witwe Gustav Mahlers verheiratet, ging mit ihr in die Emigration und hat dann noch mit Romanen wie »Das Lied der Bernadette« und »Der Stern der Ungeborenen« internationale Erfolge erzielt, von denen man in Wien erst nach dem Ende des Zweiten Weltkriegs erfuhr.

Auf eine sehr wienerische Weise hat sich übrigens der literarische Geschmackswandel der Zwischenkriegsjahre auch in einem Wechsel von einem Café in ein anderes ausgedrückt. Das althergebrachte Wiener Literatencafé war Anfang der zwanziger Jahre das »Central« in der Herrengasse. Einer seiner getreuesten Anhänger, Alfred Polgar, behauptete einmal, seine rauchgeschwängerte Luft enthalte einen Stoff namens »Centralin«, der die Gehirntätigkeit anrege. Vielen Literaten fiele nur hier nichts ein, anderswo jedoch weit weniger. Später zog die expressionistische Literatur jener Jahre ein paar Häuser weiter in das Café Herrenhof (das heute ebenso wenig mehr existiert wie sein Vorgänger). Friedrich Torberg saß damals als Junior am unteren Ende der Dichtertafel und hat die Glanzepoche dieses Lokals geschildert. Er war aus Prag gekommen, hatte mit seinem Pubertätsroman »Der Schüler Gerber hat absolviert« rasch Erfolg gehabt und zählte auch zu jener Runde von Literaten, die damals Karl Kraus allnächtlich auf seiner Kaffeehaustour begleiteten., ehe sich der »Fackel«-Autor zu seiner mitternächtigen Arbeit an den Schreibtisch zurückzog. Egon Friedell, Anton Kuh, Peter Altenberg, – Wien war damals reich an schreibenden Bohemiens. Es gab nicht nur eine Literatur, sondern auch eine Presse, die ihr ein Forum bot und die, – last but not least, – ihre literarischen Affairen aufgriff und hochspielte.

Auch Alexander Lernet-Holenia war eine Entdeckung der zwanziger Jahre. Als Offizier war er aus dem Krieg zurückgekehrt. Ein gewisser erzählerischer Kavalleristen-Elan bestimmte auch den Erfolg seiner ersten Bücher: »Io und der Herr zu Pferde«, »Die Abenteuer eines jungen Herrn in Polen«, auch elegant-geistreiche Theaterstücke wie »Ollapotrida«. Er hat in seinem späteren Werk die altösterreichische Farbe ins Spiel gebracht, in der »Standarte« etwa. So wuchs er, als Österreich nationalsozialistisch wurde, zu einer bemerkenswerten Gegenfigur auf. Etwa wenn er in seinem »Mann im Hut« die Gestalt Hagen von Tronjes beschwor und den Nibelungenzug ins Ostland, von dem keiner lebend zurückkehrte. In seinem Roman über den Polenfeldzug »Mars im Widder« wird ein visionärer Zug von Krebsen, die unaufhaltsam über die Landstraße in den Tod ziehen, zum Symbol für die künftigen Untergänge der Panzerarmeen.

Eines Tages wurde das muntere österreichische (und auch deutsche) literarische Treiben jener Jahre aufgeschreckt durch das Erscheinen eines Bandes, der sich »Mit fremden Federn« nannte. Der bislang kaum bekannte Robert Neumann hat darin in meisterhaften Parodien das zeitgenössische Schrifttum von Thomas Mann bis Rilke, von Lernet-Holenia bis Karl Kraus satirisch aufgespießt und sich innerhalb kürzester Zeit einen Vorrat an Feinden auf Lebenszeit geschaffen. Er hat später seinen Ruf als bedeutendster Parodist seiner Zeit mit einem zweiten Band »Unter falscher Flagge« bestätigt. So streitbar und aggressiv ist er selbst noch als alter Herr im Tessin geblieben. Dazwischen aber liegt ein imposantes Romanwerk. Mit dem politischen Hochstaplerroman »Macht« hat er in die Anfänge des Nationalsozialismus hineingeleuchtet, später in der Emigration bedeutende Werke wie »Bibiana Santis« und »An den Wassern Babylons« geschrieben und schließlich auch sein gar nicht so leichtes Leben als Vertriebener in der brillanten Autobiographie »Ein leichtes Leben« gespiegelt.

Von Wien ist damals auch Joseph Roth ausgezogen, dessen erste Romane noch durchaus im Geschmack der Neuen Sachlichkeit die Schicksale der Entwurzelten des ersten Weltkriegs dargestellt haben. Berühmt wurde Roth zunächst als Reisereporter der alten »Frankfurter Zeitung«. Seit er in seinem Roman »Hiob« das Schicksal eines von Gott geschlagenen Ostjuden in Amerika geschildert hatte, lag seine literarische Linie fest: Er wurde zum Autor großer Legenden. Die Legende vom Habsburgerreich klang in seinen Romanen »Radetzkymarsch« und »Kapuzinergruft« nach. Der anfangs weit links angesiedelte Roth wurde zum Konservativen und Katholiken. Er hat den Mythos des Vielvölkerstaates beschworen in einer Epoche des exzedierenden Nationalismus. Und er ist daran zugrunde gegangen. In Paris, wo er einstmals Korrespondent gewesen war, lebte er nun als Emigrant und trank sich zu Tode. Er wurde nicht älter als 45 Jahre und wirkte doch wie ein alter Mann, schrieb auch einen ausgesprochenen Altersstil. In seinem Untergang lag etwas absichtsvoll Gewolltes, – er hing einer Epoche an, die seit 1939 für alle Zeit versunken schien.

So wie Roth hat auch sein Freund und Förderer Stephan Zweig damals den Tod gesucht. Er ist 1942 durch Doppelselbstmord mit seiner zweiten Frau in Rio aus dem Leben geschieden, als ihm nach dem Fall von Singapur die Weltlage völlig aussichtslos erschien. Aber zum Unterschied von anderen Emigranten hatte Zweig keine materiellen Sorgen. Seine Werke waren in die wichtigsten Weltsprachen übersetzt worden, die erzählerischen, wie auch die großen Biographien. Er war ein Meister der psychologischen Schilderung, ein Polyhistor, der wohl ein wenig zu glatt und gefällig schrieb, gerade damit aber den großen Erfolg erzielte. In den zwanziger und dreißiger Jahren hatte er in Wien, später in Salzburg als literarischer

Grandseigneur gelebt, hatte hohe Auflagen erzielt. Das Werk, das uns heute vielleicht am meisten berührt, wurde in seiner Heimat erst nach dem Krieg berühmt: »Die Welt von gestern«, Zeugnis einer Zeit, die damals bereits der Vergangenheit angehörte.

Zwei große Romanciers, die uns heute weit bedeutender erscheinen, lebten im damaligen Wien eher im Verborgenen: Robert Musil und Hermann Broch. Broch war als Privatmann Fabrikant, war einer der Stammgäste im »Herrenhof«. Seine Romantrilogie »Die Schlafwandler« spielt in Deutschland, behandelt den Zerfall der Werte in dem Zeitraum zwischen 1888 und 1918. Dieser Romancier mit dem großen psychologischen, aber auch moralischen Rüstzeug hat im »Versucher« die Gestalt eines charismatischen Verführers gezeichnet, als diese Gefahr bereits greifbar nahe vor aller Augen stand. In der Emigration vollendete er später sein Alterswerk »Der Tod des Vergil«, eine große monologische Reflexion über die Auseinandersetzung des Dichters mit einer Zeitwende.

Robert Musil ist in vieler Hinsicht das Gegenstück zu dem mathematisch und philosophisch determinierten Zeitanalytiker Broch. Musils bedeutendstes Werk kam als Torso auf uns: der große Roman »Der Mann ohne Eigenschaften«. Hier begegnen wir wieder den Zauderern und Skeptikern, die schon die Wiener Literatur bei Grillparzer und Hofmannsthal bestimmt haben. Um eine »Parallelaktion«, bei der Franz Joseph I. und Wilhelm II. gleichzeitig geehrt werden sollten, entwickelt sich der Charakter- und Temperamentsgegensatz zwischen Österreich und Preußen. Musil hat darin den seither für die k.u.k.-Monarchie gängigen Begriff »Kakanien« geprägt, hat die Auflösung des »Wirklichkeitssinns« und die Entwicklung des »Möglichkeitssinns« antagonistisch gezeichnet. Eine Walther Rathenau nachempfundene Figur wird dem österreichischen Skeptiker Ulrich gegenübergestellt, die ganze Wiener Gesellschaft im breiten Panorama eines Illusionsspektakels aufgefächert. Musil starb 1942 in Genf und hat sein Hauptwerk unvollendet hinterlassen. Es ist in seinen vielfältigen Bezügen, seiner verdeckten Ironie, auch in seinem Reichtum an Bildungsassoziationen ein Schlüsselwerk geworden für das Österreich von gestern ebenso wie für das heutige, in dem ja die »Männer ohne Eigenschaften« immer noch allerorten aufzuspüren sind.

Als die meisten Größen der Wiener Literatur ihre Heimat verlassen mußten, als Horvath in Paris von einem herabstürzenden Baum erschlagen wurde, Roth planvoll seinen Untergang herbeiführte, Zweig Selbstmord beging und Musil arm verstarb, vollzog sich auch diesseits der Front eine großer Dichtertragödie. Josef Weinheber hatte vor dem Krieg seinen Ruf als Lyriker begründet. Er kam aus der Vorstadt und hatte seine größte Breitenwirkung erzielt, als er in dem Band »Wien wörtlich« den Dialekt der Stadt auf geradezu virtuose Weise in formvollendeten Versen einfing, dabei auch den wienerischen Charakter in witzigen und oft tiefsinnigen portraitierten Figuren darstellte. Doch war er mehr als ein Peripheriekünstler. Er eiferte Vorbildern wie Hölderlin und George nach, experimentierte auch gerne im antiken Versmaß. Sein Klassizismus kam den neuen Herren nach 1938 durchaus gelegen, auch die Popularität, die seine wienerischen Verse ihm eingetragen hatten. Weinheber glaubte sich akzeptiert, meinte sich auch Kritik am Regime erlauben zu dürfen, – und fiel prompt in Ungnade. Der unbequeme Mahner zog sich gegen Ende des Krieges grollend und enttäuscht aus der Stadt zurück, in der man ihn aufs tote Geleise abgeschoben hatte. Zeitlebens war er ein starker Trinker gewesen. In seinem Landhaus im niederösterreichischen Kirchstetten überkam ihn während der alliierten Luftangriffe und angesichts des Flüchtlingsstroms eine tiefe Depression. Im April 1945 starb er an einer Schlafmittelvergiftung. Er war der letzte, unter dessen tragischem Ende die Zeitbombe der Weltgeschichte tickte.

Die Jahre nachher brachten für die österreichische Literatur viel Nachholbedarf. Es galt die Auseinandersetzung mit allem, was sich während der langen Absperrung in der Literatur des Westens vollzogen hatte, abzuwickeln. Kafka wurde jetzt allerorten anerkannt, –

Wo ein grüner Buschen hängt, ist »ausg'steckt«:
In Grinzing beim Heurigen

Weingut
Reinprecht
Heuriger

zuletzt in dem Lande, in dem er gestorben war. Horvath, vormals ein Autor für Kleinbühnen, erwies sich als Durchschauer nicht nur des österreichischen Menschen, sondern auch jener Notjahre um 1930, in denen er hier gewirkt hatte. Die Spätwerke Werfels oder Brochs wurden erst jetzt bekannt. Alfred Polgar kam aus Amerika zurück und blieb noch für einige Jahre der Großmeister des Feuilletons. Aus den USA kehrte auch sein jüngerer Freund Friedrich Torberg zurück. Er hatte zwei bedeutende Romane vorzuweisen, in denen sich die schicksalsträchtige Realität der Kriegsjahre und ihrer Folgen spiegelte: »Hier bin ich, mein Vater« und »Die zweite Begegnung«. Daß er vorwiegend als Kritiker und als Herausgeber der Zeitschrift »Forum« tätig war, brachte es mit sich, daß er erst sehr spät daran gehen konnte, sein Lebenswerk zu vollenden. »Süßkind von Trimberg«, den Roman eines jüdischen Minnesängers. Und schließlich hat er in seiner »Tante Jolesch« das Portrait einer untergegangenen jüdischen Intelligenzschicht in einem geistreichen Kranz von Anekdoten amüsant gespiegelt.

Ein anderer großer Epiker war bereits vor dem Krieg angetreten, entwickelte sich aber erst nun zu seiner vollen Bedeutung: Heimito von Doderer. Durch seine »Strudlhofstiege« wurde er mit einem Schlag berühmt. Hier war ein Meisterstück in altösterreichischer Charakterschilderung geglückt, hier schoben sich Bürokraten und Damen der Gesellschaft, skurrile Sonderlinge und Zauderer zu einem gewaltigen Zeitpanorama zusammen. Die grillparzerschen und hofmannsthalischen und nunmehr auch schon musilschen Männer mit und ohne Eigenschaften wurden in einem vielfarbigen Spektrum aufgefächert. »Die Dämonen«, »Die Merowinger«, schließlich die in seinen letzten Lebensjahren geplante Tetralogie, von der nur die beiden ersten Bände vollendet wurden, weisen ihn als einen großen Erzähler und auch als einen großen Theoretiker der Erzählkunst aus. Kakanien wurde noch einmal lebendig in der Kauzigkeit seines epischen Humors.

161 Walzer frei – auf dem eleganten Parkett des Opernballs

Wenn das Stichwort »Kauzigkeit« fällt, sollte man auch eine der skurrilsten Figuren in der literarischen Landschaft Österreichs erwähnen: Fritz von Herzmanovsky-Orlando. Er hatte 1929 einen Roman mit dem seltsamen Titel »Der Gaulschreck im Rosennetz« veröffentlicht. Viel mehr war von ihm zu seinen Lebzeiten nicht an die Öffentlichkeit gelangt. In dieser Clownerie wird ein verschnörkeltes Alt-Österreich lebendig mit flöteblasenden Hofsekretären und ganzen Hierarchien von Hofzwergen. Herzmanovsky war krankheitshalber von Wien nach Meran übersiedelt und blieb dort bis zu seinem Tod im Jahre 1954. Er war kein Professional des Schreibens, aber ein genialer Miniaturist. Friedrich Torberg hat dann viel Mühe darauf verwendet, das mitunter krause Gestrüpp seiner Manuskripte druckfähig zu machen, und so begann die Entdeckung Herzmanovskys in den fünfziger Jahren. Man erfuhr von Tiroler Drachenhierarchien, von einer österreichischen Barockeisenbahn, die mit Tannenzapfen beheizt wurde, von Lokomotiven, die bei Leoben in ein fiktives Traumreich entführt wurden. Mit diesen Abstrusitäten hat sich Herzmanovsky als Erfinder eines vergnüglichen k.u.k. Surrealismus ausgewiesen, nur hat er leider seine Entdeckung und auch die vielfältige Nachfolgeschaft bei einer jüngeren Generation nicht mehr erlebt.

Auch er schuf aus einem tiefen Grimm gegenüber seiner Heimatstadt, genau so wie Nestroy und Doderer, Grillparzer und Musil, Karl Kraus und Robert Neumann. Denn mit einem Wiener, dem Wien nicht aus tiefster Seele suspekt ist, muß irgendetwas nicht in Ordnung sein.

Jung-Wien und das süße Mädel

Der Autor dieses Buches ist 1910 in Wien geboren. Damit hat er wahrscheinlich einen großen Fehler begangen. Viele stimmen darin überein, daß es sich damals gar nicht mehr lohnte, geboren zu werden, weil zu jenem Zeitpunkt das Interessanteste schon vorbei war. An dem Umstand selbst läßt sich nichts mehr ändern. Aber ein Blick in die Welt, in die man hineingeboren wurde, scheint in diesem Falle schon deshalb angebracht, weil Wien damals eine seiner glänzendsten Epochen durchlief und wohl auch, weil man deren Ausstrahlung noch in der heutigen Stadt auf Schritt und Tritt begegnet. Nicht nur in Wien übrigens, sondern in aller Welt. In der Zeit zwischen 1890 und 1910, – oder sagen wir weitherziger: 1914, – ging von dieser Stadt die Musik Gustav Mahlers und Arnold Schönbergs aus, war die Psychoanalyse des Dr. Freud in ihr entscheidendes Stadium getreten, schrieben Schnitzler und Hofmannsthal ihre wichtigsten Werke, war die Hauptstadt der Donaumonarchie eine der bedeutendsten Zeitungsmetropolen Europas. Hermann Broch hat jene Epoche Wiens »fröhliche Apokalypse« genannt. Karl Kraus hat, allerdings im Hinblick auf den heraufsteigenden Weltkrieg, von Österreich als dem Laboratorium für den Weltuntergang gesprochen, dabei übersehend, daß er selbst in diesem Laboratorium als Sprengstoff mitwirkte.

Nein: gemütlich war diese Zeit nicht, auch wenn sie heute gerne unter dem Stichwort »Nostalgie« verniedlicht wird. Das wienerische Fin de siècle steckte voll explosiver Ideen. Mit dem zweitalbernsten Stichwort von heute könnte man sie auch »Denkanstöße« nennen, schon weil sie zu anstößigem Denken anregten. Die Maler zogen aus dem traditionellen Künstlerhaus aus und gründeten die Sezession. Otto Wagner schuf in einer wahrhaft weltstädtischen Lösung die Stadtbahn, deren Pavillons heute zum Teil verrottet sind, soferne man sie nicht einfach abgerissen hat. Es gab Skandale in den

Konzerten jener Neutöner, denen der nun endlich halbwegs verdaute Richard Wagner nicht mehr neu genug tönte. Franz Joseph ärgerte sich, daß man ihm gerade gegenüber der Hofburg das »Haus ohne Augenbrauen« von Adolf Loos hingebaut hatte, – heute sind in der ganzen Welt die Augenbrauen in den Ruhestand versetzt worden, zugleich aber haben die meisten Architekten jenes untrügliche Maßgefühl und jenen Qualitätsanspruch eingebüßt, auf die der große Pionier der Architektur so viel Wert legte. Die Jugendstilvasen und Tischchen, die Sessel aus violettem Holz und die Schränke mit Lilienmuster hat man erst vor wenigen Jahren wieder vom Dachboden heruntergeholt. Sie galten einer Zeit, die kühle Glätte und sachliche Formgebung liebte, als altes Gerümpel. Sie waren »out«, jetzt sind sie wieder »in«. Und wenn sich auch von dem alten Gerümpel bei näherer Betrachtung manches nur als neues Gerümpel entpuppte, waren damit doch ganz hübsche Preise zu erzielen. Wenn das kein Beweis ist . . .

Was war es, das die Zeit um die Jahrhundertwende in Wien so aufregend machte? Man hatte die Ringstraße glücklich abgeschlossen. Die »Gründerzeit« war tatsächlich die große Epoche industrieller und kommerzieller »Gründer« in einem wohlhabenden Staat gewesen, dessen politische Krisenzeichen man vorerst noch übersehen durfte. Es hatte nicht an nationalen und innenpolitischen Explosionen gefehlt, und auch die ökonomische Aufwärtsentwicklung hatte mitten drin den unschönen Knick des Jahre 1873 aufzuweisen. Am »schwarzen Freitag« war die Börse zusammengebrochen, es gab Konkurse und Selbstmorde, man spekulierte nachher eine Weile lang nicht mehr so fröhlich weiter wie vordem. Aber das Wirtschaftsimperium erholte sich wieder. Der Reichtum der Donaumonarchie stellte sich in der Ringstraßenarchitektur recht selbstbewußt zu Schau. Man spielte Renaissance und Barock, neudeutsche Gotik und sogar klassisches Altertum. Die Zeit des Historismus entfaltete sich wie ein großes Kostümfest. So malte und dekorierte sie Makart: mit Samt und Seide, echtem und falschem Marmor. Man hat dieser Kunst der siebziger Jahre, – besonders als sie arg in Verruf geraten und der Historismus noch nicht wiederentdeckt war, –

ihr Epigonentum und ihre Sterilität vorgeworfen. Nicht nur in Wien, in ganz Europa! In der Malerei und ein wenig auch in der Literatur scheint dieser Vorwurf nicht ganz unbegründet. Doch lohnt es sich, darüber nachzudenken, was diese siebziger Jahre in der Musik als Ernte eingebracht haben. Innerhalb eines einzigen Jahrzehnts erschienen damals so wichtige Werke des Musiktheaters, daß wir ohne sie heute schwerlich einen Opernspielplan aufbauen könnten: Wagners »Ring der Nibelungen«, Verdis »Aida«, Bizets »Carmen«, Mussorgskis »Boris Godunow« und Johann Strauß' »Fledermaus«, alles in knappem Abstand. Im Konzertsaal brachte, – und dies in Wien, – Bruckner die Symphonien von vier bis sechs heraus, Brahms seine beiden ersten. Es dürfte wenige Jahrzehnte der Musikgeschichte geben, die so ertragreich verliefen. Moral: Der Geist schlummert nie in allen Betten gleichzeitig. Zeigt er sich auf einem Gebiet schläfrig, so ist er dafür auf einem anderen umso reger.
Die jungen Leute aber, die um 1890 die Wiener Szene betraten, waren mit der Hinterlassenschaft der Gründerzeit durchaus unzufrieden. Sie schienen überhaupt keine Neigung zu verraten, Erben zu sein. Einer ihrer Wortführer, Hugo von Hofmannsthal, schrieb später in seinem »Lebenslied« die berühmten Verse:

Den Erben laß verschwenden
an Adler, Lamm und Pfau
das Salböl aus den Händen
der toten alten Frau!

Und Karl Kraus, auf Hofmannsthal bereits schlecht zu sprechen, stellte fest, man könne dieses Gedicht auf die Melodie des in Wien so populären Fiakerlieds singen. Ob Lebens- oder Fiakerlied, Adler, Lamm und Pfau waren als Symbole des Ästhetizismus im Vormarsch, der nun nicht nur in London und Paris, sondern auch in Wien feste Wurzeln schlug. Die unfreiwilligen Erben durften an sie das »Salböl aus den Händen der toten alten Frau« verschwenden.
An anderer Stelle hat Hofmannsthal mit einer »Prognose« auf das Daseinsgefühl jener Zeit geblickt: »Um 1890 werden die geistigen Erkrankungen der Dichter, ihre übermäßig gesteigerte Empfind-

samkeit, die namenlose Bangigkeit ihrer herabgestimmten Stunden, ihre Disposition, der symbolischen Gewalt auch unscheinbarer Dinge zu unterliegen, ihre Unfähigkeit, sich mit existierenden Worten beim Ausdruck ihrer Gefühle zu begnügen, das alles wird eine allgemeine Krankheit unter den jungen Männern und Frauen der oberen Stände sein.« Diese Worte umschreiben recht genau die Seelenlage, die man damals mit einem gewissen Stolz »décadence« nannte. Die Prognose hat nur den Schönheitsfehler, daß sie keine ist. Hofmannsthal hat sie 1902 geschrieben und in einem erdachten Gespräch »Über Charaktere in Roman und Drama« Balzac in den Mund gelegt, der solcherart vom Jahre 1842 her den seelischen Zustand der Jahrhundertwende voraus diagnostizierte.
Eine sensible Nervenkunst wurde da als Reaktion auf die museale Erstarrung des Historismus verkündet. Der Aufbruch kam von allen Seiten: aus der Malerei, der Musik, der Architektur und Dekoration, am deutlichsten aus der Literatur, dem Gebiet also, auf dem Hofmannsthal am scharfäugigsten seinen Befund formuliert hatte.

Die Revolution im Café Griensteidl

Die Revolution nahm, auf sehr wienerische Weise, ihren Ausgang von einem Festbankett und einem Kaffeehaus. Im Jahre 1891 kam Henrik Ibsen nach Wien. Der neue Burgtheaterdirektor Burckhard hatte soeben den Spielplan seines Hauses von Grund auf reformiert und dabei den Abgott der jungen Generation gleich mit sechs Dramen herausgestellt. Zur Premiere des »Kronprätendenten« kam nun der Dichter nach Wien. Der Erfolg der Aufführung war groß, die persönliche Begegnung mit ihm aber eher entmutigend. Ibsen besuchte eine Probe, verließ sie aber nach einer Stunde wieder. Am Abend wurde er vor den Vorhang gerufen und stürmisch umjubelt. Beim anschließenden Bankett sprach er nicht viel mehr als einige Worte des Dankes. Die Last der Konversation fiel auf den Burgschauspieler Gabillon, der zwar von neuer Dramatik nicht viel hielt, nichtsdestoweniger aber Ibsen dessen Stücke wortreich erklärte. So war denn das bleibende Ergebnis dieses Abends, daß sich aus Begeisterung für Ibsen eine Gruppe junger Dichter formierte, die sich fortan »Jung-Wien« nannte.

Man traf sich regelmäßig im Café Griensteidl am Michaelerplatz. Es existierte nur bis 1897. Bis dahin aber war es bereits ein so feststehender Punkt in der literarischen Landkarte Wiens geworden, daß Karl Kraus anläßlich seiner Schließung eine Satire »Die demolierte Literatur« schrieb. Heute befindet sich an dieser Stelle eine Bankfiliale. Hermann Bahr war eine der Säulen der jungen Mannschaft. Er war der Kosmopolit, der immer aus London und Paris über die jüngste literarische Mode zu berichten wußte, der die Börsennotierung aller Neuerungen ständig verzeichnete und folglich auch wußte, daß man im Kielwasser Ibsens eine neue Dramatik zu erwarten hatte. Der junge Dr. med. Arthur Schnitzler trat bislang nur mit kleinen Skizzen und aphoristischer Prosa hervor, – bald wird sein erstes Stück »Das Märchen« im Deutschen Volkstheater trotz der beliebten Hauptdarstellerin Adele Sandrock einen Skandal provozieren. Die Sandrock aber, mit der er ein stürmisches Liebesabenteuer durchlebt, wird hernach seine »Liebelei« am Burgtheater zum Erfolg führen, denn der fortschrittliche Direktor Burckhard hat selbstverständlich die Dichter von »Jung-Wien« im Auge behalten. Beer-Hoffmann und Felix Salten gehörten zu der Kaffeehausrunde, sogar der später mit ihnen allen verfeindete Karl Kraus.

Ins Zentrum dieses Kreises rückt bald ein junger Mann, der unter dem Pseudonym »Loris« aufsehenerregende Verse veröffentlicht hatte, weil er als Schüler des Akademischen Gymnasiums nicht unter seinem wahren Namen publizieren durfte: Hugo von Hofmannsthal. Hermann Bahr hat es später erzählt: wie er auf diesen, ihm unbekannten Loris aufmerksam geworden war, sich als Autor dieser sublimen und magisch durchtönten Sprache einen bejahrten und abgeklärten Mann vorgestellt hatte. Er wünschte ihn kennenzulernen, vereinbarte ein Rendesvous im Griensteidl, und dort erschien ein Gymnasiast in kurzen Hosen, dessen Stimme noch nicht ganz mutiert war und der sich als Hofmannsthal-Loris vorstellte. Bald wurde Schnitzler der enge Freund des um zwölf Jahre Jüngeren, und es war keineswegs immer der Ältere, der dem Anfänger Ratschläge erteilte, auch Schnitzler legte dem Jungen seine Werke vor, um dessen Meinung zu hören. Sie haben ein Leben lang einen Briefwechsel geführt, in dem sie ihre Sorgen um die Gestaltung einer neuen Dramatik ebenso ausbreiteten wie die Eindrücke von sommerlichen Radtouren im Wienerwald oder ihre Kunst- und Studienreisen nach Paris.

Ein seltsam müder Ästhetenton klang in den frühen Dramen und Versen Hofmannsthals auf: »Worte und Dialogstellen, die oft dann gar nicht wirklich aufgenommen werden, mir aber als Parfümflaschen, als Stimmungsaccumulatoren und -condensatoren dienen, damit die Suggestion im Laufe der Detailarbeit nicht verlorengeht.« Er hat einen weiten Weg durchschritten vom sensiblen Sprachimpressionisten zum Bewahrer all der vielen nationalen Farben der Donaumonarchie, des venezianischen und wienerischen Barock ebenso wie der slawischen Melancholie. Seine Lyrik war zunehmend an Goethe geschult, seine Dramatik bezog auch noch das spanische Erbe Calderons ein. Hofmannsthal war es, der nach dem ersten Weltkrieg das geistige Konzept für die Salzburger Festspiele entworfen hat, als diese noch ein geistiges Konzept haben wollten. Mit Reinhardt und Richard Strauss hat er jenes Festival begründet, das in einer immer kommerzieller werdenden Theaterlandschaft das Außergewöhnliche, der Routine Entrückte pflegen wollte. Mit beiden Künstlern hat er eng zusammengearbeitet, beide sind für ihn wichtige Inspiratoren geworden. Für Srauss hat er so meisterliche Libretti wie den »Rosenkavalier«, »Ariadne auf Naxos« und noch knapp vor seinem Tod »Arabella« geschrieben. Auch dies war, – ähnlich wie bei Schnitzler, – eine lebenslange Freundschaft, ein wechselseitiges einander Steigern, ein mitunter mühsames Ringen um das Verhältnis Wort-Ton, von dem ein ungemein gedankenreicher Briefwechsel Zeugnis ablegt.

Die Zusammenarbeit mit Reinhardt hat den »Jedermann« und das »Salzburger große Welttheater« gezeitigt. Wie in etlichen seiner

Strauss-Libretti wollte er auch hier auf die Formenwelt des Barock zurückgreifen, in die auch Reinhardt verliebt war und die er als Theatermann immer wieder beschwor. Vielleicht war das originellste Produkt dieser Zusammenarbeit eine (fast) moderne Komödie: »Der Schwierige«. 1923 kam sie als eines der ersten Werke in Reinhardts neuem Theater in der Josefstadt heraus, Denkmal einer Gesellschaft, die damals schon nicht mehr existierte. Der »Schwierige« ist ein großer Zauderer, der die angebetete Frau beinahe verliert, weil er vor dem Wort, dem endgültig ausgesprochenen, ebenso zurückschreckt, wie er die Tat perhorresziert. »Alles, was man ausspricht, ist indezent«, – mit diesem Satz greift er auf ein Problem seiner Loris-Zeit zurück oder auf seinen fiktiven Brief des Lord Chandos an Francis Bacon, in dem die Schwierigkeit, Wirklichkeit zu erkennen oder zu gestalten, formuliert wird. Auch das Thema Deutschland-Österreich, das ihn zeitlebens beschäftigt hat, artikuliert sich im »Schwierigen« als der Kontrast zwischen dem Grafen Kari Bühl und seinem handfest-realistischen norddeutschen Rivalen. Hofmannsthal hat damals sogar ein »Schema« verfaßt, in dem er Preußen und Österreich schlagwortartig gegenüber stellt: das Geschaffene und das Gewachsene, die soziale, historische und psychische Struktur, Selbstgefühl gegen Selbstironie, das Drängen zur Krise und das Ausweichen vor ihr. Der Erbe der Donaumonarchie, der in sich deutsches, jüdisches und italienisches Blut vereinte, formulierte seinen Standort in den Versen:

Ganz vergessener Völker Müdigkeiten
Kann ich nicht abtun von meinen Lidern
Noch weghalten von der erschrockenen Seele
Stummes Niederfallen ferner Sterne.

Der früh Vollendete ist im Alter von 55 Jahren in Rodaun gestorben. Sein älterer Freund Schnitzler hat ihn nur um zwei Jahre überlebt und ist immerhin 69 Jahre alt geworden. So nahe sie einander auch in ihren Anfängen standen, ist doch der weitere Weg Schnitzlers durchaus anders verlaufen. Der junge Spitalsarzt war eher ein

Lebemann im Stil seines Anatol, ein eleganter Skeptiker, der vorerst nur kleine Arbeiten veröffentlichte, ein Walzerspieler und -komponist. Der Freundeskreis von Jung-Wien traf sich in seiner Wohnung am Kärntnerring, denn man saß dort nach Hofmannsthals Worten »besser wie im Kaffeehaus und ist ebenso allein, ungestörter als bei Griensteidl. Die Lampen haben rote Schirme. Es gibt Kognak. Man ist nicht Gast, und es gibt keine Hausfrau. Es riecht nach der Boheme von Wien 1891 – Paris 1840, wie sie so hübsch im Märchen ist«.

Das Stichwort ist prophetisch. »Das Märchen« hieß jenes erste seiner Stücke, das 1893 dem immerhin bereits 31jährigen Autor einen Skandal eintrug. Der Titel meinte: das Märchen von den Gefallenen. Die erste schnitzlersche Frauengestalt war eine Emanzipierte. Nur zweimal wurde das Werk gegeben, und im spottlustigen Wien hieß es prompt: »Ein modernes Märchen – es war zweimal«. Der junge Dichter verliebte sich in seine Hauptdarstellerin Adele Sandrock, und deren gewitterträchtiges Temperament machte ihm nicht wenig zu schaffen. Anderthalb Jahre währte die Liebe zu »Dilly«. Sie war nicht nur die erste Christine, die den entscheidenden Erfolg der »Liebelei« an der Burg entschied, sie kommt auch in seinem »Reigen« vor, in dem Dialog »Der Dichter und die Schauspielerin«, hat auch andere seiner Werke wie »Literatur« gespielt.

Mit der Rolle der Christine war mit einem Mal das »süße Mädel« da, eine Leitfigur in Schnitzlers Schaffen, ein Begriff aus dem damaligen Wien. Die jungen Bürgersöhne und die kleinen Vorstadtmädel, die nie geheiratet werden, die manchmal an ihrer Enttäuschung zugrunde gehen, manchmal ihren Kompromiß mit dem Leben schließen, gehörten zum gesellschaftlichen Bild der Stadt. Was an diesen Stücken heute gerne durch Rührung verklärt wird, war als Protest auf die Bühne gestellt worden und erregte demgemäß nicht wenig Empörung. Jung-Wien ist offenbar nie so populär gewesen als seitdem es zu Alt-Wien gerechnet werden kann. Schnitzler erscheint uns heute zuweilen als sublimer Seelenschilderer, als impressionistisch eingefärbter und feinnerviger Porträtist einer versunkenen Welt, als wienerisches Pendant zu Tschechow. Aber er

war zu seinen Lebzeiten ein aggressiver Kritiker, der die Tabus der Gesellschaft herausforderte.
Die verlassenen kleinen Mädchen aus der Vorstadt sind nur das eine seiner Leitthemen. Ein anderes, das immer wiederkehrt, ist der Zwang zum Duell, der Ehrenkodex einer überheblichen Offizierskaste. Als er in seiner Novelle »Leutnant Gustl« diesen Mißstand attackierte, erfand er jenen »inneren Monolog«, der später durch die ganze europäische Literatur bis hin zu Joyce aufgegriffen wurde und den er selbst noch ein zweites Mal, in »Fräulein Else« wieder aufgenommen hat. Ihm persönlich hat »Leutnant Gustl« den Verlust seines Ranges als Reserveoffizier eingetragen, was er zwar gewiß verschmerzen konnte, was aber immerhin zeigt, wie tabu solche Ehrenhändel damals noch waren.
Als Schilderer subtiler Frauengestalten durfte er auf eine reiche eigene Erfahrung zurückgreifen, die inzwischen durch Briefpublikationen erhellt worden ist. Neben der egoistischen Dilly, die er noch in einem Einakter »Halb zwei« portraitierte, steht da etwa die Schauspielerin Mizi Glümer, die als Urbild des »süßen Mädels« gilt und für »Das Märchen« Modell stand. Aber auch die großen Damen, die aus der Entfernung Verehrten und Unerreichbaren, denen wir in der »Liebelei« begegnen oder in den »Weihnachtseinkäufen« aus dem »Anatol«-Zyklus, auch noch als Frau Genia im »Weiten Land«, haben ihr lebendes Vorbild. Olga Waissnix hieß das Modell, Gattin eines Hoteliers im Semmeringgebiet. Diese romantische Frau ist jung an Tbc gestorben, und in dieser platonisch gebliebenen Liebe spielte auch einmal die Duelldrohung ihres Gatten eine Rolle, die dann in Schnitzlers Werk ein so dominierendes Motiv werden sollte bis hin zu seinem späteren Drama »Im Spiel der Sommerlüfte«, das erst zwei Jahre vor seinem Tod herauskam. Olga Waissnix stand im Hintergrund, beobachtete zuweilen mit ihren ironischen Kommentaren diesen ganzen Reigen von süßen Mädeln, stürmischen Primadonnen und auch bürgerlichen Mädchen. Eigentlich war sie es, die ihn zum Dichter werden ließ. »Liebe, die starb vor der Zeit« schrieb er in einem späten Nachruf auf diese zärtliche Bindung,
 und diesen Titel trägt auch der Band, der vor einigen Jahren den

Briefwechsel zwischen Arthur Schnitzler und Olga Waissnix zugänglich gemacht hat.
Schnitzler sowohl wie Hofmannsthal haben an dem Knick, den Österreichs Schicksal im Jahre 1918 erfuhr, tief gelitten. Sie waren in einem Großstaat jung gewesen und konnten sich mit der engherzigen Kleinstaaterei der zwanziger Jahre ebensowenig abfinden wie mit dem expressionistischen Stil, der nun die Bühnen zu beherrschen begann. Hofmannsthal hat sich im »Schwierigen«, später auch im »Turm« mit diesem Bruch auseinandergesetzt. Für Schnitzler war das Trauma tiefer und auch grotesker. Die Gesellschaft, die er so vehement attackiert hatte, war verschwunden, ihre Tabus galten nicht mehr. Die gesellschaftliche Ächtung der selbständigen Frau, der Ehrenkodex der Offizierskaste, die Vorstadtmädchen, die »man« nicht heiratete, – alles versunken. Zugleich aber hatte er nun nichts mehr anzugreifen. Seine späteren Werke muten wie ein spätes Nachleuchten nach etwas längst Vergangenem an – »Zug der Schatten« hieß eines dieser Dramen aus den Inflationsjahren. Er »kam aus der Mode« und hatte unter dieser Ablehnung schwer zu tragen. So geschah es, daß nach seiner Wiederentdeckung, nach der Schnitzler-Renaissance vor etwa zwei Jahrzehnten, sich gerade diejenigen seiner Werke am lebendigsten erwiesen, die sich mit längst abgetanen gesellschaftlichen Zuständen auseinandersetzten, wie etwa das Drama von dem jüdischen »Professor Bernardi«, der als trotziger Klinikchef gegen Vorurteile anrennt.
An den Marmortischen des Café Griensteidl saß für eine kurze Weile auch ein junger Literat, der später ein Leben lang mit den Wortführern des einstigen Jung-Wien in Fehde lag: Karl Kraus. In welche Kategorie dasjenige, was er schrieb, einzuordnen ist, läßt sich immer noch schwer sagen. Daß er ein bedeutender Lyriker war, dessen Sprachgefühl auch heute noch besticht, ist am leichtesten zu konstatieren. Aber schon seine Dramen wird man nicht einfach dem Theater zuordnen können. Sie waren fürs Lesen und Vorlesen geschrieben. Als er aus lauter Originalmeldungen, -artikeln und -dialogen die ins Ungeheuerliche ausufernde Über-Collage »Die letzten Tage der Menschheit« zusammenbaute, meinte er selbst, dies sei

allenfalls für ein Marstheater denkbar. Sein ureigenstes Werk war die Zeitschrift »Die Fackel«, in der er zwar anfangs etliche Dichter der jungen Generation zu Wort kommen ließ, die er aber später durchwegs selbst verfaßte. Die roten Hefte erschienen in unregelmäßigem Abstand und wurden von einer kleinen, aber fanatischen Anhängerschar erwartet und verschlungen. Sinn der »Fackel« war die Polemik. Karl Kraus vermochte aus einer kurzen Zeitungsnotiz eine beißende Glosse zu entwickeln, aus einem unbeachteten Vorfall eine ungeheure Philippika erwachsen zu lassen.

Doch wäre es wieder falsch, ihn beim Journalismus oder beim Feuilleton einzureihen. Eher war dies Anti-Journalismus, und was das Feuilleton anlangt, so hat Kraus diese damals so beliebte literarische Gattung als den Versuch abqualifiziert, auf einer Glatze Lokken zu drehen. Allerdings kam er vom Journalismus, schrieb als junger Mann in der damals tonangebenden »Neuen Freien Presse«. Trotzdem oder vielleicht gerade deshalb hat er später dieses Blatt vor allen anderen angefeindet. Er war ein eminenter Sprachkünstler und konnte polemisch schlechten Stil als Auswuchs von schlechtem Charakter entlarven. Der Anlaß seiner brillanten Polemiken war mitunter so unbedeutend, daß wir heute die darin angegriffenen Persönlichkeiten kaum mehr erkennen. Dabei läßt sich nicht übersehen, daß der Kritiker Kraus mitunter die falsche Fackel schwang. Er hat weder Schnitzler, noch Hofmannsthal in ihrer Bedeutung erkannt. Mit Franz Werfel, dessen Verse einst in der »Fackel« erschienen waren, wurde er wegen eines Tratsches um die Karl Kraus-Freundin Sidonie in eine Feindschaft verwickelt, die sich auf beiden Seiten literarisch dokumentierte: Werfel karikierte ihn in seinem Stück »Spiegelmensch«, und Kraus schlug zurück mit einer Satire »Literatur oder Man wird doch da sehn«. Das waren noch Zeiten, da die Dichter einander mit Theaterstücken angriffen! Auch hat er Freuds Psychoanalyse immer scharf abgelehnt und formuliert, sie sei die Krankheit, für deren Therapie sie sich ausgebe. Andererseits hat er seinen Freund Peter Altenberg literarisch wohl ein wenig überschätzt. »P. A.«, wie ihn seine Freunde nannten, war ein liebenswürdiger Bohemien, schrieb winzige Impressionen voll Witz und

Charme, zumeist um Frauen, die er verehrte, war aber doch eher als Figur aus dem literarischen Kaffeehausleben denn als Dichter bedeutend.

Zu den unbestreitbaren Verdiensten Karl Kraus' aber gehört jedenfalls sein Eintreten für den noch unerkannten Wedekind und für Strindberg. Und dann gab es in seinem Kämpferleben noch eine Rettungsaktion großen Stils. Daß Nestroy nicht nur ein Lokaldramatiker war, sondern ein Satiriker von hohem Rang, hat er als ein Geistesverwandter erkannt. Er ist für ihn nicht nur in der »Fackel« eingetreten, sondern mehr noch an jenen Leseabenden (zumeist im mittleren Konzerthaussaal), an denen er eine Art Einmanntheater mit Temperament und persönlichem Einsatz vorführte. Denn er war nicht nur ein brillanter Schreiber, sondern auch ein bemerkenswerter Redner, der hier bei seinen Polemiken und Satiren mit gewaltigem Pathos ins Zeug ging. Aber nicht nur unbekannte Werke Nestroys hat er hier präsentiert, er hat auch eine private Offenbach-Renaissance eingeleitet. Man wandte gegen diesen Teil seiner Entdeckerarbeit ein, daß er, der Nicht-Musiker, eigentlich nicht die Partituren des Tonkünstlers, sondern die mitunter gar nicht sehr bedeutenden Arbeiten seiner Librettisten zum Leben erweckte. Ihm ging es folgerichtig auch nicht um berühmte Werke wie »Die schöne Helena« oder »Hoffmanns Erzählungen«, sondern um die vielen kleinen Gesellschaftssatiren, denen er temperamentsmäßig nahestand. Spätere Versuche, seine Offenbach-Bearbeitungen auf die Bühne zu bringen, blieben erfolglos, denn sie waren für das Einmanntheater geschrieben und wurden nur von ihm zu voller Schärfe und Durchschlagskraft entwickelt.

Seine berühmteste Affaire war der Kampf gegen den Journalisten Bekessy und dessen »Stunde«. Diese Polemik wurde bald zu einer vehementen Anklage gegen Erpressungen, mit denen Bekessy von seiner Redaktion her seine Opfer im Griff hielt. Bekessy pflegte sich seine »Enthüllungen« gelegentlich von seinen Opfern abkaufen zu lassen. In einem Stück, das Kraus gegen Bekessy und den ihn protegierenden Wiener Polizeipräsidenten Schober schrieb, sagte der Held einmal, er müsse noch rasch einen Artikel fertigmachen, der schon morgen *nicht* erscheinen solle. »Die Fackel« feuerte aus allen Rohren, forderte »Hinaus mit dem Schuft aus unserem Land!« und erreichte dies schließlich auch. Bekessy sah sich so weit in die Enge getrieben, daß er seine Zeitung im Stich ließ und aus Österreich flüchtete. Selten hat ein Sprachkünstler, ein Purist und unerbittlicher Polemiker einen handgreiflicheren Erfolg erzielen können. Zu Hitler freilich, so bekannte er später, falle ihm nichts ein. Gegen diese ungeheure Bedrohung der Zivilisation war das scharf geschliffene Wort allein keine Waffe. Er starb 1936, zwei Jahre bevor Österreich den Anschluß erlebte.

Die Seele als weites Land

Arthur Schnitzlers 1910 erschienenes Drama »Das weite Land« leitet seinen Titel von dem Satz her: »Die Seele ist ein weites Land«. Sie war es noch nie in dem Maße gewesen, wie in den beiden Jahrzehnten um die Jahrhundertwende. Wenn Hofmannsthal von den »geistigen Erkrankungen« und Überempfindlichkeit der Dichter von 1910 sprach, so scheint mit diesen zugleich das Heilmittel dafür entdeckt worden zu sein. Denn jene Zeit einer sublimen Nervenkunst hat auch die Psychoanalyse hervorgebracht. Genau zur Jahrhundertwende veröffentlichte Sigmund Freud seine »Traumdeutung«.

Wenn Schnitzler vom »weiten Land der Seele« spricht, hat er wohl keine Anspielung auf die junge Wissenschaft der Neurosendeutung im Sinn, es gab aber dennoch eine gewisse unterirdische Beziehung zwischen beiden Männern. Sie haben einander, obwohl sie in derselben Stadt lebten, erst sehr spät kennen gelernt. Man sagte ihnen eine gewisse äußere Ähnlichkeit nach: den Vollbart, die Vorliebe für breitrandige Hüte, vielleicht einen gewissen »Diagnostikerblick«. Beide waren Ärzte, aber Schnitzler zog es von diesem Beruf fort zur Literatur, und Freud bekannte, die rein ärztliche Tätigkeit habe ihm wenig Freude gemacht, und er habe ihr die psychologische Forschung vorgezogen. Mehr noch zählt, daß Schnitzler vieles von dem, was Freud an Unbewußtem zutage förderte, zwar nicht wissenschaftlich, aber durch dichterische Intuition erkannt hat. Die weltbewegende Kraft des Eros, die dann bei Freud »libido« hieß, wird als Grundmuster unter den Werken Schnitzlers sichtbar, am sichtbarsten natürlich im »Reigen«, am interessantesten aber dort, wo sie (wie in Freuds Neurosenlehre) Deformationen unterworfen ist wie in »Fräulein Else« oder eben dem »Weiten Land«. Angeblich soll eine gewisse »Doppelgängerscheu« Freud bestimmt haben, dem Dichter aus dem Wege zu gehen, so daß sich erst sehr spät, anläßlich einer Geburtstagsgratulation, ein persönlicher Kontakt herstellte.

Freud war aus Mähren nach Wien gekommen und hatte das Fach Neurologie vor allem deshalb gewählt, weil es ihm als einem unbemittelten jüdischen Arzt dasjenige erschien, das eine Praxis ohne große Kosten ermöglichte. Aber schon der junge Doktor wurde auf seinen späteren Weg gedrängt, als er mit Hilfe eines Stipendiums in Paris bei Charcot die Technik von Hypnose und Suggestion studieren durfte. Die ersten Schritte zur Erforschung des Unbewußten geschahen in der Hypnose. Daß Träume keinesfalls unsinnige Zufallsprodukte sind, drängte sich ihm bald auf. In seinem grundlegenden Werk, der »Traumdeutung«, enträtselte er ihre Symbolsprache, erkannte er, daß sie die Aufgabe erfüllten, drängende Konflikte zu verschlüsseln und dadurch den Schlaf zu sichern. Daß diese Konflikte zumeist sexueller Natur waren, wurde für ihn zum archimedischen Punkt, von dem aus er den ganzen Kontinent des Unbewußten aus den Angeln heben konnte. Die entscheidende Entdeckung machte er gemeinsam mit seinem Freund Breuer, als sie beide eine Patientin behandelten, die infolge einer überstrengen Vaterbindung neurotische Symptome produziert hatte. Damit fand

Musikfreundinnen zwischen Karyatiden
im »Goldenen Saal« des Musikvereins 176

8
3

H

er auch jenes psychische Modell, dem er später den Namen »Ödipus-Komplex« gegeben hat. Es mußte wohl in einem Zeitalter entdeckt werden, in dem die patriarchalische Autorität die Gesellschaft, insbesondere die wienerische, beherrschte und sich in zahlreichen Tabus und Verdrängungen auswirkte. Freud hat eine Zeitlang behauptet, nicht er habe die neue Theorie des menschlichen Unbewußten geschaffen, sondern Breuer. Dieser aber schien nicht willens, die kühnen geistigen Entwicklungen mitzumachen, die Freud an diese Erkenntnisse knüpfte, und so ist eben die Psychoanalyse dann doch eine eindeutig freudsche Schöpfung geworden.

Der junge Arzt bezog eine Wohnung samt Ordination in der Berggasse und blieb dort bis zu seiner Vertreibung aus Wien im Jahre 1938. In diesen Räumen ist in den letzten Jahren eine Gedenk- und Forschungsstätte eingerichtet worden. Freuds Tochter Anna hat aus den Londoner Beständen eine Fülle von Erinnerungsstücken für das kleine Museum zur Verfügung gestellt. Sie reichen von Stock und Hut des Professors bis zu jener Kollektion von Statuetten, die Freud zeitlebens gesammelt hat. Griechische und orientalische Götterbilder weisen auf die Zeit hin, da er in »Totem und Tabu« auch die psychologischen Mechanismen der großen Religionen zu erforschen begann. Von seiner Bibliothek und den frühen Publikationen befindet sich wieder ein großer Teil in Wien.

Freud führte in der Berggasse ein sehr unauffälliges Leben. Vormittags und nachmittags ordinierte er. Mittags unternahm er für gewöhnlich einen einstündigen Spaziergang. Nachts arbeitete er an seinen Schriften. Einmal wöchentlich versammelte sich der enge Kreis von Schülern zu theoretischen Diskussionen. Samstag abend wurde Karten gespielt, – das Tarockspiel ist noch heute in der Berggasse zu besichtigen. Verhältnismäßig wenig Zeit wendete er für seine Tätigkeit als Universitätslehrer auf. Seine Vorlesungen fanden nur wenige Zuhörer. Später, als die Psychoanalyse bereits eine Welt-

Mödling: Beethovens Sommerresidenz
inmitten des Weingebiets der Thermallinie

bewegung geworden war, vollzog sich die Ausbildung eher im Zirkel der Psychoanalytischen Gesellschaft. Denn Freuds Beziehung zur Universität war ein leidvolles Kapitel seiner Laufbahn. Seine Erkenntnis von der sexuellen Bestimmtheit neurotischer Symptome stieß in Wien auf heftigen Widerspruch, wurde teils belächelt, teils heftig bekämpft. Die große psychiatrische Autorität jener Jahre, Wagner-Jauregg, lehnte sie ab. Krafft-Ebing, der immerhin die berühmte »Psychopathia sexualis« geschrieben hatte, stand ihr mit einer gewissen Reserve gegenüber.

Als im Jahre 1897 das Professorenkollegium (wie schon mehrmals zuvor) dem Unterrichtsministerium vorschlug, dem Privatdozenten Rang und Gehalt eines außerordentlichen Professors zu verleihen, wies Krafft-Ebing in seinem Gutachten immerhin deutlich darauf hin, daß der junge Gelehrte zwar möglicherweise seine Ergebnisse überschätze, aber dennoch verdienstvoll auf »Anomalien und Vorgänge im sexuellen Bereich« als Ursache von Neurosen hingewiesen habe. Der Antrag fand dennoch im Ministerium kein Gehör. Erst 1902 wurde Freud zum Professor bestellt. Angeblich hat eine Protektorin Freuds damals dem Minister ein Bild Böcklins, »Die Burgruine«, verschafft, das dieser für die neu begründete Moderne Galerie haben wollte, und dafür Zug um Zug Freuds Ernennung erwirkt. Er war zu diesem Zeitpunkt immerhin bereits zwölf Jahre lang Privatdozent gewesen.

Immer wieder wurde vermutet, die Entdeckung des sexuellen Untergrunds bestimmter Krankheitsursachen hänge mit einer gewissen wienerischen Libertinage zusammen, die man auch aus dem Werk Arthur Schnitzlers herauslesen könne. Auch wenn Freud dies geleugnet hat, wohl um die internationale Gültigkeit seiner Erkenntnisse zu betonen, wird man ihm in dieserMeinung nicht folgen müssen. Der wache Sinn für seelische und insbesondere erotische Subtilitäten gehörten ebenso zum wienerischen Klima jener Jahre wie der Druck eines Über-Vaters, der sich im Ödipus-Komplex äußert. Die Wiener Dichter seiner Generation haben dies deutlich erkennen lassen. Dennoch war die Spannung zwischen Freud und Wien unübersehbar und hielt zeit seines Lebens an. Die Patienten, die zu ihm in die Berggasse kamen, waren nicht selten von weither angereist. Und als ihm einmal das Finanzamt schrieb, es sei bekannt, daß er viele wohlhabende Patienten aus dem Ausland anziehe, nannte Freud dies »die erste offizielle Anerkennung für meine Arbeit in Österreich«.

Der heilige Frühling

Die baulichen Zeugnisse für Wiens großen Aufbruch um die Jahrhundertwende sind heute nicht gerade zahlreich und keineswegs leicht zu finden. Das Generalstabsquartier der neuen Bewegung steht immerhin dominierend am Rande des Karlsplatzes: die Sezession. Sie trägt über ihrem Jugendstilportal den Leitspruch »Der Zeit ihre Kunst – der Kunst ihre Freiheit« und drückt damit das Lebensgefühl jener jungen Künstler aus, die sich damals von der herkömmlichen Ringstraßenarchitektur und der Malerei des Historismus abwandten. Einige bestechend schöne Otto Wagner-Häuser etwa, – nicht weit von hier in der Wienzeile oder draußen in Hütteldorf, – Stadtbahnpavillons (soferne sie nicht verrottet sind) oder Bauten von Adolf Loos (soferne man sie nicht deformiert hat), viel mehr fällt bei einem Stadtbummel nicht auf. Und doch war dies eine aufregende Epoche. Um 1890, als Hermann Bahr mit Schriften wie »Zur Kritik der Moderne« oder »Überwindung des Naturalismus« ein Programm für die Literatur entwickelte, war er für Wien auch ein eifriger Vorkämpfer für »art nouveau«, für englische Architektur und die Theorie des Ästhetizismus. Ein Jahrzehnt später war das neue Sezessionsgebäude bereits Sitz einer Bewegung, die in alle Welt ausstrahlte.

Man warf der Ringstraßenarchitektur vor, sie konserviere das Leben wie in einem Museum. Die neuen Künstler wollten »ästhetische« Räume schaffen, sie entwarfen dekorative Lilienornamente, verspielte Möbel, schwärmten für gebrochene Farben wie Mauve oder Moosgrün oder Silberlila, für fließende phantastische Gewänder, sie waren die bildnerischen Zeitgenossen von Dichtern, die seltene Düfte und erlesene Klänge in ihren Versen beschworen, – wie Hofmannsthal, wie Dörmann, wie Schaukal. Otto Wagner hatte bereits eine gute Zeit lang Zinshäuser im herkömmlichen Geschmack gebaut und war schon ein reifer Mann, als er sich der neuen Ästhetik anschloß. Was ihn von einer rasch wieder verebbenden Woge modischen Dekors abhob, war sein Sinn für Raumgliederung, für die Funktion seiner Bauten, und in dieser Hinsicht ist er ein Stammvater der Architektur des 20. Jahrhunderts geworden. Die Stadtbahn war eine städtebauliche Aufgabe, wie es sie bis dahin noch nicht gegeben hatte. Er löste sie mit artistischem Geschmack, dachte in Weiß und Gold, wo heute zumeist nur mehr Grau zu sehen ist. Für den Wiener Varietédirektor Ben Tiber baute er eine nobel verspielte Prunkvilla, die heute von Ernst Fuchs bewohnt wird (und in seinem Sinne verändert ist). Die heutigen phantastischen Realisten verdanken jener Epoche viel, nicht nur Fuchs, in denen die menschliche Figur gerne zum Ornament, zur dekorativen Gebärde stilisiert wird, erregten damals die Wiener. Eine seiner bedeutendsten Schöpfungen, die Bildtafeln zum Schmuck der Universität, konnten allerdings ihren Bestimmungsort nie erreichen. Sie waren dem akademischen Senat zu anstößig und wurden nicht aufgestellt.

Klimt gehörte zu den Wortführern der Sezession. Olbrich hatte den Bau geschaffen: in klaren kubischen Abmessungen, mit einer ornamentierten Bronzetür, mit Blumengirlanden an den Wänden und darüber jener Kuppel von vergoldeten Lorbeerblättern, die dann die Wiener »das goldene Krauthappel« nannten. »Ver sacrum« nannte sich die Zeitschrift, die von der Sezession her einen »heiligen Frühling« der Kunst verhieß. Die Gemeinschaft der Neuerer aber blieb nicht lange beisammen. Olbrich ging nach Darmstadt, Gustav Klimt, Joseph Hoffmann und Otto Wagner traten nach einigen Jahren wieder aus. Es war nur ein kurzer Frühling gewesen. Aber Joseph Hoffmann hat die »Wiener Werkstätte« geschaffen und damit der dekorativen Kunst der Zeit ein neues Podium gegeben.

Seine bedeutendste Schöpfung, das Palais Stoclet, steht allerdings nicht in Wien, sondern in Brüssel.
Mitten hinein in diese Kunst des ästhetischen Dekors und der spielerischen Ornamente profilierte sich die Gegengestalt, die dennoch in ihrem geistigen Konzept der Kunst der Jahrhundertwende angehört: Adolf Loos. 1898 hatte er in der »Neuen Freien Presse« eine Reihe kritischer Artikel zur neuen Baukunst veröffentlicht. Er ist darin nicht nur gegen den Ringstraßenprunk zu Felde gezogen, sondern auch gegen die überwuchernde Ornamentik des Jugendstils. In der Folge hat er noch oft polemisch »Ins Leere gesprochen« (wie sein wichtigstes Buch sich betitelt), hat die Menschen seiner Zeit zu lehren gesucht, nicht von der Fassade, sondern von innen her zu bauen. Sein Credo war der Respekt vor dem Handwerk: »Ein Architekt ist ein Maurer, der Latein gelernt hat.« Ornament sei Verbrechen, verkündete er. Um die Klarheit der Form war es ihm zu tun, die vom Inneren eines Hauses, von seiner Funktion her zu wachsen habe. War dann auch später sein Credo so geistlos kopiert und zu billigem Zweckbau degradiert worden, so unterschied sich seine eigene Baugesinnung von der seiner Nachfolger doch dadurch, daß er immer höchsten Respekt vor dem Material hatte. Er dachte in Marmor und Stein und edlen Hölzern und meinte: »Es ist nicht alles modern, was glatt ist.«
Die Tragik im Wirken von Alfred Loos liegt darin, daß er nur in bescheidenem Maße Gelegenheit fand, seine puristischen Gedanken in die Tat umzusetzen. Er war jünger als Wagner und Hoffmann, er gehörte bereits zur Generation eines Karl Kraus, mit dem ihn neben persönlicher Freundschaft auch der Wahrheitsfanatismus verband. Sein »Haus ohne Augenbrauen« auf dem Michaelerplatz leidet vielleicht unter dem Standort: gegenüber dem erdrückenden Neobarock der Hofburg. Aber es zeigt noble Abmessungen, zwei Geschäftsetagen mit Marmorsäulen und darüber den ornamentlosen Oberbau der Wohngeschosse. Er hat im Kärntnerdurchgang jene American Bar errichtet, die heute »Loos-Bar« heißt und in ihrem dämmrigen Schummerlicht die vornehme Marmorarchitektur mehr verbirgt als zeigt. Auch der Herrenschneider Knize ließ sich

von ihm am Graben eines seiner klar gegliederten Geschäftsportale bauen. Die meisten seiner Arbeiten aber sind Privatvillen, an der Peripherie oder im Wienerwald, unzugänglich zwar, aber erlesen in ihren Proportionen und ihrem Material, Zeugnisse einer Baukonzeption, von der mehr Gedanken als Bauten auf uns gekommen sind. Zu großen öffentlichen Aufträgen kam es nie, und in diesem Nichterkanntwerden hat er ein für Wien typisches Schicksal erlitten.

Die Neutöner

Im Jahre 1897 wurde Gustav Mahler zum Direktor der Wiener Hofoper ernannt. Im selben Jahr schrieb in Wien ein junger Komponist namens Arnold Schönberg ein Streichquartett D-Dur (ohne Opuszahl, nicht das sogenannte erste Streichquartett!) und zwei Lieder, denen er die Opuszahl eins gab. Mahler war damals 37 Jahre alt und hatte bereits seine ersten drei Symphonien komponiert.
Das goldene Zeitalter, das er an der Wiener Oper heraufführte, währte genau ein Jahrzehnt. Aber noch ein halbes Jahrhundert lang wurde in dem Haus am Ring jede neue Direktion an der »Ära Mahler« gemessen (und kam zumeist schlecht weg). In den neunziger Jahren waren die Kämpfe um Wagner ausgestanden. Trotzdem gehörten zu den aufwühlendsten Abenden, die Mahler in Wien dirigierte, Wagneraufführungen. Damals war der Dirigentenkult noch ausgesprochen unterentwickelt. Es gehörte sich nicht, den Namen des Kapellmeisters auf das Theaterplakat zu drucken. Die Opernfreunde wußten erst in dem Augenblick, in dem Mahler im Orchestergraben auftauchte, daß er den Abend leiten würde. Von seinem Dirigierstil haben wir nur Ohrenzeugenberichte, – das bequeme Zeugnis von Schallplatte oder Tonband steht uns nicht zur Verfügung. Man muß sich Mahler als einen Ekstatiker vorstellen, der äußerste Klangintensität forderte, aber bei allem Rauschhaft-Diony-

sischen seiner Interpretation immer auf äußerste Genauigkeit achtete, auf die »kleinen Noten«, die Phrasierungen und Nebenstimmen.
Sein Amtsvorgänger Jahn hatte die Oper »ziemlich verwirtschaftet«. Mozartopern waren unbeliebt, – Mahler mußte die Wiener erst wieder mit ihnen vertraut machen. Das Orchester hatte sich einen seichten Salonton angewöhnt, es mußte zu leidenschaftlichem, dramatischem Musizieren erzogen werden. Die Sänger nahmen übel, daß sie nun nicht mehr »Hand aufs Herz« und »Auge in Auge« vor ihr Publikum treten sollten. Daß man bei hohen Tönen nicht mehr die Arme hochhob, daß Isolde (Bahr-Mildenburg) einmal sogar nach hinten singen sollte, – das waren Revolutionen im Bühnenbetrieb. Mahler geriet in Raserei, wenn Sänger nur mit halber Stimme probierten. Es gab sogar Handgreiflichkeiten, – von Ohrfeigenszenen wußte die Wiener Fama zu berichten. Einmal sprang der Direktor vom Dirigentenstuhl, hetzte auf die Bühne, um einen Tenor zur Rechenschaft zu ziehen. Der verängstigte Sänger sperrte sich auf der Toilette ein. Mahler trommelte gegen die Tür und rief: »Feig sind Sie auch noch!« Überflüssig zu sagen, daß man derlei am nächsten Tag bereits in ganz Wien wußte. Von ihm kursierten Worte wie »Tradition ist Schlamperei« oder »Der liebe Gott steckt im Detail«.
Die größte Revolution seiner Ära aber vollzog sich auf der Szene. Zu Mahlers Dienstantritt war in Wien gerade die Sezession begründet worden. Er war ein eifriger Leser von »Ver sacrum«, erhoffte sich aus diesem Lager eine Revolution des Bühnenbilds. Aber Kolo Moser warnte ihn davor, die gewohnten bemalten Prospekte aufzugeben. Da fand er in Alfred Roller den Bühnenbildner, der den neuen Geist auf die Szene zu verpflanzen vermochte. Licht und Farbe wurden so wichtig wie nie zuvor. In dem berühmten »Tristan« von 1903 täuschten im ersten Akt große gelbe Segel Sonnenlicht vor. Im zweiten Akt zauberte er ein veilchenblaues Licht auf den Schauplatz, das man zuvor noch nie gesehen hatte. Im »Don Juan« sah Wien zum ersten Mal die berühmten »Roller-Türme«. Sie blieben den ganzen Abend hindurch als Eckpfeiler stehen, waren bald Komturhaus, bald Schloß Don Juans. Im »Fidelio« stelle Mahler als

erster die dritte Leonorenouvertüre zwischen Kerkerszene und Schlußbild, – und dort steht sie in der Regel noch heute.

Den Winter hindurch dirigierte Mahler in der Oper, im Sommer komponierte er: am Wörthersee, am Attersee. Neben seiner Villa in Maiernigg hatte er sich ein Komponierhäuschen eingerichtet, ein einfaches Holzhaus, das heute noch steht, auch wenn über ihm der Wald zusammengewachsen ist. Die bedeutendsten Symphonien seiner mittleren Periode, die fünfte, sechste und siebente, sind hier vollendet worde. Er hatte die bildschöne Alma Schindler geheiratet, hatte von ihr ein kleines Töchterchen. Alma hat es ihm damals sehr übel genommen, daß er als junger Vater Rückerts »Kindertotenlieder« vertonte. Als dann das Kind in Maiernigg erkrankte und starb, meinte sie, er habe das Schicksal herausgefordert. Mahler war damit die Villa am Wörthersee verleidet, – er ist nie wieder dorthin zurückgekehrt.

Als er sich anläßlich der Erkrankung seines Töchterchens auch selbst routinemäßig von einem Landarzt untersuchen ließ, sagte ihm dieser reichlich plump: »Auf dieses Herz brauchen Sie aber nicht stolz zu sein!« Von da an wurde ihm ein früher Tod immer mehr zur Gewißheit. Daß er nicht gewohnt war, sich zu schonen, vielmehr sozusagen seine Kerze an beiden Enden anzündete, machte sein Leiden nicht besser. Das Wissen um seine Krankheit brachte auch jenen Ton von Tragik, von unentrinnbarem Schicksal in sein Werk. In der sechsten Symphonie steht im ersten Satz noch die ganze daseinsfreudige Süße des »Alma-Themas«, im Finale aber erklingen die Hammerschläge, unter denen der sich immer wieder aufbäumende Held endlich gefällt wird. Seine letzten Werke waren ein großes Adieusagen: der Abschied im »Lied von der Erde«, der melancholische Abgesang der Neunten, auch der einzige vollendete Satz seiner Zehnten. Es war zugleich das Ende der Symphonie als der großen Kunstform auf Wiener Boden.

Sein Abschied von der Hofoper war die Frucht eines jener Kesseltreiben, die an diesem Haus seither immer wieder die Regel waren. Gekränkte Sänger, Musiker, denen zu viel abverlangt wurde, ein Publikum, das durch kühne Experimente schockiert war, eine Presse, die ihm nicht wohlwollte, – alles wirkte zusammen. Im Oktober 1907 dirigierte er zum letzten Mal in dem Haus am Ring. Er folgte einer Einladung nach Amerika, triumphierte dort im Konzertsaal wie an der Met und kam als Todkranker nach Wien zurück. 1911 ist er gestorben. Er war nicht mehr als 51 Jahre alt geworden.

In Mahlers Schatten hat damals der junge Schönberg die ersten Schritte getan. Rosé, der Konzertmeister der Philharmoniker und Schwager Mahlers, probierte in einem Nebenraum der Hofoper dessen Sextett »Verklärte Nacht«. Mahler kam vorbei, ließ sich den Komponisten vorstellen und wurde von da an dessen Protektor, auch wenn er bekannte, daß er Schönberg nicht in allem zu folgen vermöge. Der Schönberg von damals, das war: »Pelleas und Melisande« von 1903, die erste Kammersymphonie von 1906, die beiden ersten Quartette. Bei Mahlers Tod stand er vor dem »Pierrot lunaire«, Atonalität und Zwölftontechnik lagen also noch in weiter Ferne. Es war der expressionistische Schönberg, der vorerst nur in kleinen Zirkeln von Anhängern zu Gehör kam. Als Rosé sein erstes Streichquartett aufführte, gingen viele Zuhörer empört aus dem Saal. Als bei dem Skandal am Ende einer der Protestierenden auf einem Hausschlüssel pfiff, stürzte sich Mahler auf ihn mit den Worten: »Sie haben kein Recht, hier zu pfeifen!« Worauf dieser ungerührt zurückgab: »Wieso? Ich pfeife ja bei Ihren Symphonien auch!«

Die unruhige Welt der Wiener Jahrhundertwende, die sich als so fruchtbarer Humus erwiesen hat, die Geburtsstätte der Psychoanalyse, des Schnitzlerdramas, der Sezession und der neuen Baukunst, hat mit Mahler und Schönberg auch noch die Weichen für die Musik des 20. Jahrhunderts gestellt. Der neue Klang lag in der Luft, und Wien war ein empfindlicher Seismograph. Mahler stand bei seinem Tod vor der Tür einer neuen Tonwelt. Wer vermag zu sagen, wie die Musik weiter verlaufen wäre, wenn er nicht mit 51 Jahren gestorben wäre? Als Musiker und als Musikant war er wohl die elementarere Natur als Schönberg, der dann der wegweisende Theoretiker der Neuen Musik werden sollte. Wenn einige der Neuerungen, die Schönberg vollzogen hat, noch aus Mahlers Hand gekommen wären, – es fällt schwer, sich die Konsequenzen vorzustellen. Der

Weg ging zu Anton Webern und Alban Berg, er führte schließlich ins Weltweite. Eine Kettenreaktion war ausgelöst, ähnlich wie in der Psychoanalyse oder der neuen Baukunst, – und auch sie hatte sich in Wien gegen erbitterten Widerstand durchzusetzen.

Belieben zu speisen?

Ein legendärer Wiener Oberkellner soll die Gäste, die in seinem Revier Platz nahmen, gefragt haben: »Essen der Herr – oder belieben zu speisen?« In Wien kann man beides, essen oder speisen oder sogar zu speisen belieben. Lebensgefährlich ist keines von den dreien, denn man legt in dieser Stadt Wert darauf, daß es einfache Nationalgerichte wie das Gulyas oder das Schnitzel gibt, die auch im Beisel an der Ecke ausgezeichnet schmecken. Die Wiener stehen im Rufe, Phäaken zu sein. Die meisten von ihnen haben sehr konkrete und nicht zu erschütternde Ansichten darüber, welcher der beste Wein ist und wo man ihn findet. Die Stadt hat zudem eine jahrhundertelange ruhmreiche Kaffeehaustradition. Nicht minder ruhmreich haben sich die Konditoreien durch eine Zeit geschlagen, die nichts mehr fürchtet als die Kalorien, so daß man doch eigentlich diese Tortenburgen nur vom Wegschauen kennen dürfte. Sie sind trotzdem überfüllt oder wie man in Wien sagt »bummvoll«. Mit demselben Problem haben sich natürlich auch die Liebhaber von Schnitzel und Backhendel herumzuschlagen. Sie versuchen es auf dem Weg ihres kulinarischen »historischen Kompromisses«. So eßfreudig die Wiener geblieben sind, findet man doch schwerlich heute noch eine jener standfesten Figuren, die Josef Weinheber in seinem Gedicht »Der Phäake« portraitiert hat, und zwar damals in den Notjahren um 1930 »nach der Natur« gezeichnet:

Ein Hühnersupperl, tadellos,
ein Beefsteak in Madeirasoß,
ein Schweinspörkelt, ein Rehragout,
Omletts mit Champignon dazu,
hernach ein bisserl Kipfelkoch
und allenfalls ein Torterl noch,
zwei Seidel Göß – zum Trinken mag

ich nicht viel nehmen zu Mittag –
ein Flascherl Gumpolds, nicht zu kalt,
und drei, vier Glaserl Wermuth halt.
Glaubn S' nicht, ich könnt ein Fresser wern,
ich hab sonst nix, drum leb' ich gern,
kein Haus, kein Auto, nicht einmal
ein G'wehr im Überrumplungsfall.
Wenn nicht das bissel Essen wär . . .

(Stimme des Volkes:)

Segn S', *deswegen* ham S' nix, liaber Herr!

Die Wiener Küche ist ein Relikt der Donaumonarchie. Die Völker, die sich damals vereint und hernach entzweit haben, die inzwischen höchst abenteuerliche Schicksale durchlebten, sie sind in Wiener Kochtöpfen immer noch vereint. Jedenfalls hat die Symbiose der vielen Nationen am Küchenherd weit besser funktioniert als in der politischen Arena.

Wenn wir nach den Sehenswürdigkeiten der Stadt nun auch deren Schmeckenswürdigkeiten ins rechte Licht setzen wollen, so finden wir hier nicht weniger berühmte Monumente, die eingehende Betrachtung verdienen. Zum Beispiel das Wiener Schnitzel, dem man nicht anmerkt, wie viel Weltgeschichte es schon erlebt hat. Nach orthodoxer Lehre wird es aus Kalbfleisch hergestellt, doch gibt es sehr ernsthafte Wiener Esser, die auf das Schweinsschitzel schwören. Jedenfalls soll es so völlig frei von Backfett und somit trocken auf den Tisch gelangen, daß man sich unbesorgt mit der Hose darauf setzen kann. (Besser nicht probieren!) Doch erfreuen sich die Wiener kaum anderthalb Jahrhunderte ihres Leibgerichts. Als nämlich Radetzky in Oberitalien Krieg führte, meldete er als eines der wertvollsten militärischen Geheimnisse nach Wien, daß die Mailänder ihre Schnitzel vor dem Backen in Bröseln wälzten. So entstand das Wiener Schnitzel als ein Kind der Costoletta milanese, unterscheidet sich von dieser allerdings dadurch, daß seine Panierung viel lockerer aufzuliegen hat. Man erreicht dies, indem man das Schnitzel während des Backens mit zwei Gabeln immer im heißen Fett (ganz korrekt: nicht Öl, sondern Schweinefett) tanzen läßt, so daß die Kruste nie zu fest am Fleisch haftet. Die Mailänder aber haben ihrerseits die Kunst des Fleischpanierens von den Spaniern übernommen. Diese haben sie während der Zeit der maurischen Besatzung erlernt. Die Araber jedoch haben diese Küchentechnik auf ihrem Weg quer durchs Mittelmeer von Byzanz mitgebracht, so daß das Wiener Schnitzel im Grunde ein byzantinisches Schnitzel ist. Von so viel abendländischer Geschichte ist das Wiener Hausgericht belastet.

Inzwischen hat das Schnitzel in seiner neuen Heimat ein illegitimes Kind gezeugt: das Backhendel. Hühner, die kunstvoll zerlegt und paniert werden, waren einst ein Nobelgericht. Seit man in ganz Europa das Federvieh nicht mehr auf dem Bauernhof aufzieht, sondern geradezu fabrikmäßig herstellt, haben sich die Backhendelstationen quer durch den Wienerwald ausgebreitet, sie sind sogar ein österreichischer Exportartikel geworden. Kenner mit verwöhntem Gaumen unterscheiden natürlich trotzdem zwischen Hendeln aus der Massenproduktion und den weit zarteren »glücklichen Hühnern« vom Bauernhof, die auch noch in ihrem Geschmack etwas von ihrer freudvolleren Jugend vermitteln. In halbwegs rustikalen Lokalen rückt man ihnen nicht mit Messer und Gabel zuleibe, sondern nimmt sie beherzt in beide Hände, um auch noch den Knochen genußvoll abnagen zu können. Eine norddeutsche Besucherin beobachtete einmal mit stirnrunzelndem Befremden dieses Treiben und meinte: »Bei uns daheim nimmt man die Gabel in die linke und das Messer in die rechte Hand.« Worauf ihr Wiener Mentor sie verblüfft fragte: »Aber mit welcher Hand halten Sie denn dann das Hendel?«

Ein anderes Fundament der Wiener Gastronomie ist die Hohe Schule des Rindfleischkochens. Zwar gibt es gekochtes Rindfleisch in aller Welt, hier aber wurde der Mythos von Tafelspitz und Beinfleisch und all der anderen Delikatessen entwickelt, die wohl nur ein Veterinär so ganz genau durchschauen kann. Und während man ein mehr oder minder undurchschaubares (und manchmal auch unkaubares) Rindfleisch in jedem Vorstadtbeisel antrifft, muß man der höheren Perfektion wegen die erstklassigen gastronomischen Weihestätten aufsuchen. Über den Tafelspitz von Sacher ist viel geschrieben worden, manche meinen, derjenige vom Imperial sei besser, andere schwören auf andere Quellen, aber fast alle sind nicht billig. Vor dem Krieg war das Dorado der Gourmets das Restaurant Meissl & Schadn am Neuen Markt. Es führte eine eigene Rindfleischkarte, auf der nicht weniger als 24 Sorten verzeichnet waren, neben dem Tafelspitz der Tafeldeckel oder das Hieferschwanzel, über den Kavaliersspitz, das weiße und schwarze Scherzel bis zum Ochsenschwanzel. Ein Stammgast empfand es als Beleidigung, wenn man ihm statt seiner Lieblingssorte eine andere offerierte. Das berühmte Restaurant hatte seine Rinderherden im niederösterreichischen Zuckerrübengebiet, wo die Tiere mit zerkleinerten Rüben gefüttert wurden, damit ihr Fleisch dereinst die verwöhnten Gaumen der Feinschmecker befriedigen würde. Angeblich war einer der größten Liebhaber des gekochten Rindfleisches Franz Joseph, obwohl es ernsthafte Gastrosophen gibt, die behaupten, er habe lieber Naturschnitzel gegessen.

Der langen Rindfleischlitanei ist eine noch längere der Rindsuppen anzuschließen. Auch hier gab es eine heute nur noch zu ahnende Vielfalt von der Lungenstrudel- über die Leberreis- bis zur Markschöberl- oder Fridattensuppe. Und als Zwischending reüssierte das Tellerfleisch, ein Gericht aus Rindsuppe, in das verschiedene Gemüse mit einem Stück Rindfleisch samt Mark hineingeschnitten waren – aber das aß man nicht zu den Hauptmahlzeiten, sondern zwischendurch als »Zehnerjause« oder am späten Nachmittag. Man merkt, daß bei diesen Schilderungen das Imperfekt zu oft gebraucht wird: Die Freuden einer Rindfleischkarte mit 24 Gerichten sind heute drastisch reduziert. Der magere Tafelspitz und das fette Beinfleisch sind hingegen noch immer Zierden einer gastronomischen Kultur, deren Merkmal die äußere Unauffälligkeit eines qualitativ hochwertigen Produkts ist. Aber es kann einem heute passieren, daß ein Sudelkoch sein Rindfleisch mit roten Paprikaschoten schmückt, weil man ihm eingeredet hat, etwas Rotes auf dem Teller mache sich immer gut . . .

Die Zeiten, da die Wienerwaldbäche voll waren von Krebsen und die Flüsse eine reiche Vielfalt von Fischen nach Wien lieferten, sind leider gleichfalls vorbei. Aber immer noch halten die Donaukarpfen die Spitze der Speisenkarten oder auch der Fogos, der trotz seines ungarischen Namens nicht unbedingt vom Plattensee zu kommen braucht, sondern in heimischen Gewässern groß geworden ist.
Doch ist der Einfluß der ungarischen Küche auf Wiener Kochtöpfe noch heute unverkennbar. Das Gulyas ist selbst in Vorstadtbeiseln noch von ansehnlicher Qualität, auch wenn man es dort »Gollasch« ausspricht, wogegen das magyarische Vorbild in seiner Heimat als »Pörkelt« figuriert, aus Kalb- oder aus Schweinefleisch verfertigt. Die Kunst des Paprizierens hat den Wienern auch die Gulyassuppe beschert, beliebtes Mittel, zu vorgeschrittener Nachtstunde die Magennerven zugleich anzuregen und zu befriedigen. Auch der Paprikakarpfen und das Paprikahendel sind längst eingemeindet und haben im Kochtopf die österreichische Staatsbürgerschaft erhalten. Und vom Balkan her hat die serbische Bohnensuppe Wien erobert nebst all den mit Zwiebel und Knoblauch versetzten Herrlichkeiten wie Raznici, Cevapcici oder Schindelbraten.
Die Ungarn hatten in der alten Monarchie immer die Sorge, ihre Schweine an den Mann zu bringen, – daher ihre Fleischspezialitäten. In Böhmen und Mähren hingegen gab es vor allem große Getreidefelder, von denen her die böhmischen Mehlspeisen ihren Siegeszug antraten. Eine Schar von Dienstmädchen und Köchinnen ergoß sich damals aus tschechischen Regionen in die Reichshauptstadt. Ihre segensreiche Spur läßt sich noch heute an kalorienhaltigen Köstlichkeiten verfolgen. Zwetschkenknödel und Skuwanken, die luftigen Germknödel mit Mohn und heißer Butter darüber, die Erdäpfelnudeln und Erdbeerknödel und Powidltascherl sind die Spitzenreiter einer langen Reihe von süßen Delikatessen. Die »warme Mehlspeise« aus der böhmischen Küchenregion erlebt heute wieder eine Renaissance: Nußpudding oder Palatschinken oder Buchteln mit Vanillesauce. Im Wiener Sprachgebrauch wird »Mehlspeise« gerne als Synonym für jedes süße Dessert gebraucht, auch wenn dieses mit Mehl gar nichts zu tun hat.

Korrekterweise ist zu dieser tschechischen Einflußsphäre auch jener Knödel zu zählen, der nicht nach dem Braten, sondern zu diesem serviert wurde. Er hat zart und duftig zu sein, ziert etwa das Wildbret oder die »Schwammerlsauce« (die nicht aus Schwämmen, sondern aus Pilzen zubereitet wird, die in Österreich Schwammerl heißen.). Die Krone dieses Genres ist der Serviettenknödel, der in einem zusammengeschlagenen Tuch gekocht wird, um im Wasser seine Zartheit zu bewahren. Unsere Großmütter brachten ihn noch in seiner ganzen imponierenden Größe auf den Tisch, und man schnitt sich sein Teil davon ab. Wir Enkel bekommen von vornherein nur eine Schnitte davon serviert. Denn alle diese böhmischen Küchenkünste waren natürlich Attacken auf die schlanke Linie. Nicht nur die Pragerinnen gingen davon in die Breite, auch in Wien gediehen die »Mehlspeisschönheiten«. Aber für so viel Molligkeit haben wir heute nicht mehr das rechte Herz, vom Magen ganz zu schweigen. Ein einsamer Spätling der Alt-Wiener Mehlspeiskultur ist der Milchrahmstrudel. Mit warmer Vanillesauce übergossen, hat er in den letzten Jahrzehnten den Wienerwald erobert. Dort gibt es regelrechte »Millirahmstrudel-Stationen«, in denen an schönen Sonntagen ganze Kilometer davon hergestellt und auch vertilgt werden, schon weil er sich als Nachtisch ebenso gut eignet wie als Nachmittagsjause.

Natürlich waren auch polnische Gänse und Tiroler Fleischknödel, steirischer Sterz und italienischer Risotto dabei, wo es galt, die Wiener Speisenkarte zu bereichern. Wenn Grillparzer dem Feldmarschall Radetzky zurief: »In deinem Lager ist Österreich!«, so läßt sich dieses Wort mit noch größerer Berechtigung auf die Wiener Küchenregion anwenden. Sie nahm auf, was von allen Enden der Monarchie zusammenströmte und hat diese Symbiose der Kochtöpfe bis auf den heutigen Tag bewahrt.

Wo der grüne Buschen hängt

Der Wiener Wein wächst bekanntlich zumeist nicht in Wien, so wie ja auch der Wienerwald nicht auf Wiener Boden liegt – davon war auf diesen Seiten schon die Rede. In Grinzing stehen die Reben in einem zähen Abwehrkampf gegen die Neubauten, die ihnen den Lebensraum zu nehmen drohen, und erst in Klosterneuburg oder Gumpoldskirchen können sie sich wieder ausbreiten, erst recht aber in der Wachau, im Burgenland oder an der Brünnerstraße. Damit sind wir bei einem Gewissenskonflikt angelangt, der das ohnehin weiche Herz des Wieners in Stücke zu reißen vermag: Brünnerstraßler oder Südbahnweine? Im Norden Niederösterreichs, an der Straße nach Brünn also, gedeihen im allgemeinen resche, spritzige bis saure Weine. Sie trinken sich mitunter leicht, obwohl sie dies nicht immer sind und dann den vertrauensseligen Zecher urplötzlich mit der Tatsache konfrontieren, daß er »einen sitzen hat«. Mancher bundesdeutsche Rausch verdankte sein Entstehen der Illusion, daß diese herben Weine so leicht sind wie vergleichbare deutsche.

Ganz anders bei den Südbahnweinen. Die geben sich von vornherein kräftiger und aromatischer. Ihr Ursprung ist der Abbruch der Alpen südlich von Wien. Hier setzt sich die Thermenlinie von der Hauptstadt über Baden nach Vöslau fort, doch lebt der Mensch in dieser Gegend nicht vom Wasser allein, er findet auch genügend Wein vor. Der alte Winzerort Gumpoldskirchen mit seinen reizvollen Hauerhäuschen und Stiftshöfen liegt nicht nur ungemein idyllisch in den Rebhügeln, er liefert auch einen gehaltvollen, aromatischen, gelegentlich sogar süßlichen Weißen. In Baden kommt dann der Rote hinzu, und weiter südlich, in Sooß oder Vöslau, schwört man in erster Linie auf die Burgunder oder Portugieser. Man wird verstehen, daß der weintrinkende Wiener zwischen beiden Extremen hin- und hergerissen wird. Ob er auf die reschen Brünnerstraßler schwört oder auf die gehaltvolleren Südbahnweine, das ist schon fast ein Religionskrieg. Er verliert keineswegs an Härte durch den Umstand, daß es in Stadtnähe noch zwei weitere große

Weinbaugebiete gibt, die gar nicht in dieses Schema passen. Donauaufwärts gedeihen in der Wachau zarte, blumige und aromatische Weißweine. Und an der ungarischen Grenze liegt das große burgenländische Weinbaugebiet mit dem feurigen Weißen von Rust oder Illmitz und dem gehaltvollen Roten von Oggau, Mörbisch oder Jois. Meistens wächst der Wein dort, wo einmal die Römer gesiedelt haben, – er hat eine alte mediterrane Tradition.

Das Zentrum des wienerischen Weingenusses ist der Heurige. Der Name ist zuweilen irreführend. Er stammt aus einer Zeit, da die kleinen Winzer sich mit dem Lagern von Wein nicht viel Mühe machten, sondern nur den Wein von heuer (den Diesjährigen würde man in Deutschland sagen) an den Mann zu bringen trachteten. Der korrekte Name der Heurigenlokale lautet »Buschenschank«. Die echten Vertreter dieser Zunft sind Weinhauer, die das Recht haben, ihren eigenen Wein (also keinen hinzugekauften!) einige Wochen hindurch auszuschenken. In den beliebten Weinorten finden sich deshalb irgendwo im Zentrum Tafeln, aus denen man ablesen kann, wer gerade »ausgesteckt« hat. In früheren Jahrhunderten zog ein Winzer, der nun einige Wochen ausschenken wollte, mit einem Föhrenbuschen durchs Dorf und verkündete die frohe Botschaft. Am Ende dieses Rundgangs befestigte er den Buschen an seinem Haustor. So hängt dieser noch heute dort und zeigt dem müden Wanderer an, daß ihn hier ein Tropfen erwartet, daß »ausgesteckt« ist.

Am Stadtrand von Wien gibt es allerdings »Heurigenparadiese«, in denen von solch echtem Heurigen ebenso wenig mehr die Rede sein kann wie von Paradies. Hier stehen konzessionierte Weinschenken, die das ganze Jahr hindurch geöffnet halten und ihre Ware vom Weinhandel beziehen. Der Kenner ist da einigermaßen vorsichtig, zumal gerade diese Touristenbetriebe sich durch Rummel und malerische Aufmachung hervortun. Solche Großbetriebe haben auch zumeist ein eigenes Büffet aufgebaut. Vorsichtige Heurigenfahrer nehmen sich trotzdem ihren Proviant selber mit und packen ihn dann an den hölzernen Tischen aus, wenn sie den Heurigen verkosten.

Ob man dazu Musik hören will oder eher einen »stillen Heurigen« bevorzugt (bei dem meist der Wein besser ist!), daran scheiden sich die Geister. Eine Welle von Wiener Heurigenliedern ist ja in den letzten Jahrzehnten um die Welt gegangen, und deshalb will besonders der Tourist ihre Refrains auch an Ort und Stelle hören. Sie werden entweder zur Ziehharmonika vorgetragen oder von einem Duo. All dies läuft unter dem Namen »Schrammelmusik«, obwohl zum klassischen Wiener Schrammelquartett auch noch eine Geige und Zither gehören. Die Lieder der Schrammelmusiker werden nur von Ausländern für lustig gehalten. In Wirklichkeit sind sie todtraurig. Ihre Refrains lauten etwa: »Erst wenn's aus wird sein mit einer Musi und ein Wein« oder »Es wird ein Wein sein, und wir werd'n nimmer sein!« Sie entsprechen also in ihrer Gemütslage jenem Stadium er Alkoholisierung, das man hier »das heulende Elend« nennt und in dem sich zwischen den letzten Dingen und dem jeweils vorletzten Vierterl innige Zusammenhänge auftun. Anton Bruckner hat dieses Körnchen Wahrheit im Wein etwas tiefsinniger umschrieben. Bei einer sich offenbar in abstrakte Gefilde verlierenden musikalischen Debatte erklärte er: »Aber Leuteln, redt's doch nicht so halbert daher! Trinkt's in Petersdorf an einem sternhellen Juniabend in ein' Garten ein Viertel G'rebelten, schaut's auf die Glühwürmchen, horcht's auf die Grillen, – nachher wißt's, was ein Schubert-Adagio ist!«

Die Welt am Kaffeehaustisch

Der wienerische Kosmos wird durch zweierlei Getränk zusammengehalten: durch Wein und Kaffee. Vom Mythos des Wiener Kaffeehauses, von seiner anregenden Kraft, die auf Literatur und Politik, auf Musik und auch aufs Geschäft ausstrahlt, hat man im Inland wie im Ausland bereits Erstaunliches vernommen. Doch läßt es sich nicht verheimlichen: das Café ist im Rückzug, wogegen der Heurige sich ausbreitet für und für. Seit Kriegsende taucht in regelmäßigen Intervallen das Wort vom Kaffeehaussterben auf. Die beschaulichen Zeiten, da konsequente Kaffeehausbewohner halbe Tage hinter einer Melange, mehreren Glas Wasser und Bergen von Zeitungen verbrachten, sind offenbar vorbei. In den fünfziger Jahren gab es einen Kleinkrieg zwischen den traditionellen Cafés und der über die Alpen dringenden Mode des Espressos. Er wurde durch einen ehrenvollen Frieden beschlossen. Seither kann man auch in erbeingesessenen Cafés an der Theke seinen raschen Espresso schlürfen und kann in Espressolokalen wenigstens die eine oder andere Zeitung lesen. Der wienerische Sinn für Kompromisse hat diesen Konflikt entschärft. Aber der wahre Feind stand außen. Banken, Bausparkassen und Autosalons haben viel zu viel Geld, und so haben sie nach und nach Cafés aufgekauft und sich in ihren Räumen etabliert. Die Ringstraße, einst voll von gemütlichen und geräumigen Cafés zählt deren nur mehr wenige. Eher leben die kleinen Lokale in der Vorstadt auf, die mit ihrem Stammpublikum aus der Nachbarschaft rechnen können.

Das Wiener Café ist ein Kind der Türkenkriege. Die Legende von seiner Entstehung knüpft sich an den Namen eines gewissen Kolschitzky, der aus dem türkisch besetzten Südungarn in die Hauptstadt gekommen war. Er verstand die Sprache der Belagerer, und so schlich er sich oft heimlich durch die Stadtmauer zu ihnen, belauschte ihre Gespräche und wurde solcherart ein wertvoller Agent der Eingeschlossenen. Als dann die Türken in die Flucht geschlagen worden waren, sollen sich in deren Lager auch Säcke voll grünlicher Bohnen gefunden haben, die man für Kamelfutter hielt und fortschütten wollte. Kolschitzky erkannte sie als ungebrannten Kaffee. So wurden sie ihm geschenkt und ihm zugleich die Erlaubnis erteilt, einen Kaffeeausschank zu errichten.

So ganz richtig dürfte diese hübsche Geschichte allerdings nicht sein. Im Wiener Donauhafen wurde schon vorher Kaffee verladen, – bloß nicht für den eigenen Gebrauch der Stadtbewohner. Kaffeehäuser nämlich gab es bereits in anderen Städten, in Paris und in dem relativ nahen Venedig. Jedenfalls aber hat Kolschitzky das erste

Wiener Café eröffnet, auf der Brandstätte zuerst, später in der Nähe des Domes. Der Verteidiger Wiens, Graf Starhemberg, soll sein ständiger Gast gewesen sein. Bald gab es sowohl kaiserlich konzessionierte Cafetiers, als auch halb illegale Levantiner, die in hölzernen Buden das schäumende Gebräu ausschenkten. Und als Kolschitzky einmal irrtümlich die Brühe mit Zucker angerührt hatte, waren alle Gäste einig, daß solcherart der Kaffee noch besser mundete.

Wie aus dem simplen Lokal des Herrn Kolschitzky durch Zellteilung der ganze wienerische Kaffeehaus-Mikrokosmos wurde, – das ist eine Geschichte in vielen Kapiteln. Der erste Fortschritt war, daß man in Cafés rauchen durfte. Später begann man auch Zeitungen zu lesen, und damit war das Fundament für die Literatencafés gelegt. Die Innenausstattung wurde nach und nach glanzvoller. In der Spiegelgasse entstand das »Silberne Café«. Sein Besitzer, namens Neuner, ließ von der Türklinke bis zu den Hutständern alles in Silber fassen, sogar die Meerschaumpfeifen, die man an die P. T. Gäste verlieh. Das Billardspiel war eine weitere Attraktion, um Kaffeehausfreunde gleich für mehrere Stunden an das Lokal zu binden. Hier wurde literarisch intrigiert und politisch konspiriert. Daß man gleich nach der Revolution von 1848 erst einmal das »Silberne Café« schloß, war fast so etwas wie eine polizeiliche Anerkennung: das Kaffeehaus hatte seine Feuerprobe als Ort wichtiger Entscheidungen bestanden.

Aus einem Lokal, in dem man ursprünglich bloß seinen Türkischen geschlürft hatte und dann weitergegangen war, entwickelte sich nach und nach ein geselliges, geistiges, künstlerisches oder geschäftliches Zentrum. Um 1900 herum war man in Wien bereits weitgehend spezialisiert. Es gab Cafés für Ärzte, für Beamte, für Kaufleute, für Musiker und für Schachspieler. Am nachhaltigsten haben natürlich die Literatencafés von sich reden gemacht, denn ganze Stilrichtungen wurden an den Marmortischen eines bestimmten Lokals erfunden. Bei Änderung der literarischen Marschroute wechselte man für gewöhnlich auch in ein anderes Kaffeehaus über. Jung-Wien tagte im Griensteidl, die nächste Generation bevorzugte das Central, und mit den Expressionisten kam das Herrenhof in

Mode. Zu den Insassen des Café Central während des ersten Weltkriegs zählte auch ein russischer Emigrant namens Bronstein, später besser bekannt als Trotzki. Als man dem österreichischen Außenminister andeutete, in Rußland könnte eine Revolution ausbrechen, fragte er ungläubig: »Revolution? Wer soll denn die machen? Vielleicht der Herr Bronstein aus dem Café Central?«

All diese Lokale sind heute verschollen, vom einstmals geräumigen Herrenhof nur ein winziges Espresso übrig geblieben. Die Nachkriegsgeneration hat ein neues Künstlerlokal entdeckt: das Hawelka nahe dem Graben. Es ist ein kleines, fast biedermeierliches Café, mit den Dimensionen des alten Herrenhof nicht zu vergleichen, und dennoch beherbergt es nicht nur die Dichter, sondern auch noch die bildenden Künstler ohne große Mühe. Unter den älteren Autoren waren noch Doderer und Csokor, bald folgte die Reihe der Qualtinger und Weigel nach (dieser hatte allerdings auch im Café Raimund gegenüber dem Volkstheater seine Runde), die Maler des phantastischen Realismus sind persönlich und durch ihre Bilder an der Wand vertreten.

Eines der hübschesten und ältesten Ringstraßencafés, das Landtmann ist (unter anderem) das Stammlokal der Politiker geworden. Vom nahen Parlament oder dem Rathaus kommen sie gerne hierher, und natürlich sind auch die Schauspieler des nebenan gelegenen Burgtheaters hier anzutreffen. In einem Hinterstübchen dieses Cafés wurde einmal der österreichische Außenminister in einer diskreten Sitzung von seinen Amtskollegen fallengelassen. Ein Journalist, der hier zufällig beim Frühstück saß, sah plötzlich einen Minister nach dem anderen aus dem unscheinbaren Nebenraum kommen und rieb sich die Augen. Es gelang ihm, die Ursache dieses sorgsam geheimgehaltenen Treffens ausfindig zu machen, und so hatte sein Blatt am nächsten Morgen eine »Sensation«. Erst zwei Tage später wurde der Rücktritt des Außenministers offiziell bekanntgegeben.

Das Landtmann setzt seinen Stolz darein, daß es all die komplizierten Kaffeespezialitäten, die rechtens zu einem solchen Betrieb gehören, auch tatsächlich kennt und serviert. Denn es gibt zwar noch immer den Türkischen, mit dem einst Kolschitzky sein Lokal eröffnete, dazu aber noch etliche andere Methoden, Kaffee mit Milch zu vermischen. Man unterscheidet den großen oder kleinen Braunen von der Melange oder vom Einspänner (ein Teeglas mit heißem Mokka und Schlagobers). Weiter serviert man die Schale gold oder nuß oder den Kapuziner. Außer dem in der Karlsbader Porzellanmaschine zubereiteten Wiener Kaffee gibt es natürlich auch den Espresso, dann den Eiskaffee (kalter Mokka mit Vanilleeis und Schlagobers) oder den Mazagran (kalter Kaffee mit Eiswürfeln und Rum). Wenn auch der Zahn der Zeit bereits an Wiener Kaffeetassen genagt hat, existieren doch diese Spezialitäten im großen und ganzen immer noch. Und es ist obligatorisch, dem Gast hernach ein Glas Wasser zu servieren; wenn er länger bleibt, sogar ganze Batterien von Wassergläsern. Erst ganz langsam sind die Mediziner dahinter gekommen, daß dieser Brauch keine bloße Marotte ist. Der Schluck Wasser nach dem Kaffee neutralisiert den Mokka, verhindert, daß er bei empfindlichen Personen Magendrücken auslöst.

Der weitere Service besteht in den Zeitungen, die in guten Lokalen gleich in ganzen Stößen aufliegen. Allerdings gibt es immer seltener jene Lebenskünstler, die in ihrem Stammlokal ganze Tage zu verbringen pflegten. Sie schrieben hier ihre Briefe, schlossen ihre Geschäfte ab und verzichteten auf ein eigenes Telephon, weil man sie jederzeit im Café anrufen konnte. Einer der Apologeten des Wiener Kaffeehauses der Vorkriegszeit war der Dichter Peter Altenberg. Er hat einmal behauptet, Frühling sei dann, wenn der Ober im Café die Türe offen stehen lasse. Und er schrieb:

Du hast Sorgen, seien es diese oder jene – ins Kaffeehaus!
Sie kann aus irgendeinem, wenn auch noch so plausiblen Grunde
nicht zu dir kommen – ins Kaffeehaus!
Du hast zerrissene Stiefel – Kaffeehaus!
Du hast 400 Kronen Gehalt und gibst 500 aus – Kaffeehaus!
Du bist Beamter und wärst gerne Arzt geworden – Kaffeehaus!
Du findest keine, die dir paßt – Kaffeehaus!

Du stehst innerlich vor dem Selbstmord – Kaffeehaus!
Du haßt und verachtest die Menschen und kannst sie dennoch nicht missen – Kaffeehaus!
Man kreditiert dir nirgends mehr – Kaffeehaus!

Sei es, daß die Menschen heute seltener zerrissene Stiefel haben, sei es, daß die Beamten heute weniger gerne Ärzte geworden wären, – die Flucht ins Kaffeehaus als Allheilmittel für alles ist nicht mehr, was sie einmal war. Vielleicht fehlt es den Menschen an Muße, vielleicht wollen sie zu viel Geld verdienen, – woran wieder die Banken verdienen, so daß das Kaffeehaus von zwei Seiten her in die Zange genommen wird. Aber wer lange genug an seinen Marmortischen saß, erinnert sich vielleicht, daß es einen solchen Besitzwechsel schon einmal gegeben hat und daß er umkehrbar ist. In der Spekulantenära der zwanziger Jahre mußten viele Cafés den Banken weichen, die nur so aus dem Boden schossen. Später kam der große Katzenjammer, die Banken krachten, und die Menschen hatten wieder mehr Zeit, in den nun aufs neue erstandenen Kaffeehäusern zu sitzen. Daß nichts endgültig ist, die Welt sich vielmehr immer wieder dreht, ist eine der Grundeinsichten des in Wiener Cafés gelehrten Irrelevantismus.

Tortenburgen und Paläste

Dicht neben den Cafés strebten in Wien die Konditoreien einer anderswo selten zu findenden Vollendung entgegen. Ihr Fundament ist solide: die Wiener Tortenkultur, diskret flankiert von böhmischer Strudelherrlichkeit, hat eine alte Reputation. Noch vor wenigen Jahren standen Wiener Damen beim vormittägigen Einkaufsbummel vor der Entscheidung, ob sie nun beim Gerstner auf der Kärntnerstraße, beim Demel am Kohlmarkt oder beim Lehmann am Graben ihr Plauderstündchen abhalten sollten. Dann verlor

Gerstner sein traditionelles Lokal, mußte für eine Weile schließen und hernach ein neues Quartier in einem Textilwarenhaus beziehen. Und ein Kaufhaus ist offensichtlich nicht das rechte Ambiente für solch einen Qualitätsbetrieb. Der Konkurrent vom Kohlmarkt kam da etwas glimpflicher, wenngleich nicht ganz ungerupft davon. Der frühere Besitzer, Baron Federico Berzeviczy-Pallavicini, ein origineller Künstler, der in Paris und New York als Designer arbeitete, war es müde, in Wien immer nur Bonbonnieren und Schaufenster zu machen. Er verkaufte den Demel, und neuer Geschäftsführer wurde Serge Kirchhofer, der einige Jahre lang das künstlerische enfant terrible Wiens gewesen war, einen Verein der Senkrecht-Begrabenen begründet hatte, aber auch als Schweinezüchter und Plastikerzeuger reüssierte. Die Aufregung um das geheiligte und möglicherweise entweihte Tortenimperium war groß, aber grundlos. Der »Demel« bemüht sich heute, traditioneller zu sein denn je.

Er ist wohl die einzige Konditorei der Welt, die unter Denkmalschutz steht. Nach dem Beschluß des Denkmalamtes darf das Lokal weder in seiner Jugendstileinrichtung verändert, noch für zuckerlfremde Zwecke profaniert werden. Daß all diese Esterhazytorten und Pariser Spitze, Doboschschnitten und Topfenstrudel so zauberhaft schmecken, hängt mit dem Glaubensbekenntnis des Hauses zusammen, daß tunlichst alles mit der Hand angefertigt werden solle. Maschinen sind höchstens zum Geschirrspülen da. Cremes oder Bonbons hingegen werden eigenhändig gerieben, gemischt, gerührt. Als man einmal in einem Anfall von Rationalisierungseifer daran dachte, fertig gekaufte Schokolade zu verwenden, probierten die Demelweisen die besten Produkte aus und kamen dann zu dem Schluß: Schokolade kann man nicht kaufen, man muß sie machen.

Eine besondere Institution des Hauses sind die Serviererinnen, die ihrer streng klösterlichen schwarzen Tracht wegen von Qualtinger als »Demelinerinnen« besungen wurden. Sie reden Gäste in der dritten Person ohne Personalpronomen an: »Diese Torte sollten versuchen« – und so versucht man eben.

Wenn ein Demelrezept mit den Worten beginnt: »Man nehme 24 Eiklar«, so vermittelt dies bereits einen Eindruck von der Großartigkeit des Unternehmens. Hier wurden des Kaisers Torten angefertigt. Nur Kaiserin Elisabeth ging in ihrem Schlankheitswahn so weit, daß sie Demels Süßigkeiten perhorreszierte und fast an einem Hungerödem zugrunde ging. Daß sie schließlich dem Attentat eines Anarchisten erlag, erscheint aus der Demelperspektive beinahe schon als logische Konsequenz.

Nur einmal setzte man sich hier in die Nesseln, als man von Eduard Sacher, einem späten Sproß der Sacher-Dynastie, das Rezept einer »Original-Sachertorte« erstand. Es unterschied sich von der im Hotel Sacher offerierten Torte dadurch, daß man den Tortenboden in der Mitte auseinanderschnitt und mit Marmelade bestrich, wogegen die Hotel-Torte noch eine Marmeladenschicht unterhalb der Glasur aufwies. Nun gehörte damals das Hotel dem prominenten Rechtsanwalt Dr. Gürtler, und dieser virtuose Jurist entfachte einen Prozeß, in dem er dem Demel das Recht absprach, sein Erzeugnis »Original-Sachertorte« zu nennen. Neun Jahre lang jagte er den Prozeß durch alle Instanzen hinauf und wieder hinunter. Weise Richter entschieden schließlich, daß nur das Hotel eine »Original-Sachertorte« mit einem runden Schokoladensiegel herstellen dürfe, Demel aber eine »Original-Eduard-Sachertorte« mit einem dreieckigen Siegel. Damit war der Erbfolgekrieg zur Zufriedenheit der Wiener beigelegt.

Das Hotel Sacher ist übrigens mit nicht viel weniger Geschichte belastet als die Hofkonditorei Demel. Als die Ringsraße gebaut wurde, errichtete man als erstes die neue Hofoper. Ihre Vorgängerin, das Kärntnertortheater, wurde abgerissen. Damals strebte der Delikatessenhändler Sacher nach Höherem. Sein Laden war nicht zuletzt durch die Torte berühmt geworden, die einstmals sein Vater für den Fürsten Metternich erfunden hatte und die nun auch bürgerlichem Gaumen zugänglich gemacht werden sollte. Er rückte 1876 in das Haus ein, das anstelle des Kärntnertortheaters errichtet worden war, sein neues Hotel stand also sozusagen auf einem Tortenboden. Der Hof aber war vorsichtig und ließ grundbuchmäßig eintragen, daß in dem neuen Etablissement keinesfalls Theater gespielt werden dürfe. Als Sacher später die Fleischhauerstochter Anna Fuchs heiratete, sprach man in Wien von einer Heirat zwischen Tafelspitz und Sachertorte. Zigarrenrauchend und stets von einer Schar von Bullis umgeben, hat dann Anna Sacher jahrelang das Haus mit strenger Hand regiert.

Noch heute ist das Reizvolle an diesem Hotel seine alt-österreichische Aufmachung. Franz Joseph allerdings hat das Haus immer ein wenig mit scheelen Augen angesehen, weil hier Erzherzoge mit Ballettmädchen in Separées verschwanden und seine Offiziere sich im Spiel ruinierten. Als die Monarchie zerbrach, verlor auch das Sacher seine alte Aristokratenkundschaft und geriet hart an den Rand des Ruins. Damals erstand Dr. Gürtler das Haus und brachte es auf jenen altmodischen Glanz, mit dem es noch heute prunkt. In seinem Gästebuch sind nicht nur britische Monarchen und amerikanische Präsidenten verewigt, sondern vor allem die großen Sänger und Dirigenten, Maria Jeritza und Leo Slezak, Bernstein und Knappertsbusch, die Callas und Corelli, denn es war zum Opernhotel der Stadt geworden. Einen guten Teil seines Ruhms verdankt es seinem Restaurant, in dem neben der berühmten Torte auch der Tafelspitz sozusagen in Philharmonikerqualität hergestellt wird.

Franz Joseph hat übrigens den Titel eines k.k. Hof-Hotels dem an der Ringstraße gelegenen Imperial verliehen, und das sollte natürlich eine Spitze gegen den in seinen Augen immer ein wenig dubiosen Sacher sein. Auch heute schwören noch viele Wiener darauf, daß das Imperial nicht nur als Hotel, sondern auch als Restaurant besser sei, – hier liegt ganz offensichtlich Sprengstoff für eine Auseinandersetzung. Jedenfalls hat das Imperial eine fürstliche Vergangenheit. Als die Ringstraße gebaut wurde, hat Herzog Philipp von Württemberg es als sein Wiener Palais errichten lassen. Die Innendekoration läßt dies noch heute ahnen: eine prunkvolle Festtreppe, goldene Säulen und oberhalb des Portals ein dekorativer Balkon. Aber der Herzog war enttäuscht darüber, daß die Wiener ihm, wenn er auf diesen Balkon trat, zu wenig zujubelten. Außerdem hatte die Stadtverwaltung zwischen seinem Palais und der Ringstraße die Reitallee errichten lassen, wodurch wohl der Jubel noch mehr gebremst wurde. Als nun gar das Deutsche Kaiserreich begründet wurde, war er zudem in Wien ein ausländischer Fürst. Er verkaufte voll Bitterkeit sein Palais. Und da man gerade für die Weltausstellung von 1873 Fremdenzimmer brauchte, wurde daraus ein Hotel. Bismarck und Richard Wagner haben hier gewohnt. Von dem Balkon, dessen Effektivität den Herzog nicht befriedigt hatte, ließ sich später Adolf Hitler zujubeln. Nach Kriegsende war das Haus Sitz der sowjetischen Besatzungsbehörde, – aber da entstanden keine Jubelprobleme.

Von der imperialen Luxusküche bis zum Vorstadtbeisel, von der Hofkonditorei bis zum Heurigen: das gastronomische Spektrum Wiens ist reichhaltig. Es reicht vom Weingarten, in dem man sich sein Proviantpackerl selbst mitbringt, bis zur gastronomischen Schauburg, vor der die Wiener besonders dann Posten beziehen, wenn es interessanten Staatsbesuch gibt. Österreichs Sicherheitspolizisten haben nämlich eine Vorliebe fürs Imperial, weil es als einziges der großen Hotels einen ganzen Häuserblock einnimmt und sich daher besser bewachen läßt. Und daß ein Hotel zugleich ein Stück Spektakel sein kann, bei dem die Bevölkerung Zuschauer spielt, das ist eine interessante Variante in einer Stadt, die allemal Theater in jeglicher Form geliebt hat.

In ähnlicher Aufmachung sind erschienen:

DIETMAR GRIESER

Schauplätze österreichischer Dichtung
Ein literarischer Reiseführer

Leinen · 200 Seiten und 20 Fotos

Gibt es Stifters »Rosenhaus« und Thomas Bernhards »Kalkwerk«, Kafkas »Schloß« und Barbara Frischmuths »Klosterschule« in der Wirklichkeit? Sind Joseph Roths »Hotel Savoy« und Ödön von Horváths Pension »Zur schönen Aussicht« Phantasiegebilde, oder haben die Dichter sie realen Modellen nachgestaltet? Wo spielt Handkes Roman »Die Angst des Tormanns beim Elfmeter«, was ist aus Roseggers »Waldheimat« oder Doderers »Strudlhofstiege« geworden, wie hat sich Molnárs »Liliom«-Welt verändert? Hat es einen Sinn, die Suche nach Georg Trakls »Grodek« aufzunehmen, nach Musils »Grigia«-Landschaft und nach Wildgans' »Übelbach«? Dietmar Grieser, Wahlösterreicher seit vielen Jahren und Literaturtourist aus Leidenschaft, hat sein Gastland und die angrenzenden Gebiete – vom heute sowjetisch verwalteten ehemaligen Galizien bis zur deutschen Sprachinsel in der Bergbauerneinöde der italienischen Dolomiten – nach jenen Plätzen durchforscht, die die Schriftsteller in ihren Werken zum »Ort der Handlung« bestimmt haben, und er ist dabei – mit journalistischem Spürsinn und dichterischem Einfühlungsvermögen – zu den erstaunlichsten Ergebnissen gelangt. Seine Reisebilder sind nicht nur eine fesselnde Lektüre für jeden Literaturfreund, sondern zugleich Modell für einen neuen anspruchsvollen Typ von Hobbytourismus.

Erik G. Wickenburg

Einladung nach Österreich

Leinen · 336 Seiten
12 farbige und 12 schwarz-weiße Fotos

Erik G. Wickenburg erzählt in diesem Buch von seinen Wanderungen und Streifzügen durch Österreich. Er verweilt dort, wo es ihn zur Rast einlädt, er hält sich bei Merkwürdigkeiten auf und nimmt Eigenheiten wahr, denen der, der dafür Augen und Sinn hat, in diesem Land auf Schritt und Tritt begegnet. Was Wickenburg dabei aufgreift, entspricht ganz und gar seiner Art und seinem Wesen, es sind österreichische Miniaturen, von ihm gesehen und in Worte gefaßt.

Wickenburg geht dabei nicht nach einem System des Reisens vor und erzählt nach keiner Schablone davon. Seine Farben sind zart und verbinden sich in seiner Kunst zu einem Akkord, der Schweres oder Tiefgründiges ausspart. Sein leichter Stil stellt für den Leser Vergnügen und keine Belastung dar. Bilder und Sprache – alles zieht und fließt wasserhell dahin, es ist die zauberische Musik in allem, die den einmaligen Reiz der österreichischen Landschaft ausmacht.

Wem sich dieser Reiz einmal erschlossen und wen er berührt hat, dem wird diese »Einladung nach Österreich« liebe, unvergängliche Erinnerung sein und bleiben, und wer unter den Reisenden alle Längen und Breiten dieser Erde befahren hat und nur in Österreich noch nicht Station gemacht haben sollte, dem müßte man dieses Buch in die Hand geben. Er würde nach seiner Lektüre nachdenklich und träumerisch werden und sicher gerne bei nächster Gelegenheit dieser Einladung Folge leisten.

FUSSGEHER
ACHTUNG!
WC
DAME